U0474452

独·立·文·丛

独立文丛

朱朝敏◎著

涉 江

它虚无地存在,却永久地根植孤岛人心灵,这是大地和水流合谋出的秘密通道,放逐肉体摆渡心灵。你唯一能认定的是,当一切苦难的、幸运的、卑贱的、高贵的生命被水流试炼过,他或她获得永久的安息。

北京工业大学出版社

图书在版编目（CIP）数据

涉江／朱朝敏著. —北京：北京工业大学出版社，2012.4（2022.3 重印）

（独立文丛）

ISBN 978－7－5639－3056－2

Ⅰ.①涉… Ⅱ.①朱… Ⅲ.①散文集—中国—当代 Ⅳ.①I267

中国版本图书馆 CIP 数据核字（2012）第 056630 号

涉江

著　者：朱朝敏
责任编辑：郑　华
封面设计：晴晨工作室
出版发行：北京工业大学出版社
　　　　　（北京市朝阳区平乐园 100 号　100124）
　　　　　010－67391722（传真）　bgdcbs@sina.com
经销单位：全国各地新华书店
承印单位：三河市燕春印务有限公司
开　　本：710 毫米×1000 毫米　1/16
印　　张：13
字　　数：190 千字
版　　次：2012 年 4 月第 1 版
印　　次：2022 年 3 月第 2 次印刷
标准书号：ISBN 978－7－5639－3056－2
定　　价：45.00 元

版权所有　翻印必究
（如发现印装质量问题，请寄本社发行部调换 010－67391106）

《独立文丛》总序

收到高维生发来的10卷《独立文丛》电子版,我躲在峨眉山七里坪连续阅读了三天。三天的白天都是阴雨,三天的夜晚却是星光熠熠。我在山林散步,回想起散文和散文家们的缤纷意象,不是雾,而是山径一般的韵致。

高维生宛如一架扛起白山黑水的虎骨,把那些消匿于历史风尘的往事,用一个翻身绽放出来;杨献平多年置身大漠,他的叙述绵密而奇异,犹如流沙泻地,他还具有一种踏沙无痕的功夫;赵宏兴老到而沉稳,他的散文恰是他生活的底牌;诗人马永波不习惯所谓"大散文"语境,他没有绕开事物直上高台红光满面地发表指示的习惯,他也没有让自己的情感像黄河那样越流越高,让那些"疑似泪水"的物质悬空泛滥,他不像那些高深的学者那样术语遍地、撒豆成兵,他的散文让日益隔膜的事物得以归位,让乍乍呼呼的玄论回到了常识,让散文回到了散文;盛文强是一条在齐鲁半岛上漫步的鱼精,他总是苦思着桑田之前的沧海波浪,并秘密地营造着自己的反叛巢穴……

一度清晰的概念反而变得晦暗,游弋之间,一些念头却像暗生植物一样举起了手,在一个陡峭的转喻地带扶了我一把。伸手一看,手臂上留下了六根指头的印痕……这样,我就记录下阅读过程中的一些问题。

散文性 \ 诗性

伴随着洪水般的无孔不入的现代思潮,一切要求似乎都是合理的,现代世界逐渐地从诗性转变为黑格尔所说的散文性,不再有宏大与辉煌,只有俗人没有英雄,只有艳歌没有诗歌,最终导致生活丧失了意义。

一方面,这种"散文时代"的美学氛围具有一种致命的空虚,它遮蔽了诗性、价值向量、独立精神,散文性的肉身在莱卡的加盟下华丽无垢;另外一方面,这种散文性其实具有一种大地气质。吊诡之处在于,大地总是缺乏诗性，缺乏诗性所需要的飘摇、反转、冲刺、异军突起和历险。也可以说，诗性是人们对大地的一种乌托邦设置；而找不到回家之路的大地，就具有最本真的散文性，看似无心的天地造化，仔细留意，却发现是出于某种安排。

黑格尔曾断言："中国人没有自己的史诗，因为他们的观察方式基本上是散文性的。"这是特指东方民族没有史诗情结，它道明了实质，让思想、情感随大地的颠簸而震荡，该归于大地的归于大地，该赋予羽翅的赋予羽翅，一面飞起来的大地与翅下的世界平行而居，相对而生。

因为从美学角度而言，散文性就是诗性的反面。所以，我不同意为"散文性"注入大剂量的异质元素而彻底改变词性，尽管这一针对词语的目的是希望使之成为散文的律法。这样做不但矮化了"诗性"本身，把诗性降低到诗歌的地域。问一问命名"诗性"为人类智慧斗拱石的维科先生吧，估计他不会同意这种移花接木。在我看来，这不过是一种散文的外道之言。

诗性是以智慧整合、贯穿人类的文学形态。作为人类文学精神的共同原型，诗性概念属于本体论的范畴。回到诗性即是回到智慧，回到文学精神的本原。作为对感性与理性二元对立的超越努力，诗性是对于文学的本体论思考，"它也是一种超历史、超文化的生命理想境界，任何企图对文学的本性进行终极追问和价值判断的思维路径都不能不在诗性面前接受检验。"（王进《论诗性的本体论意义》，《吉林师范大学学报（人文社会科学版）》2005年4期）在此意义上生发的诗性精神是指出自于原初的、抒发情感的元精神。

我认为，在现存汉语写作谱系下，诗性大于诗意，诗性高于诗格。诗性是诗、思、人的三位一体。这同样也是散文的应有之义。

海德格尔诗性本体论对人的基本看法是：人的本源性大于人的主体性，人向诗性本源的回归，就是从自在的主体性出发，对主体狭隘性的断然否弃，就是向自在之"在"的真理敞开，就是从根本上肯定人的神圣性以及在澄明中恢复人的世界与大地的和解。在这样的诗思向量下，近十年来，中国诗坛对"诗为何"和"诗人为何"的反复考问，已被一些译论者悄悄地置换为"写作为何"的命题，即千方百计把写作的价值向量简化为技术层面的问题。这是游离于诗性之外的伪问题。我想，一个连技术层面问题尚未基本理顺的写作人，就不配来谈论诗性的问题。

伽达默尔说过两段话，前者针对诗性的思维方式，后者讲诗性的生存方式——"诗的语言乃是以彻底清除一切熟悉的语词和说话方式为前提的。""诗并不描述或有意指明一种存在物，而是为我们开辟神性和人类的世界，诗的陈述唯有当其并非描摹一种业已存在的现实性，并非在本质秩序中重现类似的景象，而是在诗意感受的想象中介中表现一个新世界的新景象时，它才是思辨的。"（［德］汉斯－格奥尔格·伽达默尔《真理与方法》，上海译文出版社1999年版，下卷第600页–601页。）那么，真正的散文更应有破"论"之体，对生命言说宛如松枝举雪，最根本的原因就在于真散文不但是以诗性的方式思维，而且是以诗性的方式生存。

互文性

互文性通常被用来指示两个或两个以上文本之间发生的互文关系。散文的互文性指把多个文本材料集用于一个文本，使其互相指涉、互相贡献意义，形成多元共生，使散文的意义在文本的延展过程中不断生成，合力实现一个主旨。

在我看来，互文性暗示了它是一种民主而趋向自由的文体。

互文性概念的提出者法国符号学家朱丽娅·克里斯蒂娃曾提出："任何作品的本文都像许多行文的镶嵌品那样构成的，任何本文都是其他本文的吸收和转化。"即每个文本都是其他文本的镜子，每一文本都是对其他文本的吸收与转化，它们相互参照，彼此牵连，形成一个潜力无限的开放网络，以此构成文本过去、现在、将来的巨大开放体系和文学符号学的演变过程。

还有一种互文，是着眼于学科的"互嵌"。美国历史学家海登·怀特说，历史只"是以叙事散文话语为形式的语言结构"。回溯历史，意义来自哪里？是史料，还是文本自身？还是隐含在史料与文本之中，以及研究者对语言的配置之中？显然，历史学家给出了自己的回答：只能是后者。只有在后者之中，人们才能找寻到历史的真正意义（李宏图：《历史研究的"语言转向"》）。

一方面是文本本身的修辞互文，另外一方面是历史与文本的"对撞生成"，用此观点比对《独立文丛》里的不少篇章，可以发现散文家的"默化"努力是相当高超的。他们没有绕开文学而厉声叫喊，他们的散文根性是匿于事物当中的，不是那种风景主义的随笔，不是那种历史材料的堆砌，散文的根须将这一切纳入到一个生机勃勃的循环气场之中。建筑术语、历史档案、小说细节、思想随笔、戏剧场景，等等，在高密度的隐喻转化中使这些话语获得了空前的"自治"。这种"自治"并不等于作家文笔的失控或纵情，而是统摄于散文空间当中的。我们仿佛看见各种文体在围绕王座而舞蹈，它们在一种慢速、诡异、陡转、冷意十足的节奏中，既制造了矜持的谜面，又翻出了血肉的谜底。

正如德里达认为的那样,文字的本质就是"延异",而互文性的文体正是对终极历史意义达成的"拖延",是一种在不断运动中发散的歧义文体。于是,在杨献平的一些篇章里,意义已经完全由文体差异构成的程度,文本变化中的每个精心设计的语言场景,都可以由另一语言场景的蛛丝马迹来予以标志,内在性受到外在性的影响,谜面受到另一个谜底的影响,建筑格局受到权力者的指令和杀戮的影响,它们既彼此说明,又互设陷阱。因此,包括我对自己的《流沙叙事》《梼杌叙事》的重读,其实是在寻找历史,为未来打开的一条通往无限变化的、不稳定的历险之路。

细 节

我注意到这批散文家的近作,他们没有绕道意识形态的讲台朗声发布结论的习惯。有鉴于此种"结论"多为空话、谀语,可以名之为"大词写作",然而这却是目前流行的散文模式。

已经成为写作领域律令的说法是:回到事物本身,通过语言的细节还原生活。问题在于,事物不是阳光下的花可以任意采摘;更在于摧花辣手太多,事物往往暧昧而使自己的特性匿于披光的轮廓之下;重要的还在于,文字对生活的还原就是最高美学吗?

如果说高维生的一组散文更倾向于对情感细节的呈现,那么赵宏兴的不露声色则更近于对自然的描摹,80后的盛文强似乎兼而有之,吴佳骏显示出对细节刻画的某种痴迷。表面上看,他们不过是对隐秘事物的描写,把自己的情感注入事物的天头和地脚,这一"灌注术"其实已经悄然改变了自然之物的自然构造,朝向文学的旷场而渐次敞开。就是说,文字对生活施展的不仅仅是还原,而是创造和命名。

说出即是照亮。用细节说话,用细节来反证和彰显事物的特性,使之成为散文获取给养的不二法门——这同样涉及一个细节化合、层垒而上的问题。

我想,国画里的线条和皴法,一如写作者对散文细节的金钩铁划。正因为蕴峭拔于丰满之中,冯其庸在论及陈子庄画作时不禁感慨万千:"我敢说没有一个人可以说得出来石壶山水皴法的名堂,是披麻皴、斧劈皴、荷叶皴还是卷云皴?都不是。因为石壶的山水根本不是从书本上来的,你要想寻行数墨地寻找他的出处,可以说是枉抛心力,因为他的出处不在于此而在于彼,不在书本而在大自然。"不因袭别人的细节,而且不再蹈袭自己曾使用过的细节；不是照搬自然的一景，而是以自然之景化合出别样的情致！事情发展至此，细节的威力就是散文的斗拱。

没有搭建好斗拱而匆忙发布"存在"、"在场"奥义的人，不过是危楼上的演说者。更何况他们的高音喇叭五音不全，只在嘶哑地暴叫。陈子庄所谓的"骨意飘举，惝恍迷离，丰神内涵，此不易之境也"的骨力之说，与之俨然是胶柱鼓瑟也。

高维生、杨献平、朝潮、盛文强等作家显然是被自然之物劝化的作者。明白细节之于散文之力，大致也会明白康德自撰的墓志铭："位我上者灿烂星空，道德律令在我心中！"

非虚构

在《独立文丛》系列作品中，我注意到有不少篇章涉及"非虚构"向量。比如散文家赵钧海《黑油山旧片》《一九五九年的一些绚丽》以及朱朝敏《清江版图》等文。

在此，尤其需要注意几个概念的挪移与嵌合。我以为"报告文学"是那种带有强烈意识形态色彩的对现实予以二元对立取舍的写作。"纪实文学"是指去掉部分意识形态色彩之后，对非重大历史或事件的文学叙述。"私人写作"则是在消费主义时代背景下，强调个人情欲观的写作——这与是否虚构无关。"非虚构写作"不同于以上这些，它已经逐渐脱离了西语中小说之外文体的泛指，在当下汉语写作中，它暗示了一个向量：具有明确的个人独立价值向量前提下，通过对一段历史、事件的追踪检索考察而实现的个人化散文追求。

如果说"非虚构"变成了焦点，那一定是因为我们感觉到了对切入当下生活的迫切性。

以田野考察为主，以案头历史资料考据为辅的这样一种散文写作，正在受到越来越多读者的关注。

在"非虚构写作"中，"新历史写作"已经显出端倪。这个概念很重要，这或许涉及历史写作的转型问题：重视历史逻辑而又不拘于史料细节；忠实于文学想象而又不为历史细部所掣肘。在历史地基上修筑的文学空间，它不能扭过身来适应地表的起伏而成为危房。所以想象力不再是拿来浇筑历史模子的填料。

我坚持认为，"人迹"却是其中的关键词。人迹于山，山势葱茏；人迹于水，烟波浩渺；人迹为那些清冷的历史建筑带来"回阳"的血色，爱恨情仇充溢在山河岁月，成就了散文家心目中最靠近真实的历史。

在此，我能够理解海德格尔的用心："每个人都是大地的一部分。大地之上绝无尺规。"这恰与"道法自然"异曲同工。浮荡在大地上的真实，如同清新的夜露擦亮黎明，世界就像一个开了光的器皿，而散文就要在山河与"人迹"中取暖。

异端不属先锋或主流

我读到散文家朝潮《在别人的下午里》中的不少篇章很是感念，比如马永波的《箴言集》，让我回忆起多年前自己住在城郊结合部陷入苦思的那段岁月。

在收获了太多"不相信"之后，我终于相信：我们置身在一个加时赛的过程中，我们必定抵达！我要说的是：你作为具有个人思想的言说者，你开掘的言路就决定了你与主流话语的分离。从表面上看，你仅是一个写作的异端。其实，异端不在先锋与主流之间，而是"异"在以你的人性之尺，度量世界的水深；"异"在以你的思想之刃，击穿这世界的铁幕；"异"在以你的苦难之泪，来使暴力失去信心；"异"在以你的焚膏之光，来烛照自由之神的裙裾！

同时，为夜行者掌灯，然后，熄灭。

这样的人与言，还"异"否？

从对思想史的梳理中我们发现，经典的异端思想一定是背离了时代或超越了时代。正如葛兆光先生所描述的，思想家们的思想可能是天才的超前奇想，不遵守时间的顺序，也不按照思想的轨迹，虽然他们在一般思想与普遍知识中获得常识和启示，但常常溢出思想史的理路之外，他们象征着与常规轨道的脱节，与平均水准的背离，有时甚至是时间轴上无法测定来源与去向的突发现象。因此常常可以看到思想史上的突变和"哲学的突破"。而正是高踞于时代之上而非融于时代之中的异端思想激起了变革和时代精神的转换，异端之思已经成为推动社会前进的第一力。

光，注定不能被火熔化。着火的思想就像火刑后变形的铁柱，上面镌刻出图案和花纹，展开异端惊心动魄的美，正是异端的思想切进现实的刀痕。海德格尔引述过17世纪虔信派的著名口头禅："去思想即是去供奉。"思想的"林中路"不是抵达烟火尽退的"林中净土"，而是在铁桶合围的现实中，以异端之思打开精神的天幕。

　　高举"独立"的写作者,更应该是思想者,应永远牢记——异端不是思想的异数,而是思想的常态;异端是一个动词,自由精神才是异端的主语。

　　我曾在一篇文章里这样预言:我们相信蚁阵的挺阔终将决堤。我们相信纸花无从生发生命的韵律。我们相信马丁·尼莫拉的预言。我们相信散文的声音。真正的散文家还相信,善良如水,那就是最韧性的品质。马拉美曾说:"骰子一掷,永远取消不了偶然。"信仰足以让偶然和必然俏丽枝头。花开过,凋谢,还会盛放。

蒋　蓝

2011 年 10 月 4 日于峨眉山

目　录

《独立文丛》总序/蒋蓝 / 1

第一辑　水漫漶

水漫漶 / 3
清江版图 / 14
西湘在湘西之上 / 23
唱来唱去 / 31
远方 / 37
亲爱的身体 / 42
起于乔木 / 47

第二辑　先验或试炼

梦潭 / 61
黑夜游戏 / 69
谁的切梦刀 / 75
假如记忆醒来 / 82
立春 / 87
亲戚们 / 91

第三辑　叙述或文本

麻醉师 / 101
出岛记 / 113

简姐 / 125
游戏比爱情更好看 / 133
开败时间的花朵 / 138

第四辑　虚构或建设

你的岛 / 151
幻象录 / 161
梦·境 / 165
涉江 / 173

十个散文问题（代后记）/ 179
附：每颗谷粒都在印证泥土的心愿 / 185

第一辑
水漫漶

水漫漶
清江版图
西湘在湘西之上
唱来唱去
远方
……

水 漫 漶

一

　　灰蒙蒙的，流动的铅块，从头顶扣押，四围漫溢。带着霉味的湿气扑面浸淫，掠夺鼻子和嘴巴的热气，曾经眺望的眼神被遮掩，眼神、心思，被收回，回到内心，只剩下习惯性的无奈叹息。又是雾，漫天的大雾，从岛边环绕的江水蒸腾而来。

　　有许多这样日子，行走在雾气中，上下班。田字形状的街道上，我刚参加工作的学校位于田字南端中央，我家——镇上医院，在田字开端，而这片"田"在岛北大堤下，喧嚣又沉寂，此消彼长的声音：呜——嘟——轮船、货轮起航或抵达；嘟嘟——机帆船在催促；嘀嘀——切——飞艇在靠岸，它们真切而千篇一律，在孤岛上切割出鲜明的时段。

　　秋天时的雾气凉薄，带着炊烟的袅绕。校园里的树木花草顶着面纱，沉湎内心，它们的枝叶茎和花朵，向着自身不断缩小，缩小成雾气中的一个黑点。我骑着自行车刚过校门，被一个女孩子拦住，她白皙的面庞浮现一层红晕，漆黑的直发被一根橡皮筋束在背后，柔顺、蓬勃，我屡次想起电视中做飘柔广告的女孩。她是校长女儿，是学校打字员，但她是哑巴。她拉我坐。她的办公桌上，有新剪下来的玫瑰，玫瑰旁有庞中华的字帖，哑巴拿白纸写下她的疑惑，钢笔字棱角分明，用笔有力，笔尖戳破纸张，她爱惜地用手挑笔尖夹起的纸屑，指尖上的墨痕又令她惋惜，向下按，白纸上落下指印，黑色的墨团，花蕾般攒紧了自己。

　　他是谁？在哪里上班？他不在岛上，是吗？……连串问话后，她把笔递给我。

　　我摇头，他是谁，她要问的？

她夺过笔，又刷刷飞快补上——上次来看你的，穿黑风衣的男人。我笑，她说的他，是我同学的男友，他们一起来这里看我，遇到了哑巴。或者说，哑巴一下子记住了他，哑巴着急地在纸上补写——名字，联系方式，告诉我。

校园里有一大簇玫瑰，红黄两色，绽放在教学楼后面，厕所右前方。乡镇学校厕所在97年都是旱厕，臭味熏天，但我还是选择临窗的座位——玫瑰伸触窗前，含苞待放，清香扑鼻。哑巴女孩突然从花丛中伸出脑袋，靠着窗口，朝我招手，手里举着一张报纸，上面有我的文章。有一次，我靠近窗口，递给哑巴一本《徐志摩文集》，她满心欢喜，翻到徐志摩与陆小曼的合影，朝我竖起大拇指。

期中考试，我所带的班级成绩不好不差，负责我所在年级的阅卷负责人，我大学师姐，分发下来试卷，我翻阅，拿起桌上的计算器，重算均分、高分率、及格率。马上，惊讶、愤怒袭身，找师姐，告诉她有误，她推开我的手，低声申明做人低调诀窍在于避免锋芒。我的年级组长，还有教务处领导，都与我教同一年级语文学科。他们都是老资格了——师姐语重心长。

领先了，我给学生宣布。学生哗然——刚结束的期中总结大会宣布了成绩，班级语文成绩并不拔尖。学生交头接耳，他们送我一个称呼：朱鹮，他们刚在生物课中学到的一种动物。三两个男孩子隔着窗户喊：快——朱鹮来了，教室里马上有大笑声。开始震怒，学生更加得意忘形地称呼朱鹮，同事也称呼朱鹮，并笑说，朱鹮是东方珍宝，常年栖居高树上，天敌太多……

二

冬天来得早，与孤岛四围环水有关，四围的水常常加重岛上的雾气，浓厚的雾气下，树木枯朽，冷风肆虐，空气凉湿，岛瘦弱而佝偻，它抱紧自己，维护胸膛中那团燃烧的火。蓝色的，摇曳的火花，亮堂着逼仄的心胸，有窃窃的私笑，舔噬，烘焙。

医院宿舍楼前，一辆泥泞的摩托车横亘在楼梯口。我皱眉，他又来了，这个名叫金的男人，瘸腿，并不妨碍他骑摩托车。他在雾气遮蔽的冬日里，准时来我家报到，说着话，母亲的饭菜就会端到桌上。

朱叔，我这腿，你知道，可是功臣腿，为赶走越南鬼子才锯掉的……我就在这儿守门不辱没医院吧，你得给我说话……

在父亲试试看的语声中，金仰起脖子，吞进一大口酒，长长的吁气声，然后抿紧嘴唇，脸庞泛起猪肝色，曾经遭遇被企业辞退的苦楚和妻子逃离失踪的悲愤在酒菜中释然，他狠狠地用牙齿切割连着筋的牛骨头，吱吱作响，昔日的英雄气息在酒瓶起落中浮沉。

事情并不理想，父亲是一个副职，他高估了自己，也高估了金参加边境战争的经历。金不相信，他提着自家产的新棉被央求父亲，金以为，父亲最终还是贪财的，他礼节到了，事情才成。金耷拉着脸庞，唾沫飞溅地诉说，他的往昔，荣光与痛楚，哀叹世人的淡忘。父亲在一个中午留下金吃了午饭，带他去找院长，谋求医院门房职务。

那天下午，我接到同学的电话，她在电话中气愤地骂我神经病，说我是掮客，因为哑巴姑娘找到她男朋友那里去了，正是我透露的联系方式。哑巴黑亮的大眼睛在笑，提笔落墨于白纸，笔尖戳破纸张，她的指尖放在笔尖上，然后用力在白纸上按下，花蕾般抱紧自己的墨团……我放下电话，朝打字室里跑，操场上的雾气又笼罩上来。刚下体育课的孩子们，看我着急慌忙的样子，隔着雾气高呼——朱圉，还有一节语文课。学校规定，天气不好时，所有课外活动都改上语数外，那天刚好轮到语文课。我当然记得，不理他们，着急跑。孩子们还在后面笑喊"朱圉，求求你，语文课你不要我们写作文了"，我慌忙跑到门房旁边的打字室，果然，里面空无一人。

蓦地想起，今天一天没有看见哑巴。她果真过江到对面的城市去找那个穿黑风衣的男孩子了，而男孩子是我同学的恋人，是我给了哑巴他的联系方式。现在，苍茫近乎漆黑的雾下来了，在冬日的黄昏，化做煤屑，笼罩孤岛，长江码头必定封渡。她回不来了。

踱来踱去，心中万分焦急。又给同学电话，她开口就骂，好不容易逮着她哭泣机会，告诉她，又起雾了，长江肯定封渡，她马上尖利着嗓门骂——关我屁事……上课铃声响起，我扣下话机。

厚重的雾，如同密实的墙壁，隔绝人的视线，甚至呼吸。我胸口发闷，推出自行车，又放回，旁边擦肩而过的学生招呼：朱圉，还是走回家吧，雾大，看不清楚。我讨厌他们故作大人状的深沉，狠狠地瞪眼，煤屑般的雾中，他们看不见。但他们的笑声，清亮如同露珠，与勺子敲打铝制碗的声音上下起落。晚饭的时间了。我犹豫，他们——哑巴的父母，校长与食堂那个卖饭菜票的胖女人，没有看见女儿，会怎么样？

满腹惆怅。医院宿舍楼下，中午就来了的破旧摩托车还在，它横亘在楼梯口，一身邋遢，缺少机灵的心眼，缺少善解人意的心怀，我厌烦地大踏步爬楼。金已经坐在饭桌上，酒瓶在他的脚下，他的酒杯满满的，刚刚斟上的白色液体还在荡漾，他脸色发黑，不端酒杯，苦苦哀求父亲，反复询问——

为什么这样？

我端着饭碗，冷着脸色和口气——没有为什么，自己靠自己。金吃惊地望我，嘴唇颤抖，口辞在诉说往昔中越来越剧烈。父亲举着筷子，思索他不能办好的原因。母亲叹息——现在都不提那场边境战争了。金瞪大眼睛，把"为什么"后面跟随的问号修改成愤怒的感叹。父亲敲敲桌子，眼睛发亮，似乎醍醐灌顶，提示，你干脆把那床被子，再加点别的什么……找院长下，毕竟是他说了算。

丁零——电话找我的，一个女人威严而粗陋的声音，哑巴的母亲，她问我是否知道她女儿去了哪里。我的心提了上来，说她过江去了。女人问我怎么知道，她女儿过江干什么去了，她什么时候去的，是不是你给她出了什么主意——我想起哑巴提笔在白纸上的问话，一句赶着一句，一个问号排在一个问号后面。我应该回答哪一句，哪一句才是她真正需要的？

我的掂量显然缓慢，威严的声音提高了分贝警告，要我识相，女儿不见了，我就是罪魁祸首，我会付出代价。代价是什么？但它重重地捶在我胸口，生疼，我的喉咙带着被阻塞的疼痛，忍不住咳嗽。抬眼看窗户外面，黑暗的沉重，如铁，灯火亮起不仅没有缓解，相反，它更加心事重重。我沙哑着嗓门，忍不住打断，用金一样的语气央求：你听我说，没事的，我也是听一个朋友说的，她找一个人去了。

父亲与金出门去了。母亲拿起电话，她邀好牌局，准备在我们家开战。我关闭房门，捧一本书，想着哑巴，她从来没有如此要我牵挂，而从来没有一个人像她一样要我整整一夜牵挂，甚至，我在被窝中，合拢双手，为她祈祷。

三

冬日的雾骄横跋扈，它们有些厚脸皮，甚至变态，哪怕，那么多的人乞求，快散了吧，快散了吧，它不顾不理，得意地蔓延，从黑夜到白昼，明明刚刚一阵风吹散了，但茫茫的雾气又追了上来，又从白昼到了黑夜。

岛被湿漉漉的雾气埋葬，它抱紧自己再抱紧自己，以图亮堂还没有熄灭的内心之火，终于，它消失在肉眼，即使瘦弱到岩石凸露的江水也无法凸显它的存在，仿佛它甘心这样，沉溺再沉溺，白茫茫的世界。

父亲大发雷霆，跺脚骂娘。他右手捏着菜单与账单，上下抖动，他的一个远房侄子在镇上餐馆吃喝，然后大笔挥下他的名字。这个王八蛋，老子扒了他的皮——暴怒下的父亲坐上金的破旧摩托车,去岛上一个名叫高山的地方寻找他的侄子八斤。高山没有山,却是岛上最高的地方,位于孤岛正中心,传说它的腹地是巨大的坟墓,埋葬着楚王,八斤深信不疑,致力于寻宝,他的理想与现实都在寻求中虚无地消耗,他相信有一天他会非常非常有钱,所以他不屑于稼穑耕作,他云游孤岛和外面的世界,从不操心吃喝,他拿着大把钞票赌博,慷慨地签名赌债,他的理由振振有词——我的家底下就是楚王墓,多的是金银财宝。但是他在岛上,心疼他家底下的财宝,在各大餐馆,签下父亲的名字。

夜晚,该死的雾笼罩着孤岛,消弭着路途。金的摩托车刚出镇上的街道,上了人工河右边的公路,就撞在一棵老银杏树上,掉进人工河,冬天的人工河没有河水,他们没有淹着,却摔着了。父亲滚在枯草堆上,可怜的瘸子金却伤着了右大腿,那是他保存的唯一行走世界的腿了。金伤心而泣:我的右腿也没了。父亲以外科医生的眼光镇定而严肃地宣布,没有大事情,能够恢复的。

恢复的日子漫长,母亲埋怨,她现在是金的用人,吃喝拉撒,没完没了。父亲厌烦金也厌烦母亲的唠叨,又无可奈何,于是,每天给金送饭菜和开水成为我的日常工作。我有气无力地往返于自家和医院病房,苦着脸。金要求我扶他起来走路,我坚决摇头,金生气地责骂我不仁义,狗眼看人低——他又提起他往昔的荣光。

金慢慢下床了,他要求回家,要父亲一次性结清费用,两万。母亲讨价还价五千,金眨巴眼睛,说他是英雄才不愿赖人家的钱,何况是朱叔?言下之意,父亲还是他这个英雄看得起的人,母亲老到地清算她近一个月来的伺候,喋喋不休,金无法插口仍不松口。终于,母亲咬牙一字一顿地问:真准备把事情做绝了?

一片静默。金在心中掂量了母亲的话,很仔细地,终于答应,五千吧,都是亲戚。

谢天谢地。母亲恢复晚上摸牌的习惯,尽管临近春节,尽管忙年是主妇的事情,她依然有条不紊地安排妥当,因为她舒心。

我看见回来的哑巴姑娘又不见了,她的母亲,食堂里卖饭菜票的胖女人又找到了我,她追根溯源,哑巴的错误从接触我开始。

实际,哑巴那次离开孤岛,三天后就回来了。三天——不长也不短,可以记忆也可以遗忘的时间,可以开始也可以结束的小时段,她留在孤岛对面的城市,与大雾没有关系,因为她没有准备回来。但她回来了,是她母亲拽回来的。

我看见哑巴，一颗砰砰乱跳的心落地安稳了。她好好的，一样未损，相反，她的眼光荡漾着笑意，那是一个少女怀揣爱情之火的甜蜜。朋友在电话里枯涩着嗓门骂我惹祸精，说哑巴快要抢走男友，她也不想活了。非活即死，多么可怕，我的心又乱跳起来，口无遮拦地许诺——没有什么事情，哑巴母亲绝对不会放走她的女儿。

可是哑巴自己有腿，十二月底，哑巴又失踪了。她母亲恼羞成怒，在教学楼梯口，一把拽住我，翘起食指，指尖点到我鼻子上，我又看见哑巴指尖上的墨痕，墨痕在指尖下按中落纸成紧实的花蕾，花蕾不断缩小成一个黑点，在我鼻尖上，我本能地后退。胖女人更气恼，再次拽住我。

朱圊，你推开她，学生在旁边喊。一个男孩子上来，拽住胖女人，另一个也跟上来拉女人的手，他们大声叫嚷——放了朱圊，我们要去买饭菜票。

朱圊，你笑一笑，我们就给你写出好作文。

黑板上的字让我好笑，我耸耸肩膀，否认自己是朱圊。学生们哈哈大笑，你就是，朱圊。

四

父亲陷入惊恐中，开会时，有人说他因为欠下金的钱才不得不替金徇私谋求门房职务……他是个容易恼怒的人，在家里走来走去地骂人，骂八斤骂医院骂母亲骂我……这一切都让他无法安生。但是，他不骂金。我嘟哝，都是金惹的祸，父亲指责我不仁义，脑门上的青筋一跳一跳地，如同苏醒急欲出动的蛇。金也曾经这样骂我，我在心中轻蔑地回应——往往不懂得仁义，才滥用仁义。

春节，姐妹回来，她们没有缓解父亲心中的烦恼，相反，她们归窝后，曾经捂紧的生活得到松懈而泄密哀伤，增加了父亲的烦恼，他多次在饭桌上，举起一根指头，警告我们——永远靠自己，离开这个岛，越远越好。

妹妹团完年就去北京参加雅思培训，她的出国梦即将实现。倒春寒的日子，雾气犹如锋利的薄刀，架在脖子上，我缩着脑袋，充满了厌恶。这个岛，风沙，湿凉，雾瘴，没完没了的心眼和抖狠，锋利的薄刀沿着裸露的皮肤下滑，掉在心里。

电话中，一个男孩子的声音，他喊我姐姐，我一愣，我没有弟弟，但姐姐的称呼让我温暖，我耐心地听他诉说，他认定妹妹与我感情最好，要我劝告妹妹不要出国，她一个女孩子，出去孤身一人有什么好……我放下话筒，无话可说。

一个男人看见我写的岛，他寻我而来，但他是个已婚男人。

一个女孩子给我写信，她认定我是一个男性，我在报上的笔名偶尔署上"朱圜"。

一个孩子在街道拉住我的衣角，问我是否看见他的妈妈。

……

这是个寻找的季节。岛上的雾气在春水的荡漾下开始散淡、消失，呜——嘟——嘀——船声此起彼伏，岛上桃花红了，梨花白了，菜花黄了。

金果然恢复得很快，他骑着破旧摩托车来我家，督促父亲落实他的工作。母亲这次彻底厌烦，即使金来得再逢时，她也不给金筷子，耐心等待金说完事情再开饭。父亲自己给金拿筷子，被母亲夺走，扔进垃圾桶，母亲大声说，再多拿双筷子，我继续扔。金很坦然，坐在沙发上，说，朱叔，你们吃，我已经吃过了，你们吃完了我再说。

父亲带金去找镇上书记，父亲十拿九稳，马上是换届选举，书记年纪偏大，可能还是这个镇的书记，但求稳是个大事，而金的事顶多算个小事，书记不能不答应。

父亲不知道金单独去找了书记，也不知道金说了什么。父亲和母亲被医院叫去做工作，被严厉警告：要以实际行动带动亲戚朋友搞好乡镇党委书记的换届选举工作，出了差错要负政治责任。父亲满腹疑虑，去找金，问金对书记说了什么。金得意地说，书记很重视他的工作。

我被校长喊到办公室，校长问我，选举书记，你选谁？

现在的书记。

校长眯缝起眼睛打量我，他不信任，早已经不信任，先是哑巴女儿屡次出逃，接着是当下的选举大事，都与我有关。校长为人威严，不苟言笑，他警告自由随意必然是麻烦。我从校长办公室出来，一颗心乱蹦乱跳。回到家，父亲反复叮嘱，慎重对待选举，现在的书记就是某某，你要记住他的名字，你要给他投票。母亲发女人泼皮威，吼道：就不选他，天还塌了。父亲颤抖着声音说，本来不选他可以没事，但是我们都被怀疑没安好心，不选他就有了事情。

父亲找来了金，交代他选举事情。金得意地说，我当然选某某，我跟他说了，不给我办好事情，我所有亲戚和朋友都会乱投票。

混账——父亲竖起了手指，手指微微颤抖——你这是威胁，是耍流氓，最后的账要算到我的头上……

妹妹要去国外了，但她宿舍里的皮箱不翼而飞，里面有现金、存折、身份证，还有护照，等等，她在电话中沮丧万分。我想到那遥远的话语："姐姐，你劝她不要出国去……"我充满了担心，妹妹宽慰我说，她会不遗余力地补办。

我意外地在学校打字室里遇到哑巴姑娘，她刚回来了还是早回来了？她不像往常，看见我就拦住我朝我笑，她的神情陌生，眼神专注于空中某个地方，冥思或者发怔。

阳光逐渐丰满，我们脱下臃肿的外衣，单薄的春装和裙子恰到好处地与温馨映衬。哑巴站起来去倒水，我发现她胖了，从胸脯到腰身。

就在我转身离去时，哑巴拉回我，她刷刷提笔在白纸上写：我要结婚了。

结婚？那个穿黑风衣的男子，我同学的男友，与他？哑巴脸上飞起红晕，她这次不管笔尖上带起的纸屑，继续龙飞凤舞地书写：我铁定了心，要结婚。白纸破出一个大洞，笔尖被木桌子削掉锐气，分岔，哑巴随手把钢笔丢进垃圾桶里。

五

选举后，金还是没有来医院门房上班，他又来我家，与父亲反复分析，问题出在哪里。

四月是岛上最温暖的季节，明亮迷人的阳光，金子般地抛洒光芒，和煦的风吹拂脸颊，带来蜜糖般的花香。是的，那时候，孤岛是多么逍遥，似在江湖之外，沙洲上燃烧成金子的菜花倒映在长江中，它们朝着另一个世界生长，岛变得深不可测，绵延在无垠原野上的白梨花和柑橘花，堆积出漫天的云彩，大地与天空讲和，它们携手开掘藐远的诗意和宁静。而岛上的池塘、河流、沟渠，清亮的水质流动着尘世外的梦幻。

我一到这样的季节，就想瞌睡，昏沉着脑袋，哈欠接二连三，不独是我，学生们也这样，他们在课桌上堆高书本，把自己的脑袋隐埋在书本后面，眼睛闭上，我依次叫醒他们，他们央求：朱圜，我们去春游吧。

田字街道正中搭建起长条台子，准备摸奖，所有的孤岛人蠢蠢欲动，他们在活动开始前就围拢成挤不动的洪流，唾沫飞溅，飞短流长。那几天，街道上隔几户就有的茶馆突然没有了生意，麻将、花牌在摸奖前失去吸引力，隐居人群视线以外。

气球飘起来了，红灯笼挂起来了，绸子扎好了舞台，鞭炮燃起来了，一个星期的摸奖活动，从清晨到子夜，喧嚣不止。

　　我带学生去长江边的沙滩野炊，春水已经涨起来了，一波一波地冲击着沙滩，学生刚刚垒好的城堡马上塌陷，学生问，朱圜，听说98年长江有千年不遇的洪水，我们的岛会不会没了？

　　怎么会？这么多年的洪涝，咱们这岛还不是在吗。另一些学生马上否定。

　　我被警醒，此处危险，马上喊学生换到大堤对面的沟渠去野炊。回转的路上，我们遇见了哑巴姑娘，不是她一个人，还有一个男孩子，牵着她的手，不是穿黑风衣的男孩子。哑巴姑娘穿着单薄的裙子，裙子下的腰身……她是否怀孕了？

　　否极泰来是怎么样的词语，它真等同于时来运转和幸福快乐？八斤突然来我家，给我父亲还钱来了，他欠下的餐馆的债，他有足够的钱偿还，八斤摸到了大奖，东风牌货车，他当场卖掉，除去税钱和花钱（岛上得财的人分发给旁边人的小钱称呼为花钱），还有七万多，八斤乐坏了。面对突然现身的八斤，父亲手足无措，他不想与这个人有任何瓜葛，要八斤自己去还酒家的钱，父亲根本就没有承认那些账。八斤抽出一沓票子，直嚷，够不够？母亲盯着厚厚的钞票，在心中估算有多少，八斤慷慨地把钞票放到母亲怀里。

　　半个月后，八斤再次找到我家，他哀叹时运不济，手中的钱包括卖掉的牛钱赌博全输掉了。母亲赶紧提一个黑包出来给八斤，说，都是你的，我们一分未动。八斤揣着黑包，转身就走，父亲暴跳如雷地骂——你那些臭账你自己了结，你不要到我们家来了。

　　八斤听见了吗？

　　听见与否都没关系，他还是来了，六月一个大热天，他告诉我们，岛上发现了石油，现在石油勘探队都来了，我有事情做了。没有人搭他的话，因为他说的只与他自己有关，八斤极力找我们共同关注的话题，说长江的水飞涨，比以往汛期都要高，估计今年有特大洪灾。

　　是啊，听说是百年不遇的洪涝，母亲叹息，她的记忆里有挥之不去的洪水淹没孤岛的阴影，那年，她的母亲我的外婆死了，她的大姐夫我的大姨爹死了，而我的父亲，还有眼前的八斤，都有经历洪水带来的惨痛记忆。

　　这回会不会溃堤，哪里最容易溃堤，如果不溃堤，洪水威胁对面的城市，是否要挖堤分洪为对面的城市解危，洪水来了，我们有可能被安排到哪里去……他们攀着洪水的话题，用满腹疑问培植一棵令人忧心和悲痛的大树。

　　六月中旬时，哑巴姑娘结婚了，她的丈夫是码头货轮上一个船工，那个在四月大堤下牵哑巴手的男孩子。哑巴的肚子大得惊人,她脸上布满了黄褐斑,她对我熟视无睹,仿佛我在她面前根本不存在。

六

　　七月时,洪水一天天见涨,我们放暑假那天,哑巴生了一个女孩子,我没有被邀请吃婴儿的洗九宴,哑巴的丈夫捧着红蛋依次分发,送请帖,我没有得到。我一直心存疑问,他依次到办公室发的,他与我毫无瓜葛,为什么不给我发红蛋?哑巴告诉他还是丈母娘告诉他这样做的,抑或他耳闻什么后的擅自行为?我唯一能肯定——他们恨我。

　　中旬,我参加另一个单位招考,调出孤岛。下旬的孤岛被大水四围,浑浊的大水漫漶在孤岛周围,淹没了码头,淹没了码头上大堤下的树林,与大堤快要齐平,孤岛真真切切地与世隔绝。而坏消息一天天传来,长江上游的城市被淹,下游一些地方被淹,岛上的人惶惶不可终日。

　　金最后一次来我家,是找父亲弄些消炎药,他每天监守在孤岛西边的大堤上,据说,那里一个地方已经溃漏几次,幸好发现得早,用水泥袋和石头堵上才没有出事,而他身上多处受伤。父亲劝他没有必要守堤,说他这样的身体去了是累赘,金大怒,说临阵脱逃不是英雄本色。

　　八月时,暴雨连续四五天,洪水再次暴涨,簰洲湾溃堤、公安县黄金大垸溃堤、九江市长江干堤溃决……父亲接到通知,可能马上转移,孤岛要破堤,母亲与我仓皇地收拾行李。一个雨天傍晚,父亲穿着雨衣从大堤上回来,我们围住父亲问,是不是马上转移走?父亲摇头说,回家看看,下岛大堤有多处溃口,太可怕了。

　　父亲匆忙而去,那夜,我与母亲待在一个房间,我们不敢睡,穿着衣服坐在床上闲聊,母亲拨了几次电话,无法连通,姐姐与妹妹她们没有消息,她们还是七月上旬来的电话,要求我们去对面城市住好,被母亲拒绝了。

　　我突然一阵惊恐,问母亲,洪水淹没上来,人跑不跑得脱?

　　母亲责备我瞎说,说好多年没有发大水了,她找出花牌,摊在床铺上,手把手地教我她最大的绝技:孔乙己,化三千,可知礼……

　　就在那夜,8月10日,洪水没有上涨,没有达到峰线。父亲第二天回来,异常高兴,他满有把握地说,洪水要退了。

　　电话开始通了,姐妹问候及时赶来,仍然坚持要我们到对面城市去住。电视也开始转播,不甚清晰的屏幕上,我们突然发现了瘸子金,他在接受采访，浑身泥浆。父亲感叹，金一直留在大堤上防守。

八月结束，洪水隐退，金成为岛上名人，他频频在岛上电视台露面，他参加边境战争的经历重新被人提起。金如愿以偿地实现医院守门人的愿望。

我离开孤岛那天，八斤又来了，他在推销一种药，恳求父亲帮忙，父亲断然拒绝，八斤似乎有准备，收好药品，拿起父亲的皮鞋，放进他随身的蛇皮袋。

他坐在饭桌上，端起酒杯，开始讲古——为什么孤岛经历那么多次洪水，都冲不垮，你们知道吗？高山下的楚王坟墓是长江的一个通道，传说，楚怀王就是借死之名从坟墓通道逃走了……洪水来了，即使冲到岛上，还是要回到江海，岛是个神岛啊。

没有人搭理八斤，八斤依然故我地口若悬河，他说，当年他挖人工河时挖出的铜缶，被一个台商看中了，但他不愿意卖，因为台商出价较低，那可是楚国的宝贝啊……

清江版图

清江是毗邻我住地的一条河流。它的名字已经囊括了河流水质，清者自清，八百里浩荡姿势，让人会不由地吟诵：沧浪之水清兮，可以濯我缨。这本是《楚辞》上三闾大夫在流放后，形容憔悴行吟江畔回答渔夫的话，但沧浪之水肯定隐含了一种水质被选择后的寄寓，清洁、深澈、坚守的品质。沧浪是水，清是屈原流芳后世的精神质地。海德格尔说，"澄澈将每一个事物都保持在宁静和完整之中"，清江保全、创造了……自然以及超越自然层面的生命。

一　终结点清江咀

从终点开始，清江就袒露在我的眼前。我不是故意想从终点逆向回溯这条河流，而是因为河流的终点最靠近我，使得我最早也最多次接近这段河流。

十多年前，我还是一个小丫头，学校组织去看清江注入长江。在我从车里钻出身子，一看见公路旁路标牌"离清江咀还有 1km"时，我就在心中认定，应该念"清江嘴"。到达清江终点，老师大声吆喝，快来看清江嘴，这是清江汇入长江的地方。清江咀镶嵌在长江和清江中间，就像一个吞没的嘴巴，清澈碧绿的河流和气势恢弘却浑浊不堪的长江水流在这个嘴巴里汇合，碧绿如叶的河流固然缺少了长江浊浪滔天的霸道，但它在清江咀里舒缓有致、游刃有余，挟裹着河道泥沙的长江水无论如何也不能侵染清江的碧绿和深澈，在时间幽微漫长的隧道留下了鲜明的对比，色彩的对比，力量的对比，气度的对比……奇观也成为招徕众多游人的因由。

而在清江咀以下，有著名的长江大桥，巍峨雄峻。20 世纪 80 年代初期，有军人守护着南北桥头，一个即将转业的小伙子，害怕转业，偷拿了训练的枪支，在射杀营房指导员后，又丧心病狂地在南桥头朝过桥百姓射击，上十具无辜倒下的身体，从桥头滚下长江，一时，鲜血染红了江水，而当地百姓说，以后那里水流总是锈红，要吃水，总得往上游去，越接近清江咀越好。而十年后，也是在这座大桥上，我的一个表叔从南方打工挣钱回家，深夜和他哥哥在桥上起纷争——表叔告诉他，整整一麻袋的钞票是他帮助别人押运了几次莫名货物而挣得的，大表叔痛斥弟弟钱财来路不正，把麻袋抽起，向月光下的寒冷江水抛去。而再十年后的一个深夜，一对战友，在借钱与还钱上起纷争，借钱者被认为没有尊严，时常向人开口求钱总被看贱、斥责和拒绝，在钱引发的尊严上，借钱者抡起榔头捶向被借者，然后抱起被借者身体，向早春的冰凉江水抛下。至此，尸体不存。钞票、生命，或者一切，雄浑的长江以器重姿势接纳，又以不器重的轻藐姿态推卸给了泥沙。

在清江咀，我无端想起三个时代的大桥事件，却不由假设，如果就是清江，沉没的钞票和身体是否可以清楚地映现——我总认为，这脉汇融的水流就是在提示一些痕迹。

在清江融会长江后，长江巨大的水脉里有几处碧绿的旋涡，像地下洪流不间断地冒涌，微弱而固执，渺小而盛大。而在当地流传，这是一个居住宋山的僧人用轻功渡长江时，脚下携带的清江水落下的脚印。这个僧人早年在清江咀担水，本性憨厚淳朴，偶遇宋山得道高僧，他的善良和坚忍促使他成为宋山高僧的徒弟。高僧在行将就土时，放心地交给他一本秘籍，而此时的他已近不惑之年，他按照秘籍苦练修行，晚年成就大器，成为当地普救众生的济世英雄。这是听来的故事，不清楚是否真实，但我还是牢牢记住这个济世英雄的名字——汪连，或者汪涟。一个与清江有关的故事和人，在我日益深入接触这条河流后，我相信，这个汪连或者汪涟的故事不会是无中生有。

清江自有生长故事的合适理由。

二 传说中的盐水女神或盐池温泉

一个女人凌波于氤氲如雾的水汽中，她丰腴不乏窈窕的身姿在薄如蝉翼的轻纱中充满了原始的健康之美。在停泊于盐池温泉附近的雕花土船前，在众目惊呆的西行部队前，在一个皮肤黝黑、腱子肉突出、英武彪悍的男人前，女子轻启朱唇："此地广大，鱼盐所出，愿君留共居。"

这是一个贸然的请求，出自不平凡的女子之口，这个女子是当地部落的首领，她带领她的部落狩猎、打鱼，充分开凿当地丰厚的自然资源：盐业，整个天地一片祥和、安泰，她被称呼为盐水。但女神爱上了向西拓展疆域的巴人首领务相（后被子民尊称为廪君）。她以为，盐阳的富庶可以停留拓展疆域的步伐，她以为，神仙的美丽可以挽留一个凡间男子的情感，她还以为，神明昭示的祥和可以造就凡尘的美丽和谐……她和壮健的巴人男子相爱，却被巴人首领拒绝姻缘。

"于是我倒念咒符，给你看我的好//还有我的神力。我看见//我们在这儿能够幸福，正如男人和女人//当他们只有简单的需要时。同时//我预见到你将离去，由于我的帮助，你们敢于迎战//凶猛咆哮的大海。你认为//几滴泪水就让我心烦意乱？"（格丽克《喀耳刻的神力》），多少年后，我热爱的诗人格丽克她为爱情挂上了咒符，喋喋不休。神力和凡生没有区别。女神不是凡人，但她是一个女性，她为爱也倒念了咒符。她在冰寒的深冬带领廪君去盐池温泉。天寒地冻时，盐池温泉却热气腾腾，升腾的盐雾高约数丈。雾气中翻卷的浪花像一尾鱼卷着身体腾空又落下。突然浪花中间盛开了女神美丽如花的身体，沐浴后的女神慵懒而妩媚，清灵的声音随着浪花的翻卷送入廪君耳膜：清水唯一濯地，当抚君之躯体，驱君之冷寒苦闷，安君心矣！

两年前，我到达清江盐池温泉，一帮男女朋友，嘻嘻哈哈地被雕花木船送行于伴峡口处，冷得瑟瑟发抖的我看见热浪冲天的温泉，马上兴奋了。但朋友告诉我，男女一同沐浴，你不要害羞啊。矜持的我躲闪在人后，抱着双手在嘴边哈气，啊哈哈地接受水池里浪花的撩拨。其实，害怕什么呢？朋友告诉我，盐阳顺口溜——长阳盐池一新闻，家家没得洗澡盆。男女老幼一起沐浴是当地民俗，你客气反而见怪了，你看盐池里有好多村民，人家都习惯，你反而扭扭捏捏。我以笑壮胆脱下衣服，奔向温泉，浪花淹没了我的肉体。我的双眼还是被盐阳村妇吸引了，她开始是背对着我，当一个健壮的男子为她搓洗时，我惊讶地看见她的乳房异常圆实饱满，傲然耸立，鲜红的乳头在洁白的浪花里如同红玛瑙般耀眼，心中忍不住赞叹，盐水女神的子民秉承了健康自由之美。沐浴后，有朋友献打油诗：盐池清浅溢温泉，野浴村娘韵若仙。客想当回巴务相，濯尘梦与女神眠。

可惜这毕竟是一时兴起的激情，我相信，在盐水女神再次挽留廪君时，廪君肯定是温情脉脉点头致意，甚至他会拥女神入怀，心疼而充满爱意。盐水女神才说，此地君为主，当出入便利……可是，廪君还是决定向西进发。

"我的朋友//每个女巫在内心里//都是实用主义者；没有谁看到本质而不能//面对局限。如果我只是想留下你//我可以把你当做囚犯扣留"，几千年后，遥远的大洋彼岸，格丽克如此解构爱情的不得已。女神夜入廪君帐篷留宿，日化飞蠓迷蒙道路。廪君勃然大怒，无法硬取，只好想出一条至今让世人无法评价的计谋——在晚上和女神温存时,赠送女神他的黑发,许诺和女神白头偕老,但要求女神把他的头发挂在胸口,以示忠诚。女神欣喜若狂,第二天,率领部落子民化做黑压压的飞蠓撤退时,廪君却在丛林掩蔽下搭好弓箭,瞄准在风中飘拂的黑发,嗖的一声,尖利的箭柄穿透了飞蠓的身体,盐水女神现出原形,带着刺入心脏的箭柄飘坠于山上,顿时血流成河,染红了山脉。据说这座山在巴东,在下雨前,就全部变成红色,给巴东人民警告,做好灾难预防。

而廪君呢,顺利向西进发,开拓出土家族的疆域,如今,土家后裔生活在四川、湘西、鄂西、长阳境内,他们尊奉廪君为祖先,而称盐水女神为德济娘娘,是为廪君夫人。盐水女神的爱情故事,在激情的盐池温泉荡漾,它化为温暖和保健洗濯世人肉体,我想,被爱人刺死的盐水女神在时间的沧桑里已经脱离了凡人爱情的怨恨,她被自己供奉出神明的博大和慈爱——她是臣服了肉体又超越肉体的女神。

三　从鄢沱到向王渡口

鄢沱也是一个渡口,清江北岸的一个小湾沱,有快艇和小木船抵达清江中的若干岛屿。这些卧伏在碧绿水流中的青山,相连,或者游离,究竟有多少座,我心中没有确切数目。但从鄢沱起程,青山就向对面走来,携着温润水流,在眼睛里近了又远,远了又近。其实,这些岛屿异常安静,常青的树木笼罩着山体,非常严实,一些苍茫就被掩盖,在水波轻漾里,呈现出不动声色、不易就范的安谧气息。这些岛屿没有人家,是孤独的也是纯粹的。而海拔稍微高峻的岛屿,有白色的房子晃动,三五个黑或者白的山羊、水牛在山坡上低头衔草。

这些在清江水中的人家固然得了清静,但如何和外界联系呢?看来,鄢沱是一个老渡口。

此处的清江因为地域宽广阔大,水流有密切的波纹,清亮的水质在快艇的尖利底板开拓下,飞起超过快艇高度的雪白浪花,秋天的太阳红得腼腆,还是被清亮的水波衬托得厚实动人。在回头时,浪花又被密切的波纹收复,两岸的山脉在密切的波纹里被切割、波动,整个水面没有一丝杂物。

最小的岛屿是靠近一个大岛的小土堆,不过两三人站立的面积,上面被安置了塑像——一个单腿跪着的男人正用望远镜眺望对面。他脚下的枯草和矮小灌木倒伏，趴在水里。大岛屿以前叫什么名字，不清楚，但现在被开发成风景区，被人称呼愚人岛。精华风景仍然是四围环绕的水。我第一次来愚人岛，是春天的傍晚时分，清江上，落日熔金，青山不语，轻渺的云雾在水面缠绕。最后一抹霞光被升腾的云雾吞没时，山水苍茫，黑暗拢来。这是属于诗歌的时段，美妙的词句在我嘴巴盘桓：

  黑夜用它的翅膀笼罩着池塘。
  带晕的月亮下，我依稀辨认出
  你的面庞正游弋在银色小鱼和闪烁的
  小星星中间。在夜色里
  池塘的水面闪着金属的光泽。

  里面，你睁着眼睛。它们包含
  一种我熟悉的记忆，仿佛
  我们孩童时曾在一起，我们的小马驹
  在山冈上吃草，它们是灰色的
  有白色的斑纹。而今，它们吃草
  旁边是那些死者：他们等待着
  像身披坚固胸甲的孩子们一样，
  清醒而无助。

  山冈遥远。它们高耸起
  比童年时代更加黑暗。
  你在想什么？如此安静地
  躺在水边。那时你的样子，让我
  想触摸你，但并没有，因为
  宛如在另一生命里，我们流着同样的血。

  而这一次，环绕岛屿的水流，在秋天的从容里流淌着油腻和垃圾，碧绿显得肮脏、虚假。我扁着手掌，拨去水面的杂质，黏稠的油腻马上聚拢，覆盖了我落水的手掌，无法清洁的水流，令人沮丧。
  下午，在千年古镇龙舟坪。清江环绕东西城，城的对面仍然是清江蕴涵的青山，实在是好的居所，龙舟坪悠久的历史、古迹和风物显而易见。但人们并不珍惜清江的馈赠，认为清江天生就是城镇的收容所，是人类欲望的过滤器。小渔划行驶江面，我遗憾和喜悦参半，尽管厚重成团、黑嘟嘟的油腻漂浮在渔船周围，但靠着群山的清澈水质还是令人欣慰，一棵华盖如伞的桑树，歪着身子长在水边的石头堆里，它后面有大小不一的桑树在列队，鲜亮的桑叶给青山增添了蓬勃活力。而缠绕紧密的青葱葛藤几乎遮盖了下面的树群。完全站立在水中的水麻柳和杨树，犹如挽着裤腿劳作的农人……当江心的芦苇荡里白色的鸥鹭款款展翅飞翔，小孩的惊叫此起彼伏，顿时，一些灰鸭子扑扑扑地飞起，落下，水面不时冒出野鸭的灰脑袋。

渔划子折了身，回转，驶向向王渡口。向王正是巴人对祖先廪君的尊称，在长阳，有许多向王天子庙和向王天子渡口，这个渡口只是其中之一。渡口实际是顺着山势而下的坡路，坡路下靠近水流的是新近修建的亭子，屋檐向四周翘起，大红描金的色彩增添了喜庆元素。我坐在亭子石板上，一扭头，发现沿着坡路蔓延的地枇杷，肥绿的叶片，紧密簇拥，几乎遮蔽了茎藤，叶片有蜡质的光泽，醒目。一股淡淡的清香在江风里缭绕。这样，我看见隐藏在叶片下，匍匐地面的果实，淡黄，快接近红色了，表皮是不顺畅的裂纹，麻着皮肤。香味正是从淡黄果实散发出来的。一个缠着宽大的西兰卡普（土语，头巾意思）、背着背篓的妇女正拾级下坡，上船。我们也上船，询问妇女，背篓里是什么，妇女告诉我们，是熏腊肉。土家熏腊肉是用松枝加橘子皮烟雾熏烘的，清香减少了油腻，味道独特。朋友想买妇女腊肉，妇女连连摆手，说，对面亲戚嫁女，要送腊肉做礼物的。

四　沐抚之源

沐抚位于鄂西，青山相连、森林密集，有著名的沐抚大峡谷，风景绝美。在沐抚北上二十多千米，就到了齐岳山，然后来到清江村的龙洞沟，这正是清江发源地。

但，我心中一直把沐抚看做清江正源，河流的源头和生命的源头。沐浴山野自由灵气，抚触天地康正精神。沐抚，我带着想望进入它，和一个男人，用身体融进它的身体。

九年前的炎夏，他要去团省委组织的培训班学习之前，和我约好，去探寻清江源头。说探寻有大词小用之嫌，那时的我带着爱情微熏的迷糊，幸福着，而即将到来的离别又让我伤感，不大注意它物，即使风景，我看着也觉得恍惚，难以发生碰撞。他背着背包，和我挤上拥挤、破旧的长途大巴，一路颠簸着。山路还没有得到正规修建，沿着清江的走势，九曲回肠，但保持了本真面目。群山起伏，泉水叮咚，云雾缠绕，歌声缥缈，紧紧依偎的我们，被激发出浓厚的兴趣，他不时在我耳边低语，源头地方肯定是美得无以复加，多好啊……我要和你在一起……

屯堡。马者。大岩千。班木。沐抚就到了。绿海成为气场从四围涌来，炎日的太阳放慢了脚步，一下子慢慢吞吞了，我感觉眼睛突然明亮、深邃了，他告诉我，沐抚有沐浴天恩的意思，瞧，你看，我顺着他的手势去看——梯田、森林、大小瀑布、脚下匍匐的野花和野果，绿色里不时闪现的吊脚楼。背着背篓的土家妹子悠悠地从身旁走过，而哟——哟嗬嗬的土家调子在群山回荡下层递，绵延不绝。

在一个没有名字的小旅馆，我们安顿下来，房间简陋甚至陈旧，在二楼，仍然感觉有凉飕飕的湿凉气流从脚底蔓延上来。藤椅是竹子编制的，久远的窗棂虽然有漫长岁月里尘埃积累的黑垢，但遮盖不了古老的雕花。我们头发上全是长途汽车扬起的灰尘，我用手在脸上摸了一把，手掌上黑糊糊的。本来想放倒身体在床上，还是迫不及待进了浴室。

在进房间前，主人就已经告诉我们，水是从后面山上引来的泉水，干净，但可能水温较凉。1999年，这个农家旅馆还没有安装上热水器，只有自来泉水，浴室倒准备了一个洗濯的大木盆。冷冷泉水从自来水管流出，哗哗啦啦的，我抱着身子，问，冷吗？他用手在水盆里划动——不冷，很舒服，用泉水洗濯，身体会洁白如玉。

在简单的饭后，天色已经暗下来。月亮早早露出了脸庞，是一轮红月亮，挂在高峻的山顶，有树梢遮住了红月亮的边角，但我还是看见它的圆润。我们沿着旅馆前的小路朝前走，主人交代——沿着山脚走，只要有路就没有问题。

房子被我们丢开了，山路在脚底下升高。林子增加了月亮的朦胧，虫子的鸣叫使树林的夜晚有了秋天的无上清凉。有种莫名的情愫在心中荡漾，我们一路无话，但手与手在相互交握中传递彼此的感动，这样的夜晚，风自由游走，月亮无邪，树木和青山在相互缠绞蓬勃的生命，看得见看不见的生命在自然地舒张。我们在一股泉流前驻足，它已经偏离了小路，我们顺着哗——哗——哗的声音马上找到了它。泉流从半山的一个洞穴里流出，缓慢，充满了节律，山麓下泉水滴淌出小溪流，月亮和泉水极好地交融，银白的小缎带掏出了山林的光亮和清澈。在溪流旁，我们紧紧依偎着坐在一个大石墩上，他剧烈的心跳咚咚地敲击我的嘴唇和胸膛，我看见他的瞳孔里有溪流，溪流里有月亮的影子，在激情地跳动，破碎，圆满，再破碎，圆满。有声音从我身体发出，三个月后，我回忆这个细节时，我才恍然大悟——那是一粒种子掉在土地上的声音，它使我的回忆充满神圣和感激。

第二天，我们到了龙洞沟，看见清江真正源头。山间灌木丛拥挤出墨绿，而这片墨绿中，一泓泉水奔涌而出，扑跌在岩石上，水花迸溅，泠泠作响。这是能用肉眼看见的一股脉流，这股奔涌的泉水在呈现之前，隐伏在宽约有三尺的暗穴。潜流成为溪流后，流淌进一个碧绿深潭，水从潭口漫溢，又成一眼潺潺的山泉——清江正是这些明暗起伏的百川泉水，汇众流纳而成。绵延，浩荡成八百里的碧绿水域。

从沐抚回来，他马上去了省城参加为期三个月的培训。而在他回来时，我肚子里的种子已经萌芽显形。我们多么感谢沐抚的吉祥，女儿正是清江源头送来的生命。

五　如画之美

帕慕克曾引用一个建筑大家的美学理论，建筑物的美丽不在于建筑本身，而在于历史赋予建筑的沧桑感，沿着建筑爬行的藤蔓、环绕丛生的草木、远处的岩石、天空的云彩等等在时间的浸淫里才能生出如画之美。

在我看来，如画之美不仅是横向的边邻景物组合成的沉静氛围，而且还是纵向的时间积淀出的文化历史的内核呈现。在这种认识的基础上，我望向清江的眼光具有了沉潜意味。

清江岸边的房屋曾是杉木和松木建造的吊脚楼，楼下几根大柱子，似支撑着的脚手架，水涨起来不会淹没，整个木质散发着久远的沉香味道，要人沉醉。且这样的四方鼎立的木楼傍水而居，通风通气，冬暖夏凉，很适宜居住。在清江的碧绿水质因为不受时间腐化而成为旅游招牌时，吊脚楼越来越少，守着清江流域的木楼已经成为久远时光的见证，少了实用价值多了观光价值。而它蕴涵的土家风情也只能羽化成现代人缥缈的想象。

毗邻清江的街道大都是大块细长的青石垒成的街道，青石质地坚韧，纹理细腻，是清江水孕育的独特岩石。而在久远的时光中，清江经历地壳运动和自己内力运动，集结日月精华，打造出久富盛名的清江奇石，晶莹剔透，温润隽永，或白如雪，或青如叶，或红如霞，早在北魏时，郦道元就在《水经注》卷三十七《夷水》中撰文作记："夷水……之经者皆石山，略无土岸，其水虚映俯视，游鱼如乘空也，浅处多五色石……巡颓浪者不觉疲而忘归矣。"夷水指的就是清江。今天，在清江寻觅石头，把玩石头成为一大风景，也成为巴人发家致富的一个门路。古朴的清江有了现时的喧闹，是它的幸运还是不幸？

　　本雅明说过，外来者对一个地方的异乡风情和奇异特征是最感兴趣的。清江在被外人打量、接受中，是依靠什么？是它亿万斯年不改初衷的澄澈水质，还是它被传承出来的土家风情，抑或被着意而开发的开心玩乐？在众多的双手被它洗濯，众多的身躯被它承载后，一个民族却被淡忘，在无声消融。西兰卡普和吊脚楼有着同样的命运，成为游人把玩的清供。跳丧舞和摆手舞也难得一寻了。很早，我的一个朋友请我去看巴人的跳丧舞——用热闹的歌舞送亡灵抵达天堂，来者没有悲伤，相反是尽兴歌之蹈之，我被这奇特的祭奠方式震撼了，但朋友耳语，这还不是真正的跳丧舞，要在深山里才能领略原汁原味，场面宏大非凡。心中的遗憾在日月流逝里有了担忧——有一天，无论如何也看不到真正的跳丧舞了。

　　我曾粗略归纳我看见有关清江绘画后的印象，很惊奇地发现，画家都选用了淡淡的水墨，青到没有的色彩，使清江版图充满了通透和澄静，而清江之上的景物几乎一律黑色。这样的色彩对比，在人心灵里挖掘出一条通向宁静的通道。而古朴的底子上又洇开了淡淡的惆怅，梦境到底能支撑多久呢？还是滚滚红尘使清江退守成了人类的梦境？

　　帕穆克认为，如画之美植根于意外之中，所以难以保存。而清江确实在它艰难的历程中，保存了澄澈之美。但，有一天，作为历史文化的符号，吊脚楼、巴人歌舞、巴人织锦、独有的动植物等等逐渐退守到后台后，缺乏它们组合的清江版图会不会还具备"宁静而完整的澄澈之美"？

西湘在湘西之上

来到湘西

枝城大桥、松木坪、刘家场，车开始从桥梁向上，盘旋，再向下。湖北与湖南交界处，地势低了下去，山际隐伏下来，树木被方块的庄稼替换。灰尘在放大的太阳光亮里张开了翅膀。

灰尘逐渐减少时，吉首已经告诉我们，湘西，到了脚下。

吉首处路面窄了，但青翠的林木排成的屏障给路途增添了宁静。噗——噗——来往的车辆几乎是水面上游泳的鱼，在盘旋起伏的群山里隐没、出现。公路边的树木都是南方高大的乔木，若干年的生长、坚守，它们成为湘西土地最永久的主人，车、车声、废气、游人、喧嚣在它们吐纳的气息里过滤，然后被当做废物沉落、排泄。公路两旁是一方方错杂陈列的水塘。我想起"沱"这个词，倚着某一山弯的水塘，没有任何回旋地静静泊成一方水域。一沱、一沱的水域，倚水而生的麻柳树、水黄杨，还有一些不知道名字的草木，搅出风水，回旋，流转出寂静而辽阔的气场。

我们被这个气场吸附，一点点深入湘西。

牙列——匹兹卡

宋宋是我送给导游的称呼。她和她伙伴争先恐后地把脸贴上我们车窗："请我导游！请我导游！"我问："你们谁是土家妹子？"她们异口同声回答："都是土家妹子。"一个姑娘却腼腆地说出一句土语："牙列——匹兹卡。"这是一个打了青色眼影、留着齐额刘海的黑头发女孩。我们愣住了，她说什么呢？女孩用普通话说："刚才是土家话，我是土家人。"

她被邀请到我们车上。甜甜的略微羞涩的微笑，使我脱口而出——我们叫你宋宋可以么？女孩竟然说："是沈从文先生笔下的宋宋吗？"

是啊，就是那个标致的小妇人宋宋，好看的宋宋。

她的聪慧马上赢得我们的信任，七嘴八舌地搬出心中疑惑。

宋宋，大街上头顶围着宽大头巾的妇女就是你们土家族妇女吗？怎么有的围，有的没有围呢？

土家妇女出嫁了，头顶上就要围着宽大土布头巾，小姑娘不围。

不围不行吗？

那不行的。我们土家族开始时是母系氏族，围了头巾的妇女才有权威，男人就会言听计从了。

宋宋，你什么时候戴头巾呢？

宋宋抿着嘴巴微笑，小酒窝鼓着，没有了声音。

快告诉我们啊。

宋宋小了声音说，我要攒足了钱，办一个生产西兰卡普的公司，我就会戴头巾了。

西兰卡普？西兰卡普是什么呢？

就是我们土家妇女身上穿的土布衣服，后来特指我们头上盘戴的头巾了。越来越少的妇女盘戴了……

哦，那你这公司岂不是会亏本？

哪能？我要做最美丽的西兰卡普，选出湘西最美丽的盘戴西兰卡普的女性。让西兰卡普走出湖南走向全国，到那时，土家妇女都会抢着盘戴的。我的生意能亏本吗？

哈哈，宋宋真聪慧。你真会说土家话么？

宋宋脸上飞起了红晕，小声说，我只知道几个简单的词语，因为土家话几乎失传了。

走 在 沱 江

沱江从贵州爬了一个个高峻山脉后，就很累了。它看见青绿的高大树木、宁静温婉的土地、袅袅的炊烟就放慢了脚步，想歇歇了……凤凰的沱江如同盛纳了千古往事而从容不迫的月亮，清洗、消融。其实，沱江还是沾染了我们湘西的灵气，没有了土家的吊脚楼，它就缺少了气韵。宋宋这样介绍沱江。

宋宋，你不像导游呢？吊脚楼是很有意思的，你家是吊脚楼吗？

湘西现存的吊脚楼大都集中在沱江边，从前是南来北往的游客的驿站，它天生就是准备发生故事的,我外婆家就在这吊脚楼。宋宋脸上飞起了红晕。

宋宋又补上一句,导游应该是什么样子呢?我当导游已经多年。

是啊,导游是什么样子呢?宋宋不像,却又是最适合我们心意的导游。她亲切自然,谙熟当地风俗民情,我们成了天真好奇的孩子,有无数个疑问等着宋宋来解答。

宋宋,你说你外婆就是住在这里的吊脚楼?她名字叫宋宋,还是夭夭?你知道你外婆的故事吗?

呵呵,我外婆就叫外婆,我嘎公,就是你们称呼的外公,是沱江第一家酿造苞谷酒的,外婆嫁到嘎公家不久,嘎公就生肺病死了。

你嘎公比你外婆年长许多,他喜欢吸食烟丝才生了肺病,然后,你年轻貌美的外婆成了沱江有名的酒娘子,沱江上来来往往的水手都喜欢到你外婆这里,喝她酿造的苞谷酒。有一天,一个多情的水手趁大家不注意,偷偷送你外婆他从外面得来的苹果、翡翠首饰、锦绣丝巾,后来……

后来怎么?说下去啊。我们眼睛齐刷刷地望向沉溺于揣想吊脚楼故事的朋友。宋宋抿着嘴巴笑,银白的牙齿忍不住了,露了出来,姐姐,你很得沈从文先生的精髓啊。不过,我的嘎公可比我外婆小,从小就是肺病。我外婆,还真是一个漂亮的酿酒娘子咧。

哦,你说你外公比你外婆小许多,你外婆嫁来后不久你嘎公就死了。那你真正的嘎公……朋友炯炯有神地望着宋宋。

我们担心地望向宋宋。

宋宋呵呵笑了,说,你们别认为这是什么难堪事情,我们土家族女人很大气有气概。这位姐姐说的对,我真正的外公就是这里的一个水手,但他在闯滩时瘸了右脚,很少来了。我外婆可能干了,她的酒可是远近闻名啊,我母亲是这里第一个出去读书的土家女孩子。

哦,你母亲现在在哪里呢?

宋宋说,我妈妈聪慧有个性,我父亲是一个教书匠,他是大城市里被下放到这里的,年长我妈妈十三岁,到吊脚楼来喝苞谷酒,就和我妈妈好上了,他们走出了吊脚楼,但从没离开过凤凰。

宋宋,你会走出湘西吗?

我不会的,我说我要攒足够的钱办一个西兰卡普公司,再买回外婆的吊脚楼,要让吊脚楼的女性都穿西兰卡普,都戴西兰卡普。还要会说土家语。

宋宋带我们去感受沱江,建议我们去坐竹筏。跟着宋宋走了好远,才看见放竹筏的。宋宋租好了一个竹筏,我们分别去穿竹筏上的火红救生衣。宋宋拒绝穿。竹筏顺着急流飘荡，回来的竹筏上的游人朝我们泼起了水。五月的沱江水，溅落在皮肤上，有着清寒。我们被清寒击中，反弹出阵阵尖叫。我们跪了下来，偏着手掌，铲出白亮的浪花。

宋宋唱起了山歌：门口一园竹啊//叶叶四季绿啊/姑娘口唱竹枝歌//依哟咪喂喂//升起相思铺啊。

第二段时，我们一起哼起"依哟咪喂喂"。宋宋的嗓子像镀上了白银，清亮无比：门口一园竹啊//春笋又出土啊//笋壳包得紧啊//依哟咪喂喂//心肝奴的肉啊。

篝火是夜晚的表述

夜宿吊脚楼。正像宋宋说的，吊脚楼才是沱江主要风景。夜晚因吊脚楼而倍生无限刺激和神秘。我们端着酒杯，倚着吊脚楼的木窗，看沱江上的游人放灯。

江风像块薄荷，被夜晚含在嘴巴里一点点愉快地融化。江面蒙着月亮的轻纱，照映出两岸吊脚楼上的红灯笼，显示出夜晚喜庆而朦胧的温暖。而游弋的江风凌乱了红色，反而增添出说不清的惆怅。沈从文是这样说给兆和的么？三三，我的字乱了，你可见我的心有多么乱……这似乎是平静衍生出来的乱，小小的动荡离乱着心灵，而这颗心灵以抵达的形式回归，青山、石板路、溪水、渡船、吊脚楼、土布、腊肉、苞谷酒、宁静、平和，湘西或者家园。这颗心灵带着欣喜的发现和发现后的急切，乱，则是一种自己为自己梦想的表述了。

沱江上的灯火在乱里晃荡，它向前，承载着满满的愿望。

宋宋提议去跳篝火舞。

熊熊的篝火噼里啪啦地燃烧着，腾越的焰火，扭动着曼妙的身姿，旁边是唢呐、锣鼓合奏的节奏鲜明的舞曲。篝火周围一大圈游人，围成了一个圆圈，一招一式地伸胳膊、踢腿、扭腰、摆头、后退、前进……

一个男子尖着嗓子喊：门口（哎）一枝（哎）蒿（哎）//枝叶就万丈（哎）高（哎）//长在（哟）东边（哪）遮住（哦）太阳（啊）//长在（哟）西边（哪）遮住（哦）月亮（啊）//长在南边遮兰草（哎）//长在北边遮住荷花香（哎）//九板十三腔（哎）//随你唱哪样（哦）。

顿时，歌声四起。原汁原味的歌唱声，尖细、凄凉，阔大的山野屏障似的以回应延长，突然像一把刀子落在人的心上。它要挖掘、掏空，再填充。

青山不老，白云缠绕，草木相爱，山脉和水流相待……接近潸然泪下的喜悦——此时，阔大的安静浸染了柔和夜风朝我周身渗透。

宋宋吆喝，跟我跳起来呵。我们排列在宋宋身后，跟着宋宋学着虎跃鸟飞，沱江的风，习习拂面，篝火映红了我们的面颊。我不会跳舞，走了几步就溜出队伍，宋宋中途跳到我面前，说，乱跳，尽兴就行。

走路就是了。宋宋朝我示范，她的舞姿里掺和了许多动物行走的姿势。伸着手臂向前腾越，前后挪移出实虚脚步，半侧然后旋转的身体，流水般扭动腰肢，用双手错落划出虚拟弧线……这是我仅有的知识，土家族的图腾动物就是白虎，而土家人长期生活在水萦山绕的地方，一切生灵都是他们和睦相处的朋友。他们用优美的舞姿表达生命最简单最朴素的真理——平等、友好。我再次加入他们的队伍，跟着他们爆出"哟——嗬喂喂"的吼声，群山回荡，来回撞击在心胸上。就像一簇沸腾的火焰，哗地烘焙着凝聚在心灵上的油脂，长期郁结的，无法疏通的，突然获得力量被拯救，呈现出最初的原本色泽，尽管这种色泽是黯淡的、斑驳龟裂的，甚至伤痕累累，但它们就回到你自己跟前，要自己辨认，回忆——曾经，往昔，哪种路途不是忧喜参半，失落和满足相互提携、行走，而我们往往耿耿于怀，反而忽略了、剥离了真相，受情绪的支配，哀远远多于了乐。

宋宋偏头，后踢腿，蹦跳……这是兔子舞蹈。喧嚣的乐鼓和吆喝声中，我居然听见自己踢踏的脚步声和心跳声，还有耳际边的风声。沱江水在脚下哗哗地流淌，静默的水流该包容了多少俗世影像和喜怒哀乐，可它的清澈和轻盈始终不改。风吹拂，月朗照，水自流，我存在，一具生命，像兔子自由奔跑。这是浮于脸上的想法。我平静，从容微笑，眼神带着婴儿般的光芒。

美丽的、平静的湘西夜晚和群山、篝火进行着互动表述。

西湘是湘西的表述

躺在雕花的木床上。咿呀咿呀的声音老在我耳边萦绕不散。其实，这里的沱江早已经没有了渡口和船只。疑心是自己的幻听，屏住气息，模糊的讲话声、歌声和挪动物件的顿挫声里，依稀有桨划水面或者船行走的咿呀咿呀声，虽然断续，但绵延不绝，在我全力集中的某一处神经里此起彼伏。

犹如置身于颠簸的车船上，我很快进入睡眠。梦见了一株草，绛紫的、青绿的颜色混融，白色稀疏地点缀，叶片肥厚，心脏形状，簇拥在一起。它们在我眼前不住地晃动，我刚刚伸手，它们就长了脚似的走了，我跟着它们追赶。越过溪流、树木，来到了高山，它们落在一汪泉水边，是山腰里的泉水，两边的岩石对垒出狭窄的水道。这些草就散落在石头间隙的泥土里，我伸手，够不着。走向前，站在了湿润滑腻的岩石上，青色的苔藓使我的脚战战兢兢的。再伸手，一个趔趄，我掉在了水流里。突然，水流下陷，两岸的岩石不断升高，我伸出手臂，呼喊——救命，快来救我啊……声带似被掐断了，声音怎么也喊不出来，闷在胸口，像一把刀子在我胸口搅拌。可怕的是，两边的岩石在不断地靠拢，马上就要闭合了，天地昏暗。

　　水流要载我去哪里呢？我在惊悸中醒来，睁大双眼，黑漆漆的房子，外面的红灯笼被江风吹拂得左右晃荡，时不时地给黑暗的房屋晃进一点光亮，突兀得神秘。是梦，还是我放肆的臆想？为什么会有这样的梦或臆想呢？那株草——我突然记起，在白天，宋宋指着江边的一株草告诉我，这就是"虎耳草"。虎耳草在苗族里可不普通，它是神草，当它出现在人的梦中时，它是来托梦告诉人什么。

　　它要告诉我什么呢？它托来了谁的梦，或者它托我的梦送给谁？

　　恍惚中，我掉到了一条街道上，青石板的街面，古色古香的木质楼房，风中飘曳的"××酒肆"、"××姜糖"、"××茶叶"、"××西兰卡普"……临江的全是吊脚楼。江水像一条白色的宽厚的玉带簇拥着古老街市，街市的中间则是向天空翘起的飞角，而飞角又不断错落出重叠的古建筑。静谧的江水，在来往的船只里轻轻拍打着这些木楼。三三两两的人群，穿着西兰卡普衣裙，头上戴着西兰卡普头巾，男人背上背着背篓。这是清晨，雪，不多的白雪增加了街市的寂寥。突然，一个矮小、佝偻着身子的老妇上前拉住我，噫，小小，是小小呢，你跑哪里去了？这么些年来，你都不回来看我。

　　我张大了嘴巴想说什么，但老妇不给我机会。她不停地说，你是不是觉得外面好，不想回来？你看，我们这里才是宝贵，好多人都想住我们这里，你回来，好吗？

　　我愣住了，发愣的神情一定有着坚硬的冷淡。老妇缩回了手，嘴唇嗫嚅：你都不肯说话，你不是我的小小，我的小小怎么会让她妈妈这么伤心呢？她看见我，一定会叫我亲我，抚摸我脸上伤疤的，这伤疤是我背小小爬山时，不小心磕在尖石头上面留下的，她怎么都不会忘记的。老妇摇着头伤心地离开了。

　　在我惆怅逡巡时，一个水手从船上跳上来，他双手捧着烤熟的鱼，用黄纸包裹着，油渗透出来了。他径直走到我面前，欣喜万分地说：哦，这么长时间，你去哪里了？我等你都等出白发了。

我惊疑的眼神一定滋生了漠然。水手腾出一只手摇晃我的手臂，夭夭，你还生气啊？我那次是和水桃说的玩笑话，你怎么当真了？我只是喜欢你的，心中装着你。你看你看……他缩回手臂，在身上翻出一块玉坠，继续说，你送我的，我一直随身戴着。

我盯着玉坠的眼神一定有了光芒，水手被这光芒触发了欢喜，哦，小妖精，你这身打扮好漂亮，我都没有见过咧，你的头发，还是像黑夜，你的酒窝，能给我盛苞谷酒……

突然，一阵尖锐的吆喝："牛保，你这个死鬼，又被哪个妖精缠住了？还不上楼来，外面下雪，冷呵。"

那个叫牛保的水手抬头，向吊脚楼望去，一个美妇人的脸贴在半开的木格子窗户上。水手退后一步，啊，你不是夭夭，你是谁呢？长得这么像。

我笑了，酒窝一定很迷人。水手喃喃自语，你是谁？夭夭就在吊脚楼上啊，你们到底谁是夭夭呢？

夭夭不知道什么时候站在我面前，围着花布围裙，双手笼在围裙里，幽幽笑着，娇声说，牛保哦，你瞎说什么呢，我才是你的夭夭啊。

我中了魔似的张口，我就是你的夭夭，我就是你的夭夭。

牛保手中的烤鱼掉在了雪地上，冷风吹红了他的脸颊。他后退着，你们到底谁是夭夭？

那个叫夭夭的女子上前，拢住牛保，嗷，你怎么啦？很冷么？甭管怎么样，先上吊脚楼暖和了再说。

牛保点了点头，他自语，你才是夭夭，我差点弄错了，然而——天下竟然有这样相似的人，奇怪啊。

我一定脸红了。我听见自己咚咚的心跳声。我是谁呢？我不是老妇的女儿小小，我不是水手的情人夭夭。但我分明就扭转了时光，走在回家的路上。可是，他们这样一致地遗弃了我，我永远踏不上回家的路。

我泪水涌出来了。牛保被夭夭拢着臂膀上吊脚楼，我看见，那个叫牛保的水手侧过了头，他在看我。他眼睛在我身上停留了几分钟，再无内容，他不会在意我的泪水，或者，他看不见我的泪水。然后，他回了头，消失在吊脚楼里。牛保看清了真相，夭夭无声的爱就是他的真相。我寻觅的"真相"呢？是这流淌的沱江水，是这矗立的吊脚楼？而我分明不属于，我寻觅的土地。哪怕，这样静默，哪怕，我平息自己的翻涌，放下，努力地放下。

雪，开始飞扬，白了街道，白了吊脚楼，白了我的脸庞。灵魂出壳的白。

一个水手转身对吊脚楼的女子说，你等着我。这个水手在船上伙伴的吆喝声里回到船上，被客人瓜分完苹果、核桃。他捧起、转身，在伙伴和客人的讪笑里下船，上了吊脚楼——这是给你的。

半个世纪前，一个从京回湘的文人这样对他爱着的女子说：这是桃源上面简家溪的楼子，全是吊脚楼。这里可惜写不出声音，多好听的声音。这时有摇橹人唱歌声音，有水声，有吊脚楼人语声……还有我喊叫你的声音，你听不到，你听不到，我的人！

天明时醒来，我完整回忆了一遍黑夜经历的事情，谙熟每一个细节。这一定是一次想象里的抵触，有时，虚妄的脚步无法证明什么时，想象和真实能隔多远呢？我还确定，我到的地方，是在湘西之上的西湘。

我所到达的西湘，是湘西的一种表述。

情——捏你

当宋宋柔柔地说出"情——捏你"时，她招手再会的手掌荡起了清风，兀地吹亮了我们惺忪的眼睛。

你在说"再见"么，宋宋？

这个词语不好吗？宋宋微笑。

嗷，再会。情——捏你。宋宋再次以普通话和土语重复着。

这实在是很好的告别词汇。哦，哦，情——捏你。我们挥着手臂，大声呼喊。旁边的游人如织，与我们擦肩而过，他们已经见惯了游走中的情到深处的异举，而我们也早已经为众人的漠视而无动于衷。

情——捏你。多么好的告别词语。这是一个告别的时代，它能存在多久？

唱来唱去

我想到民间这个词语。那时，我站在云雾升腾的山垭口，鲜红的辣椒冲击我的眼睛，玉米秆被剥光了果实无力地摔倒，躺在泥土上乖孩子似的红薯等着回家，歌声飞来——苋菜出土紫红心，韭菜割叶不割根，不会想姐跟姐走，会想姐的不拢身，眼睛一酸心就明。我的心就停滞了，我想说说我这里的民歌。

民歌就是来自民间的歌唱。花儿，青草，树木，群山，蜜蜂，牛羊，溪流，庄稼，农事，劳动，房舍，婚嫁，丧事，节气……民间的广袤与繁盛，强烈与坚忍赋予农人的嘴唇婉转多情，流丽缤纷。民间丰饶的土地，诞生风儿一样经久不息，穿透力极强，如呼吸般必须的民歌。

"要问歌师几多歌，歌儿硬比牛毛多，唱了三年六个月，歌师喉咙已唱破，还只唱了个牛耳朵"。民歌以接近泥土的方式接近上帝，民歌就是上帝手指下点行成林的自然、乡村。

三峡民歌带有强烈巴土文化色彩。巴土主要指的是清江流域集居的土家族，泥土的色泽，泥土的发音，泥土的姿态，泥土的衣服，泥土的血液，泥土的骨骼，使融进泥土的生命响彻着滔滔不绝的吟唱。"不唱山歌喉咙痒，嘴巴一张河流淌"。巴人似乎更好地秉承了国人的优良习性——古人认为"不读诗，无以言"，而巴人却是"一路走来一路唱"。从诞生起唱弄璋曲、弄瓦曲，劳动时唱薅草锣鼓歌，宴宾时唱咂酒歌，情窦初开后唱相伴终生从灵魂里飞出的情歌，婚嫁歌，礼俗歌到消亡时的丧鼓歌，人与人合合分分，而人与歌两两不忘。巴人，从民歌中来还得随民歌去。或者，民歌成为血液的标记，下里巴人——我愿意这样称呼他们，还有我们。

听听，"门口一枝蒿哎，枝叶万丈高，长在东边遮太阳啊，长在西边遮住月亮，长在南边遮兰草哎，长在北边遮住荷花香，九板十三腔哎，随你唱哪样"。是啊，巴土民歌就是类如说话的表达，但它去掉了嘴巴四处喷溅的唾沫星子，也恰到好处地剥离文字表达的晦涩乖张和自我标高的疏离，它是多么有趣又让人动情、欢喜。东南西北，你该唱哪样呢？随你。我得牵你的手来，从情歌开始。

八百里清江，青山含黛，水如翡翠，美过画廊。千山万岭，林木莽苍，沟壑岁月，静好流淌。清江的风会把你的耳朵灌满《骂郎》——

听我开言唱啊，伙计（合），
唱一个姐骂郎，伙计（合），
说来不来为哪一桩啊，是不是喝了迷魂汤，伙计（合）。
骂声我情郎啊，伙计（合），把奴丢一旁，伙计（合），
望穿双眼望断肠啊，我要你头发熬药汤，伙计（合）。
睡又睡不着啊，伙计（合），熬到大天亮，伙计（合），
翻身翻得床架子歪，你赔我的瞌睡赔我的床，伙计（合）。
该死我情郎啊，伙计（合），知不知单相啊，伙计（合），
我煮米忘记滤米汤啊，魂儿丢在你身上，伙计（合）。

满山清脆而哀怨的骂声会扳动你的舌头，你骂了，情不自禁，参与众声里，但你的心分明独立，纯净的内心藏有风暴的爱情，她的不快乐足以用爱情来铭记。有一年，我到了一个名叫柴埠溪的大峡谷，它是带状的、喀斯特地貌的峡谷森林。我们从山口整整走了三个小时的坡路，尖利的石块划破了我裸露的腿，七弯八拐的途中，放羊的山民喊着《骂郎》，同行的游人齐声和唱，那时，群山回响着"伙计"——分明包含我由胆怯到爆响的声音，我想带着骂声给你——如果你也喜欢泥土里生长的民歌，你我能够遇见。但回到高楼中的我很快忘记音调，我是能回忆起的，还是无法开口唱。

没有遗憾，它就只能属于青山绿水，总有一天，你会喜欢——伙计的称呼，心心相印里还照应着哥们的肝胆相照，这个称呼，有依赖，有搭伙生灶的相濡以沫和随意坦然，无论你喊还是唱——你已经准备好了细水长流。巴土，我愿意放逐自己在开口的骂声里迷离。

北方的风尘与狼烟，南方的瘴气与潮湿塑造出勇敢的阿哥和娇羞的阿妹，在众多的书籍文字里，情歌就是哥妹——而巴土，却多是姐和郎，"小小园地一板墙，苦瓜丝瓜种两厢。郎吃苦瓜苦想姐，姐吃丝瓜丝（思）想郎"。姐和郎在小调、号子、五句子、山歌里支撑起情歌的天空。

而呼应天空的泥土流传着一个美妙的传说——五族争霸中的廪君最后统

一部落钟离山，随着部落扩大，原来的山洞地盘无以安身，廪君带领部落向今天的清江流域迁移，到了盐水女神统领的盐阳地方。女神爱上了廪君，"此地广大，鱼盐所出，愿留共居"，而廪君坚决拒绝。痴情的女神为挽留廪君，夜夜到廪君榻上留宿，白天率领她的子民化为飞蠓遮蔽天光。数十日，天地幽冥，廪君无法看清西移的道路，就吩咐手下送给女神他用红绳缠绞的青丝，告诉女神——廪君愿和女神结为百年之好，以青丝为情物，希望女神缠在身上勿辜负。第二天，女神化成飞蠓弥漫，红绳青丝在昏沌的空中惹眼地飘摇。廪君朝其射箭，盐水女神坠落清江。廪君西迁至夷城，统治了整个清江流域。父系氏族前的清江流域真正祖先却是母系氏族的首领盐水女神，她痴情、刚烈、勇敢的姐儿形象就是情歌里骂郎姐的渊源。

有一年暑假，我曾经在苏州聆听苏州小调，甜腻的吴侬软语、娇柔的声腔、莲花碎步把我置身于才子佳人的画廊——我不安，停止了风暴的爱情剧，一招一式，一腔一调，都蒙上了江南过分的甜腻，文艺腔十足。篱笆墙头，鲜花颤动——却永远只是蓬开花裙边流苏的点缀。心事只能隐蔽，心灵止于颤动——如果我爱，你一定能看见泥土如何绽开花草、庄稼，又如何砥砺风暴、刷洗生命。我在移步换景的局促而柔丽的苏州，顿生思念，如果在苏州，能否唱响——一见一见观世音，有点有点动人心。心想心想挨拢你，如何如何拢得身？差点差点想成病。

我想说说薅草锣鼓歌，薅草锣鼓歌也就是劳动时的歌唱。清江流域里，崇山峻岭几多多，沟壑峡谷一个个。巴人背着背篓，拄着木杵上山耕作，下江放排。屏障般的地域也较好地保护了巴人独特而稳定的文化。清朝时"改土归流"，"南京城的鼓，北京城的锣，云南陕西的号子，打我们土寨过"，巴人民歌融合四方民歌特色，增加了表达的便利和表演色彩。锣鼓咚咚敲响，换工男女上山坡，处处歌声应锣鼓，劝君唱歌莫轻薄，那山听见这山歌。天梯似的山坡，手指飞舞，而歌声伴随云彩飘荡。贫瘠的大山不是贫瘠，绿海荡漾、生生不息是歌声和劳动培植出的粮食，比胃囊里的谷粒更加珍贵。

口含露水刷绿叶，下田种庄稼。早晨露水大，露水压分桠。切一根枝枝芽，来把露水刷。锣鼓敲响了，沾着露水的山歌袅袅升起，田塍沟畔、房前舍后、坡上坡下，地有多广，歌有几多，"弯犁弯耙弯轭头，弯里住个弯大姐，弯弯都是情相投"，"高山岭上一块田，郎半边来姐半边"，"郎是高粱梗，姐是无娘藤，虽说不打紧，缠掉奴的魂"，"一股清凉水，打姐田中过，摘匹青桐叶，舀点凉水喝"。吼出的是粗犷快意，低声轻吟的是心事，唱者有心，听者有意。抿嘴偷偷笑着，淌汗的脸颊里飞出火烧云。低低想着，手里缠绞着什么，偏有人用歌试问——田中歌师多，为何不唱歌，莫不是口干想茶喝？辛苦劳动里的休闲，也是劳动时郎、姐的心思互探。你笑了，劳动歌多的也是情歌！心灵该是多么快慰——每一颗粮食，每一头牲畜，每一个果实都是从心里喊出来的，多有意义。你也会感动，泥土、庄稼和情歌就是巴人的吉祥三宝，彼此融合相互渗透。

薅草锣鼓歌里多的又是郎姐的对唱，总由劳动引起想要表达之情，类似北方信天游里的比兴。你或许要问了——一个人的劳动，可能就没有歌了。怎能没有？不会有这样的时刻，一个人里总要融着其他人的身影，正如一棵树总站在另外树木的足迹上。你听啊，那尖细着嗓子的哀怨声喉，那粗粝沧桑的音质，是女人在前男人在后？你的眼睛会告诉耳朵的欺骗，分明就是一个人，两个唱腔一个人的心事，两个人的故事一个人的记忆。巴人里多的是歌唱天才，不事修饰，张口就来。

处处都有歌场，处处都是舞台。我在饭桌上，无数次被好客诚挚的巴人朋友敬酒，要求对歌，酒由苞谷兑上蜂蜜酿的，先甜后辣，在朋友张口即歌的鼓舞下，我仰脖饮尽，朋友马上换了女腔，转脸和自己对唱：

男：黄四姐儿！
女：哎，你喊我干啥子儿唉？
男：我给你送一根丝帕子儿唉。
女：我要你一根丝帕子儿干啥子儿唉？
男：戴在妹儿头上啊。行路又好看呐。坐到有人瞧舍，我的个娇娇。
女：哎呀我的哥呀，你送上这么多呀！

惊呆的我，醉意朦胧，今昔不分，我又想起了落河的盐水女神。也在饭桌上，一个和我年纪相仿的女生竟然也转脸和自己对唱，转侧的脸庞一会在光明一会在阴影，清亮又粗犷的声音里，往事复活，前尘可见。我疑心自己走在了莽苍的山林，爱从四围不断走来。我总这样迷失自己。

三峡民歌的精髓还在于最后的歌谣：丧鼓歌。巴人欢乐的丧鼓歌在送程——停在中途的生命，用死亡变换了一种行走方式。

在白绫搭建的灵堂里，烟尘缥缈，唢呐阵阵，披麻戴孝的后人跪着，匍匐着身子，落气钵子里星火缭绕。但你不会看见悲痛欲绝，一个肉体从泥土消亡，缥缈的烟尘却送他的灵魂正升往天堂。有人扯开了喉咙开场——日吉时良，天地开张，亡者升故，停在中堂……引魂童子穿身黄，接引亡者到天堂……

既是天堂，那就高歌祝福。坐丧的歌者各唱各的，声如洪钟，音调高亢，想必行路的魂魄怎么也不会孤单忧伤，而韵律极强的丧鼓里，跳跃的鼓点毫不停息，魂魄将在史诗般的背景里抵达永恒的归宿。

"半夜听到丧鼓响，不管是南方是北方，你是南方我要去，你是北方我要去，打不起豆腐送不起情，打一夜丧鼓送人情"，你听清楚了，亡灵并没有离去，生者抡起胳膊敲击的鼓点正是他们同行的步伐，生者对死者的眷念可能就是人对泥土的眷念。巴人有朴素的生命理念，死亡并不是怎么哀痛的事，而是种子回归泥土的消融，如四季的轮回。如此，生也不是一件多么值得庆幸的事，生死无非一场轮回。为生者歌，为死者歌。如果你置身亡灵升天的现场，你会擦去眼角的泪水，你会用高歌告慰陷入忧伤的心灵。

能够在歌声中走进天堂，该是幸福的事情。一个人能干净地走入天堂，也值得尊敬。你伸出手来——你该摇着身子舞之蹈之了。为亡灵超度的生者大声朝你吼着：跳起来，跳起来，拿起斧头乱砍柴，好柴不用榔头打，一斧落地两瓣开，你是对手上场来。在亡灵面前，没有说谎的灵魂，只有尊严的较量。你伸出手吧，在声势浩大的嗨哟咿哈声中，身子朝前倾，双脚踩着鼓点抬起、落下，然后侧身再左右打开手臂，你尽量在脑海里想象白虎跳跃、飞蠓飞翔的姿势——你已经猜到了，白虎和飞蠓就是清江流域的祖先廪君和盐水女神的图腾标志。神和人，自然和人，先古与现代，你得打开自己的肢体去丈量，完成合一。燃烧的熊熊篝火映红了你的脸庞，噼啪噼啪的柴火燃烧中，有股力量促使你张开喉咙，你要呼喊，你要咆哮。他们，前后左右的跳丧舞的男女尽情地歌之舞之。百十人的丧舞队伍，锣鼓歌声震天，深邃的群山幽暝的黑夜，声音反复回响，你感觉了有什么在延续。一条路上，你准备和自己相遇。

炽热欢愉的歌舞场消融了灵堂的界限，严肃哀恸的，虚妄无边的，高山般无法仰止的，如果大乐与大悲都没有了界限，生与死也没有了界限，还有什么去耿耿于怀？巴人的歌唱仅仅就像身体需要吃饭。

巴人的婚嫁竟是辉煌死葬的应衬。哭嫁把喜庆的婚嫁沾上露水的泪滴，过礼、求肯、送亲、拜堂、坐床、回门……个个程序都要哭的。哭爹娘、哭哥嫂、爹娘哭、哥嫂哭，不哭不热闹，不哭不吉利。女儿一生的泪水都在出嫁结婚中流淌，泪水打湿的嫁衣应该是清晨露水的祝福。泪水的嫁衣，死亡的奢华——多么强烈的对比，生死两极的矛盾如蝶脱蛹破茧而出，分流抵达彼此的水岸。我似乎明白，民歌就是一个怀揣现实又追赶大梦想的人，内心常常刮着风暴，而只有风暴往往砥砺露水般的纯净。

能在歌声中来到凡俗世界，又在歌声中行走天堂。这样的姿态——唱来唱去，在歌声简直泛滥的巴土，你的耳朵，你的嘴巴，你的心灵，一起跟你说话——有一天，你的足迹消失了，但你的歌声已被泥土记忆。

远　方

远　方

　　那是被废弃的一个园子。里面荒草杂生，砖石挺立。荒芜的园子被人注意，一是它有偌大的面积，尽管里面是杂草，但满目的绿色还是吸引了人的眼睛。二是杂草和砖石上面有意想不到的花。四棵高大的栀子花树分散在园子里，五月时，白色清雅的花朵遍布树木，散发着清香。此外就是平常很少看见的黄玫瑰，玫瑰有三丛，长势茁壮，茎秆劲道有力。黄玫瑰花期很长，从四月到八月，一朵朵黄色的玫瑰花一直恬然绽放。

　　我不能不注意，尽管园子里面没有路，遍生着荆棘、杂草、藤蔓、砖石，但芬芳的香味促使我的脚步走向它们。此时，我手里拿着汉娜·阿伦特的一本书，我正读到一句话："生存于黑暗时代的反潮流者，他们具备一种天真的勇气，积极生活的勇气。"五月，天气不冷不热，树木更高了，花朵更香了，在钢筋和水泥日夜俱增的城市，这些都是意外的惊喜。我摘了白色的栀子花，一朵是完全绽放的花朵，一朵是半闭半合的蓓蕾。然后，我的手转向了黄色的玫瑰，它不是那么容易摘，茁壮的枝干上密生的刺自然尖锐有力，也增加我攀摘的难度。但是我很希望摘下它，我想看见，这朵倔犟美丽的黄玫瑰放在烛火闪烁的书本封面，是否给刷黑的标题"黑暗时代的人们"增添了光亮。阿伦特致意黑暗时代的人们——"他们使我们认识到，不管事情会或已经多么严峻，总能出现另外一种情况。他们之所以能够做到这一点，不是因为他们反映了时代的趋势，而是因为他们很大程度上反对这些趋势"。这些话语通过遭受纳粹迫害的阿伦特之口，俨然叙述了她自己。她说她自己是"来自远方的姑娘"，我凝望荒园里的黄玫瑰，揣想"远方"这个跳跃了昔日的词语葆有的天真和勇气。

我在心里写了一封信，诉说黄玫瑰在远方的盛开和凋谢，里面夹杂着我的发现：黄玫瑰盛开时，花瓣彻底打开，花期也特别长，没有红玫瑰的羞报，也没有红玫瑰的脆弱，凋谢的花瓣，披萎于地，仍然是带着韧性，色泽明亮、透彻，它带着少女的天真般的纯净——它来不及形成文字，也来不及邮寄，被我存封在我心灵的某个角落。一年了，两年了。五月，我新居的窗子前大面积院子里再次飘满了清雅的栀子花香味，我徜徉在院子里几棵栀子花树木的间隙里，有时是清晨，雨水刚刚收起，而花瓣上还含着晶莹的颗粒。有时是中午，太阳炙烤着大地，怒放的花朵有了水分蔫失后的黯淡。更多的时候是傍晚，天空突然安静下来，光线变得稀薄，白色的花朵在我眼睛里开始隐约、模糊，夜气里有含着芬芳花朵的清香，但清香被浩荡的夜气稀释，也模糊不清，一种模糊被另外的模糊置换，我想起废弃的荒原，荒原里的黄玫瑰。

怎么能有荒原呢？城市里是不允许存在荒原的，这简直是奢侈。荒原被人部分开发成了园田，种植了辣椒、茄子、西红柿、豇豆、南瓜、苦瓜等时令蔬菜。六月正是蔬菜瓜果生长的季节，荒原以井然有序的园田种植拉近了某个距离，我踩着疏松的泥土，以跳跃的步伐融进蔬菜田里。不像以前，抬头就发现了栀子花和黄玫瑰，而是在眼睛游离之后，转身才发现，剩余的一棵栀子花树隐藏在院墙角落里，六月的白花朵基本成为泥土的奠祭。而黄玫瑰却长在园田前面，它尖锐的老刺保护了它们，三棵中还剩下两棵，上面爬上了南瓜藤，黄玫瑰开得稀疏，颜色泛白，它们突然从远方走近，直至这样近的距离，一个回身伸手就能摘下花朵。

如果用玫瑰来形容阿伦特和海德格尔的爱情，我更愿意把阿伦特和她的爱情看做黄玫瑰。犹太族思想大师和坚定的反极权主义者汉娜·阿伦特，这样说自己："我觉得我就是我，那个来自远方的姑娘。"这是要我迷恋的姿势。她带着爱情上路，带着女人的智慧和清澈的思想奔波不息——终究她还是她自己。阿伦特为年轻时的恋情这样承受——海德格尔的背叛和他对犹太学生的迫害，阿伦特为此经历了十八年的流亡生涯。可时光是要人措手不及的，三十年后，作为思想大师的阿伦特与海德格尔意外重逢，在海德格尔八十诞辰的宴会上，阿伦特的语言擦亮了被蒙蔽、多维度的时光——"冲击海德格尔思想的风暴，就像千年之后仍在柏拉图的作品刮出来的风暴一样，并不是起于这个世纪，这风暴起于远古，它留下的完美无缺，像一切完美的东西一样，它又归于远古中去"。当她以诗意的语言去淡化海德格尔曾不光明的行径时，唤起了世界对先知的重新审视。

我久久凝望着黄玫瑰，繁复的花瓣被攀附的豇豆、藤叶遮蔽了些，但是边角的枯萎还是暴露在我眼睛里。我不知道，这个来自远方的花朵，能否更真切传达超越日常生活的天真和勇气。

我再次在心里写了一封信，我写了荒原，写了荒原改良后的园田，写了被当做园田篱笆的黄玫瑰，它们从远方走来，却走向更远的远方。写完后，我落款两个祝福语：天真和勇气。

走，到天姥山去

两年前的一个冬日，我来到天姥山脚下，叫做枫香岭脚。天姥山上的红叶已经褪尽了灿烂颜色，只有满目的苍翠从山脚向上挟裹了山峰而去，一座座牵手的山脉显得肃穆、沉寂，在冬日的天空绵延出庄重的氛围，一反往日旅游给人的轻松和喜庆。

说实话，我眼睛扫过绵延的山脉时，心里感觉的是失望。相对于我毗邻的三峡，闻名天下的天姥山太秀气了，不，应该是单薄，矮小的海拔度根本算不着高峻，而缠绕在山峰间的雾岚也少了气势。我感叹，李白告别东鲁诸公，一番不能明说的心意，只能使他托付一个平台曲折表白，这个平台就是他顺手拈来的天姥山，除此天姥山又有多大意义？

朋友木鹤是当地新昌人，安慰我，先过驿道，你或许会有意外的收获。木鹤介绍：从会稽山而来的古驿道入嵊州黄泥桥，过斑竹长街，穿越天姥，而穿越天姥段的古道又是该古驿道的精华。唐朝时，有四百多位诗人亲临这条古驿道，留下绝美诗篇，从而，古驿道被誉为"浙东唐诗之路"。我点头，看来，还是一条积淀深厚文化的古驿道。古驿道旁是千年古藤，不知名的也不知年月的古树静静挺立，一阵阵山风拂来，植物的清香在鼻子间萦绕不散。我想起了一个天竺和尚在《登罗山疏》里写的句子：沉香，叶似冬青，树形崇峻。冬天的天姥山散发出时间熬炼的沉香。

中途，天气陡变，一阵浓雾马上笼罩了天姥山，空气中不时有水滴下来。我们正在嶙峋的怪石里徜徉，浓雾把彼此都隔离起来，刚才还点了三五烟的木鹤此时也被浓雾隐匿了。我叫了声，木鹤，木鹤，你把烟灭了？木鹤轻飘飘的声音传来，哪能？我正吸着烟咧，这烟雾里有香气，好闻得很。想必，木鹤的声音是伴随着袅袅的烟雾一起传送出了身体。木鹤又问我，是否也来一支？

我摆手，但马上意识到徒劳，就咳了声，说，我不会吸烟，但我能想到你此时披散了头发，猩红嘴唇含烟的模样，一定像极了巫山上骑五彩花纹豹子、寻找真挚爱情的山鬼。木鹤咯咯地笑了，要我看天姥山，烟雾单薄了一些，马上有白鹤飞过。

我仰起了脖子，朝四周望，雾岚变幻多端，似乎真有李白所写的仙人驾到，"霓为裳兮风为马，云之君兮纷纷而来下"，神龙长吟，猛虎鼓瑟，鸾鸟驾车的图画在我肉眼里若隐若现。慢慢的，浓雾又单薄了些，木鹤正歪在一块光滑的石头上，贪婪地吞云吐雾，眼睛眯缝着，一幅慵懒妩媚的美人图。我盯着木鹤看，木鹤抬起右手指山，我顺着她的指头，看见云雾化成了缥缈的丝带缠绕在山峰，先前的仙人列阵出游图不见了。我问木鹤，你说的白鹤呢？没有飞来啊。

木鹤哈哈笑了，指了指她自己。我疑惑着，木鹤要我给她讲山鬼的传说，她就告诉我木鹤的故事。我把自己在三峡采风时听到的有关山鬼传说讲给她听，说，巫山下一对青梅竹马的男女孩子上山玩，遇到了山鬼，女孩子被山鬼掳走并被山鬼掠夺了记忆，女孩子学到了法术，到她以前村寨里做法事，被长大的男孩子认出来，男孩子带着女孩子再次进山找山鬼索回记忆，山鬼喜欢上男孩子，男孩子跟着山鬼而去，女孩子恢复记忆，爱上被山鬼掳走的男孩……

木鹤惊奇地张大眼睛，烟也被扔在一边，我停顿下来。木鹤着急问——后来呢？后来，你说呢？木鹤猜测，男孩子回来和女孩成就美满婚姻——我摇头。男孩子被山鬼弄死了，女孩子殉情而亡——我摇头。女孩子学到比山鬼更大的法术，抢回了男孩子，可是男孩子爱上了美丽的山鬼——我摇头。那是什么？我不开口，木鹤反复问，我只说，木鹤的故事呢？

木鹤啊，这个木鹤说来极有渊源，是鲁班雕刻的一个木鹤，鲁班把它放到了天姥山西边，汉武帝派人来取，那只木鹤却飞到了南峰，到南峰，怎么也找不到木鹤，汉武帝只好空手而归。木鹤就以天姥山为家，从不曾离弃。木鹤也藏在云雾里，但凡下雨之前，才出来绕着山峰飞行。你知道吗，木鹤才是天姥山最早的神仙，而以后在传说中出现的人，得道的标志就是骑驾了木鹤而去。

我说，怎么看你都像极了山鬼，你干脆改名叫山鬼得了。木鹤叼起烟嘴，丝丝缕缕的云雾正好在她身边飘荡，衬托得她虚幻、缥缈。木鹤说，我们这里也有山鬼传说，只不过得了木鹤的驯化，少了山野气多了几分羞涩，木鹤告诉山鬼，心灵才是最坚固的房子，最能接近本质，她若爱了某个男子，才不会抢了过来，会存放在心里。我知道木鹤一直单身，就笑着说，说的真像木鹤。木鹤不置可否地笑了。

行至一个山坳处，那里深林竹篁环绕着一个小村庄，村庄旁边种植着青翠肥绿的芭蕉，冬日的肃杀并没有掠夺村庄四围的绿色，而流淌的清泉相反给人季节错位的感觉。木鹤带我进去喝了村舍里的绿茶，又和操着越语的村妇絮絮叨叨。此时的木鹤说着当地方言，和村妇说到会心处，都抿嘴微笑，我傻傻站着，外乡人的落寞感油然而生。

木鹤又换了普通话说，村妇问我，你是否来天姥山寻仙的？我忍不住笑起来，这个村妇实在可爱。我在路上对木鹤说，这芭蕉村还真是仙境啊，住这里的人也修到仙风道骨了。

木鹤告诉我，天姥山正是人成仙的传说得来的名字。传说天姥山顶有一根通天的古藤，连接了天地，当地一户人家爬到山顶，母亲第一个爬到古藤上去，想先看个究竟，天上的神仙生活有无地上人间生活好，谁知道，母亲爬到古藤顶部，上天的神仙看见天路来了尘世人，马上挥手剪断了古藤，天姥山顶的孩子们一看母亲留在了天上，就对着上天齐声呼喊——姆娘、姆娘。

这个传说着实让人感动，我模糊知道了李白为什么选择天姥山为他代言理想，那些诗人为什么在天姥山开掘"唐诗之路"，甚至如混沌生活的我也在潜意识里选择天姥山旅游。天姥山是尘世纠结出的琥珀，被理想、爱情、自由、纯净、美这些梦幻般的松脂豢养，成为精神的标本，它在时间之战里又成为哺育心灵的母体，要人抵达、靠近。或许，天姥山什么都是世人的附会，它就是这样清秀、宁静地独处一隅，山山水水，村落人家，在岁月里保全了它本来的面目而已。

木鹤，真羡慕你，得了天姥山的滋养，活得洒脱、自由。木鹤还是不置可否地微笑，分别时，木鹤再次询问，传说中山鬼故事里的女孩的结局。

我告诉木鹤，女孩因为宣布爱上尘世男子，被收回了法术，成为一个苦于相思的普通人。而那个随山鬼而去的男孩子却学到精湛的法术，成为当地祛祸祈福凌驾众生之上的巫师。

木鹤说，这是一个让人惆怅的结局。但是，他们谁通晓了天地？这本身就是无法言说的秘密。

每个人用心灵参悟，就会靠近秘密一步，因为每个人的心胸都藏着无与伦比的仙境。

亲爱的身体

写下这个词时，心中有疑问——身体是否等同于肉体。身体要吃饭要喝水要被衣服饰物装扮，还要被异性爱抚——分明就是肉体，而身体生病了，却无法用肉体生病来涵盖，比如，我们经常祝福：身体健康，无恙，却从不说"肉体健康、无恙"，是否身体一词去掉了探究的暧昧眼光，而肉体只呈现身体器官——那些被缄默隐藏的隐蔽部位？

无论如何，身体或者肉体，在成长中，我都有被自己或他人嘲笑的经历。少女时期，存在懵懂甚至错误的认知，第一次来潮，破抹布一样肮脏的红色初步启迪，红色是肉体的颜色，以为羞耻。曾经平板挺直的胸脯像蒸笼的馒头悄然隆起，起伏的肉块似乎挤兑着骨骼，让我莫名地丧失与男孩子一样的心理优势，更可恨的是让人羞辱难以启齿的体毛……身体的发育中，肉体如同酸涩、妖娆、颓败的花朵不住招摇，让我不敢迈大脚步走或者跑，让我羞于昂首、挺直胸脯，它处处设防，不经意地暗算，我节节败退，在我清凉的少女时代，犹如小偷般惶恐、心虚。

很长时间里，日渐发育的身体，特别是某些部位，要我无可奈何，部分器官的急剧变化又使我坠入冰窖，我如同溺水的孩子伸长手臂拼命挣扎，力所能及地抗拒。我偷偷剪掉母亲为我准备的内衣，用宽大的白背心代替胸罩，背心下再用布条束缚上身。我那么寄希望于布条，仿佛它是我掐住膨胀的肉体之花的杀手锏，有马到成功的迫切期待和手到病除的伟力。紧绷的布条下蹦跳的心脏，时时有种被布条平铺的假象迷惑的欣慰。睡觉时，我强迫自己俯着身子反卧，紧贴木板床，在硬实的床上压紧身体，但我会在迷糊中蓦然惊醒，为自己贪睡而放松的表现懊恼、伤心。

那时，心情矛盾，鄙夷又恐惧正在曲线化的肉体姿势。我争夺平板结实的身体，意味着正在争夺被肉体掠夺的信心和尊严。而沮丧总在某个瞬间轻易地打击我的努力，肉体的发育气息在我涣散的眼神中冲击、笼罩。

院子里的梅，突然间面色红润，目光流转，她身体前后隆起的肉块使我的眼睛四处逃窜，她潮红的笑容在我凝视的刹那马上嗅到肉体膨胀的气息，我告诫自己，不能笑，哪怕一点点，都是屈服，红就是肉体，肉体就是耻辱。梅没有因为我的冷漠而退缩，她在我们面前永远那么热情、奔放，她一点也不害羞，挺直她的胸脯，水波四处流转。但她在深夜被她的母亲关在房间里咚咚咚地揍来揍去，时不时地爆发狼嚎般的哭叫——院子里时时有故意经过，伸长耳朵聆听的探密者，他们对视并交换意味深长的眼神。流言在院子里随风荡漾，母亲当做警示告诫，话语模糊却严厉，我依稀捕捉出——梅，青春期的梅已经涉入肉体的禁区，正在品尝苦果。

鄙夷的眼色，玩味的微笑，梅嚣张的肉体——让我感受到肉体不仅是耻辱，还是罪恶。

公厕里一具死婴，吸引了成群的苍蝇和蚊虫，但丝毫不能阻隔众人猎奇的目光探询，她们窃窃私语，面色绯红。我跟着她们进去，捂着鼻子，屏着呼吸，只留下瞪大的双眼。屎尿的臭味在闷热的季节令人窒息，但厕所却拥挤不堪，一双双眼睛闪耀着奇异的光亮，我挤到前面，小心寻找放脚的干净地方——水泥地面血迹斑斑。而在水泥沟槽中，一个幼小的女婴被血水淹渍，我再也忍不住了，狂奔出厕所，扶着厕所外面的大樟树呕吐不止，喉咙干涩得生疼，眼眶里的泪液也纷纷涌出。但经过的她们一脸默然——这是医院，尽管这个死婴的母亲只是一个未满十六岁的女孩子。我再次被耳提面命地警告——这就是肉体不知羞耻的罪恶。

粪便、血水淹渍的女婴，而婴儿是肉体之花后的果实，并被肉体哺育、滋养……我皱眉，紧紧地，难以舒展，对肉体的厌恶使我疏远冷漠自己的身体。我妄想，冥冥中，总有一双拯救的大手——比如神，能给我力量，帮助我消灭伴随肉体而来的疼痛、膨胀、羞耻……的原罪。

生理课上，戴着眼镜年过半百的男教师，捧着书本，古板地念着青春期、子宫、生殖器、精子、初潮……男孩子交头接耳，而后连声怪叫，女孩子竖立起课本，脸庞伴随矮下去的肩膀尽可能地隐匿。这一页被古板地带过，教育的匆忙和故意遗漏，越发要我对诸如"青春期发育"之类的词语惶恐不安。

肉体可耻，甚至是累赘——至今，我还在唧叹。那么多的黑红的血，沾在裤头上，散发着死鱼一样的气味，那样的红色是铁板钉钉的泛滥颜色——快要污秽到骨头里去了，我的小腹在无止境地下坠，一把刀子似的搅动。可怎么也摆脱不了，每月潮汐般的黏糊，我无法做到坦然——总在蓦然回首处，一双眼神在提示，潮汐来临，血红浸染我的衣服。它公然败露我的秘密，我尽力地退出人群，退到光线晦暗的角落，恨不得隐藏消失。

潮汐的定期光顾使我厌烦，而它的消失会更令人恐惧。

和我同龄的赵，长相与神态酷似张曼玉，她常常收获鲜花一般的殷勤与赞美，但不幸在悄然间光顾，我清楚记得——她和我们在办公室里亲热地谈笑，赵面对着半开的窗户，五月的阳光照射在她身上，她的脸庞、脖子，胸前的直发，都沐浴在灿烂的金色中，熠熠生辉，她在我们对面，成为我们面前美丽公主的魔镜，我们贪婪而愉快地分享她的美丽。但，赵的笑声弱了下来，面色突然惨白，额头冒出热气。剧烈的疼痛使她捂着肚子蹲下来，坐在地上。我们慌忙打车送她到医院，就在洁白的病床上，我看见蜷曲着身体的赵，鲜血奔涌而出，喷溅在洁白的床铺上，墙壁上，那么多的血，在床铺上汩汩地流淌，又溪流般地流淌到地板上。医生慌忙递过盆子去接，端走一个，又接上一个盆子，整整两大盆啊。我眼泪纷涌，却咬紧嘴唇不出一声——我没有勇气哭，身体里的血，是不是我们的温度，是不是我们的容颜与生命？我不能哭，没有任何理由。赵蜷曲着身体，毫无声息，她没有哭，我有什么资格哭？

心中的痛惜，简直如刀尖剜心。赵一直想要个孩子——没有错，但上苍却错误安排，第一次以宫外孕结束她最初的梦想，第二次宫外孕结束她最后的梦想，她差点丢了命，要命的赵只好摘除了卵巢。她常常脸色苍白，毫无血色，身子在风中不住哆嗦，她那样怕冷，仿佛冬天驻扎在她身体里，握着我的手是彻骨的冰凉。她的婚姻在她哆嗦发青的唇边成为耳语——卵巢就是女人的肉体，而肉体就是女人的婚姻。

每月我定期有三天的经痛，常常使我懊恼不已，但我不再对赵倾诉或埋怨我的疼痛。

血肉揉捏的身体，怎么不会疼痛呢？我看着赵单薄的身影如是想，仿佛，我看见疼痛正在开启曾经封闭的大门。

在高考前夕，经期即将来临，预期的疼痛增加我的惊惶，这是决定命运的关键时刻，我必须把好关口，尽可能地杜绝一切意外干扰。从医的父亲给我吃下止痛片，经期被打乱，我获得前所未有的轻松，大有宜将剩勇追穷寇的气概。父亲警告我，这是最后一次，否则你会扰乱你的身体。他的严峻使在吞药片的我意识到，身体有自身规律，犹如神的安排，理应得到理解和尊重，任何人为的违抗，都是扰乱，必有代价。我第一次在药片扰乱身体规律带来的轻松中，模糊地意识到，身体的尊严，似乎与肉体器官息息相关。败坏的血，如果淤留在身体中，岂不是背叛神的旨意？

如果神要求洁净和清朗，我愿意执行神的旨意——从身体内质的提炼中完成身体需要的尊严。

　　大学时，我坚持每天压腿、劈叉，坚持不懈为我回报了至今让我骄傲的身姿，我的腿可以呈直线亲吻大地，而直立朝上的单腿又如青松矗立空中，长期的练习为我增加不少信心。但，一天早晨，我伸腿时疼痛难忍，无论如何，我伸不成直线了，即使简单的压腿，也要我大汗淋漓。思索伸腿疼痛的种种可能，总不能找到最具体缘由，但行走如常的事实使我对进一步思索不了了之。我自认为，身体可能被轻微损坏。十年后，我再次举腿，撕裂的疼痛使我再次仓促舍弃，甚至稍微外侧也疼痛难忍。

　　对身体有了担心，去看医生，医生回答——练腿时，肌肉拉伤了。医生嘱咐，不要再做与腿有关的剧烈运动。我恍然大悟，所谓的尊重，不是修缮，而是善待，就是你朝夕相处的那个人，交心的，不是物质，而是精神。

　　疼痛要人怜惜，身体照样被各种嘴巴非议：你真够大胆的，还写来潮与做爱；你的身体文字暴露你阴暗心理；身体贩卖浅显的秘密……我用哈哈的笑声遮掩，辩解毫无意义，世俗的理解总是比真理更普及——"身体"就是肉体泛滥的欲望之花。那些在文字中打捞身体的眼神，漫溢着暧昧而下流的气息。

　　这是可恶而可怕的错误，身体终于等同于肉体器官，或者说，被肢解成单纯的器官部位。仅仅作为物质而存在……抚摩和享用。

　　玛·伊·茨维塔耶娃这样以诗句写道："在肉体内仿佛就是//在最遥远的//流放中。它的枯萎//在肉体内如同身陷一个秘密//在肉体内仿佛卡在一张//铁面具的钳中"（《我体内的魔鬼》）。正在享用的、预备享用的肉体从来不会孤立存在，它总是伙同精神性存在，又以这样的存在标识精神性——可能是精神最初的也是最后的屏障。

　　这，源于肉体内存在被神设置的禁区。

　　体育课上，我常常暗恼——体育老师说，身体不适的同学请站出来，一个、两个、三个……男学生哈哈地怪笑，我的衣服尽管没有透露体内种子溃败的秘密，但体能的限制和经痛还是把我的秘密呈现于公众。我低头，尽力地在众人视线之外，仿佛如此，才能被忘记。每次来潮，在学校超市（那时，叫经销店或者商店）会逡巡半天，不能自由选择，只能隔着柜台橱窗，以几乎耳语般的声音传达自己所需，那时，我特务般地鬼祟地四处张望，看见没有异性，才出口那个词。店主慢腾腾地拿出，摆在柜门橱窗上，我做贼心虚地慌忙藏进书包中；至今刻骨铭心的疼痛是生育孩子，锥心蚀骨，枕头被手指抓破变了形状，身体下的垫单也被我蹬出大洞，丈夫伸出的手臂被我抓得鲜血淋漓，待我被推进手术室时，丈夫要求跟着进去——他认为精神支撑或许能够缓解生育的疼痛，却被医生严厉制止，喝令止步。

是否，神早已在身体大门悬挂——禁区，请止步。秘密的固守，是捍卫尊严的另一种方式？

在我看见时，万分惊愕，被肢解的器官部位——湿润饱满，打开时的绵软，体液荡漾，放浪形骸于……肉体被如此揪出。曾经它被神赋予众生享用，而在神设置的禁区，又有谁在替神保守秘密？有谁为身体的尊严而心存敬畏？我有限的女性经验提醒，任何事物，诸如"身体"仅仅表达概念时，不过是肉体器官的名词，否则就是肉体催生并泛滥的欲望——逃逸神的手掌，众生悲哀。

而身体，或者就是肉体，始终在为心理说话。耶利内克笔下的钢琴教师埃里卡，年近四十仍与占有欲望极强的母亲住在一起，她们相互敌视又相互依赖，如此矛盾的情节压抑埃里卡的情绪，压迫她的正常生活，她丧失爱的能力和被爱的能力。当她遇见年轻帅气的小伙子克雷默尔时，她被尘封的情结在年轻鲜活的青春下苏醒，长久被禁锢的欲望，终于在克雷默尔猛烈天真的追求下，水滴成河，漫溰成汹涌的溪流，但埃里卡总是固执地搬上巨石阻止——埃里卡与男学生克雷默尔展开的病态而暴力的性冒险，开始是埃里卡以性和爱对男学生进行控制，而当她把写满受虐的性幻想交给克雷默尔后，埃里卡从先前期望的主控地位到委曲求全契合克雷默尔的要求，但她无法正常享用，于是再次遭受挫败。最后克雷默尔无法控制自己的冲动，冲进埃里卡家中强暴了她。

——于埃里卡，肉体被扭曲的心灵荒置，即使肉体泛滥也无法拯救。

——于克雷默尔，爱情被性终结，忘却好比弹响一个轻松的音符。

看着若无其事的恋人，欢快地走在美丽的街道上，窗子打开，但没有她的窗户，她抽出刀子，在自己肩上划开了伤口。肉体的"伤口不伤人"，只代表终结。电影里哀伤的乐曲缓缓响起：别让我睡着，在这入寐的时候，我的梦已经结束，在熟睡的人群中还有何求？

有何求？有何求？在人孤独得可耻、心理无法突围时，只能用物质的肉身表达——打破神的禁区，秘密之花涂抹反叛的色彩。说到底，我们的身体，或者肉身，开始就于精神暗度陈仓了，血肉交融了。

起于乔木

一座房子的消失

房子的土壤是土台子。这个仅有四五十米高的土包包是人垒起来的,还是自然而为?祖母说他们从荆州移民过来就存在。高台上,面南的两家和面西的两家彼此毗邻。住户似不满意这样居住,总有变动。祖母接手时,是一座茅草屋,在我母亲嫁过来后,砖墙屋代替了茅草屋。

房子的土壤也是静默的树木。土台上以前有许多树木,甚至有超过百年的古木。当"榆柳荫堂前"已被时间淡化为记忆,泥土在岁月的指缝间流失,土台子日益瘦弱、贫瘠。终于,和我家一起面南的邻居也搬下台子了。为此,一向懦弱的祖母激烈地与人家争吵——一座房子的消失意味我家房子可能有塌陷的危险。70年代的农村,谁家有空着房子再建新房的财力?和解是树木,身杆笔直、枝叶阔茂的杉树、松树和桦树,两三年后就在我家门前种下葱茏和荫翳。我家屋后是长长的坡台,长着皂角树、樟树、柳树、桃树、洞庭树……它们的根系已慢慢地伸触到居住的房屋里。

我十岁时,举家迁移到了城镇。老房子卖给别人,房前屋后的树木因多种原因被放倒。根系连着的房子在泥土的流失中严重倾斜,被迫拆除——树木的消失剥夺了房屋生存的土壤。我只能相信,树的命运就是人的命运。或许,人命之运须得借助树木这块土壤,起于乔木,迁于青葱。

木 梓 树

青山不老有乔木
流光易逝无桑梓

我一直疑惑，怎么它的学名叫乌桕树？木梓应该才是它的学名的，木梓，木梓，乔木落叶，归根桑梓——诗意是足以让我浮想联翩的。

木梓树有俊朗的枝杆，淡绿的叶片在旁逸的枝柯上随风翻动，露出银白的晃眼的光亮，像碎了一地的月光，那是树叶、阳光和风儿永恒、不知疲倦的游戏。细碎、淡黄的花就在它们的嬉戏中挺立出来，一朵，一枝，一簇地聚集，点缀——只能是点缀光亮、风儿，和淡绿的枝叶。马上，它们，就要告别，纷纷无力地跌落。

田塍阡陌，房前屋后，到处都是挑着嫩绿果子的木梓树，它们硬直的身姿仿佛意气风发的少年，转眼——就在蝉声嘶力竭的当儿，胶片蒙住眼睛似的白雾笼罩田野时，木梓树长大了，嫩绿的叶片在嬉戏中吸收了金灿灿的阳光和清泉般的露水——而它们为木梓催育出一片璀璨。晚霞般的绯红在树叶的缝隙间流淌，整个树林披挂起灿烂的斗篷。聚集的斗篷在萧索的秋天燃烧起来舞蹈的火焰，因为没有连成片，东一丛，西一丛，火焰有着流动的美。如果从飞机上俯瞰，应该有燎原星火的魅力吧。

燃烧的篝火，烘焙出雪白的果实，我们称呼它为木籽。几日秋霜后，"篝火"熄灭落入泥土，炸开口的果实露出的雪白木籽挂满了枝头，每个果实大概有两三个木籽。木籽有着光滑的触觉。这是因为它的表层裹着一层滑腻的蜡光，而这层蜡光实质是蕴含了丰富的油脂，如果用大火熬，可以熬制出木油。很多的木油就有很大的用处了。"蜡炬成灰泪始干"，奉献光明的蜡烛燃烧的就是木籽熬出的木油。吸收了阳光再还出光明。木梓树站在原野上，与清风、阳光游戏着，谁又能看见它身体里流淌的汁液？

木籽榨成木油的用处提高了人们对它的采撷程度。我小叔，即父亲的弟弟，每年秋天都会用满筐的木梓换回他读书的学费。他从小被人抱养，那是家境殷实而无法生育的一对夫妇。他们屋前有几棵长了多年的木梓树。我的小叔非常聪颖，据说写得一手好毛笔字，但在他十五岁时的那年秋天，和附近的少年去木梓树旁摘木籽，一根断掉的枝丫猛地砸下来，正好砸在蹲在地上的小叔仰起的脖子上。小叔倒了下去再也没有站起来。那对夫妇很是后悔，砍掉了房前所有的木梓树，谁都以为木梓树已经死了，但第二年春天，树根又长出了嫩芽，可人再也回不来了。人和树到底是不能比的，

我的祖母是一个瞎子，而祖父患有严重的肺结核和高血压，且又喜欢赌博。家里自然穷得叮当响。祖母一生生育了十二个儿女，病死了，饿死了，洪水淹死了⋯⋯最后只剩下我的父亲和两个小姑。祖母一直以为把最聪颖最俊俏的小叔送给有钱人家，读书会出人头地的。但怎么也没想到，小叔为挣

读书的钱，没长眼睛的木梓要了小叔的命。小叔的养父母很内疚，一直接济我的父亲读书。父亲能断断续续读完书考上中专，成为家族里第一个吃皇粮的公家人，他应当感谢——小叔和他的养父母。而那棵要命的木梓树，冥冥中充当了命运的安排者。

小叔的养母已经八十多，奔九十了，父亲每年都要接她到家里过年过节。有年春节，已上幼儿园的女儿看见姨婆婆颤巍巍地颠着小脚在卫生间里站着小便，女儿好奇地问——太太，你是男生还是女生？姨婆婆回答是"女生"，女儿继续——女生怎么站着拉尿啊？姨婆婆笑得眼泪都出来了，她撩起衣角不停地擦着眼睛，浑浊的眼睛里似有一丝清亮在瞬间闪过，她是否想到了那棵要命的木梓树？

皂 角 树

家乡人也称呼它为皂荚树。"皂"是指树里含有的皂素，可以用来去污除秽。"角"应该是指皂刺了，从树杆、树枝里长出的细尖的棕红色的刺，可以消肿化脓，是治疗乳腺癌、肺癌等癌症常用的中草药。而"荚"似乎还是指形如豆荚但更像弯镰刀的皂果，皂素正隐藏在果实里。

根除病毒比简单的表面去污更重要——我心里只称呼它为皂角树。

在农村，它是被当成宝贝的。除了皂素和药刺，它经过岁月的冰火洗礼，身杆端直、结实，是上等的好木材。因为级别的升高，它的减少也理所当然。童年时，我家的后坡有几棵皂角树，是我祖母从荆州搬家到孤岛那年栽下的，我的父亲还是一个少年。春天柔嫩的枝叶里摇曳着细小的白花，一阵风过，树下落有一层细密的粉白花瓣；粉粉点点的，我总喜欢把脚踏上去，然后停下来，再抬脚，鞋底上就粘着一些粉瓣，几脚下去，周围的粉瓣似乎被掏空了，踏过的地方黑乎乎的。我很是遗憾——我是想留住这些干净的、好看的花瓣的，可越想留住越留不住。第二天，树下又有了一层粉白，我忍住不踩，第三天，残了的粉白花瓣还是披上了污秽，很扫人的兴，很快，连脏了的花瓣也没有了。到底是留不住的，惆怅。

皂角树在夏天用膨胀的枝叶支撑起无法掩饰的快乐。稠密的树叶，被高大的枝杆挑起，多少有点深情款款的味道。镰刀似的皂果挂在树枝上，就像青绿的月牙儿，给孩子们撒下好奇、幻想的大网。常常有男孩子聚集在我家的后坡上，他们被月牙儿般的皂果吸引，跃跃欲试，但苦于树杆上挺拔的棕红色的茎刺，只好去折其他树枝或竹竿，或者去拔篱笆里插着的细木棍，举着长木杆去打皂角果子。我上前制止，常常被他们欺负。母亲干脆为他们准备好枯竹枝，细长的竹枝在皂角树下码得整整齐齐，孩子们玩尽兴了，似乎约定好了，把竹枝归还得整整齐齐。他们举着竹枝朝着月牙儿乱打一通，树枝打断不少，而多数月牙儿还是挂在头顶上的枝丫里，神秘地晃来晃去。其实，我也喜欢举着竹竿去打月牙儿——那样俏皮的果实里究竟会有什么？就像遥远的无法可知的月亮，促使人幻想不止，它里面该有怎样的生活？

　　大人们也喜欢皂角树。村里毛四婶有五个儿子，她的丈夫在她刚刚生下第五个儿子不久就从村子里消失了。毛四婶一人抚养五个儿子，还要服侍瘫在床上的婆婆，村里人都说她一家只在活命。五个儿子命苦却个个壮实，生龙活虎的，捡柴的捡柴，放牛的放牛，寻猪草的寻猪草，下田的下田，除了老五跟着男孩子们跑，个个都不含糊。四婶的亮嗓门每天比鸡叫还要早，而她的大嗓门"老五，回家吃饭了"响起时，已是灯亮堂堂、群星闪耀了。可能疏于精心照料，老三是出名的"鼻涕宝"，一条"青龙"在别人的嘲笑中嘶地吸了进去又跑了出来。而老四每年头发都要剃光，因为脑门上长着亮晶晶的脓包。前面的脓包还没有好，后面的脓包又挂了起来，母亲要我不能挨着老四，说他头上脓包里的细菌会像苕藤子一样串生的。老四似乎很得意他的脓包，总趁我们不注意时，把头故意挨到我们身上，惹得我们哇哇大叫。毛四婶担心传染给五娃，就提着篮子来我家摘皂刺了。老四跟在四婶的屁股后面，远远地站着，看着我的眼神有着和解甚至哀求的意味，我陡然提升了自己的地位，心里很愿意毛四婶来摘皂刺，忙着帮她搬凳子、递小刀。四婶忙着仍忘不了训斥老四，要他记着我家的好。老四傻傻地笑着，他长大后确实是村里最孝顺的儿子——在四婶摔成骨折后，每天都是老四给她洗脚。村里还有更老的皂角刺，但四婶说，敷药要用嫩刺，熬汤也要嫩刺。她是"内外"兼施的，一个星期后，老四的青皮脑袋就光溜溜了。

　　后来，我母亲随父亲转正成吃公粮的，到镇上上班了。房屋和坡上的树全部卖了，不到一年，后坡的树全都放倒，改成了菜园。如果没砍，那几棵皂角树也应该有四五十岁的树龄了，近半个世纪，该是怎样的模样？

猫　儿　刺

　　它的棘手总在不经意间，立体形的叶片向四方伸出的七根小刺会给人戳破肌肤的伤痛。刺，尖锐，冷不防地从光滑油绿的叶子下挑起——它意味着平静的生活隐藏着不平静，有破坏、障碍，甚至颠覆。

这种植物其实是很美的，常年碧绿。是质地坚韧、厚重的绿，仿佛是春天的墨水瓶泼洒出来，浸透了湿纸片，彻底、干脆。它冲击视觉的还有两侧翻卷到内里的刺，而尾巴翘起，头部两端翘起——蹲伏着的一只绿猫。可爱的——你忍不住向它伸手——锐利的痛会揪出爱怜的尾巴，短暂的痛后，还是收不回打量的目光。那些刺，末梢已是土黄的针尖尖了，融合在苍茫的原野。原野恰恰是虚怀以待——不择土壤，不偏气候，根系牢固的贱命者往往是有个性尊严的生命强者。

猫儿刺在农村被连成片做了篱笆。菜园子、水果园、庄稼地，猫儿刺挨得紧紧的，被农妇编织成四方的大花篮，篮子里，蔬菜、果实、庄稼，赤、橙、黄、绿、青、蓝、紫，应有尽有。村里都是用猫儿刺或者枸杞做篱笆围菜园，围自家院子的。猫儿刺繁殖较慢，能搭成一大片并连成院子的只有书记家。他家门前的院子围墙，在太阳下绿得泛光，亮晶晶的绿逼迫人收回自己的视线，羡慕又不禁止步。岂止人，村里的鸡鸭、猫狗也害怕去书记家串门。猫儿刺也叫鸟不宿，戳伤肌肤后，乱叫着飞奔的牲畜是植根脑海的警告。

书记似乎不喜欢他的绿宫殿，他常常被绿宫殿里的女主人诅咒，"一肚子坏水，一把花花肠子，什么德行，总有一天，我会叫你们这些不知廉耻的狗人去滚猫儿刺的……"有段时间，我开口就是"什么德行"，被母亲打了一个嘴巴才噤口这句话。

祖母曾讲过，滚猫儿刺是我们当地的族规，苟且的男女被当众揪住，剥去他们的衣服，让他们滚猫儿刺以示惩罚。我每每刚伸手，就被倒挂叶片的刺戳破皮肤，点血会渗了出来。何况在堆积一起的刺上滚来滚去？这些伸展开的，密集的尖刺犹如竖立的刀刃，一个挨着一个，组成了锋利的刀刃阵，想到有柔软的肉体滚过，我似乎见了千疮百孔、鲜血淋漓、血肉模糊……多么残忍的惩罚方式。

其实，那个诅咒的女人并非粗鄙，她有清秀白皙的面容，她沉静、温和的眸子总使我遇上她时忍不住多看她几眼。母亲总爱夸她，说她知书达理，后来我揣摩，母亲是喜欢她读了几年书和为人的亲和。但她的丈夫，村里的书记总爱在年轻女人家里乱窜，他的身边也常常被年轻女人围着。书记的风流逸事在村里人的唾沫中腌渍，肮脏、委琐，他沦落成不折不扣的流氓恶棍。她应该让他滚猫儿刺的，我有替她叫屈的期待。

但被抛向猫儿刺的却是她。深夜，绞着麻花腿的书记打开篱笆门，发现刚下过雨的土地上的陌生脚印，他多年的怀疑（这也是村里人飞扬的唾沫之一）立刻被脚印指引，轻脚贴近窗户，然后溜进后门，看见她，还有邻村一个长相标致的后生……令人气愤的是，可以溜走的后生竟然要求带她走，更令人气愤的是当书记操起薅锄抡向后生时，她还用身子去挡。气愤到了极点的书记忘了面子，大声叫骂，惊来族人。书记疯了似的一次次把她扔到猫儿刺围成的院子上。书记反复他的咆哮——贱妇，老子叫猫儿刺戳死你……

人一发狂就口吐狂言。猫儿刺没有戳死她，倒成全了她的心愿——她离开了猫儿刺围成的绿宫殿。

想不到她还这样，难怪被她男人看贱，这总是不应该的，这是母亲的认识。

我忘了介绍，猫儿刺在秋天会结出鲜红欲滴的果子，熟透的果子甜津津的。但总等不到果子成熟，就被人摘食了。即便是果子，留给我的也是酸涩的记忆。

橡 子 树

橡子树是很吉祥的树。"橡"谐音"祥"，"子"是指孔子门徒三千之意。"橡子"遍栽房前屋后，是农人祈福攘灾的普遍心愿。

我是平原人，第一次认识橡子树是在地处丘陵的婆家。我的婆家屋后是长约四五百米的林带，有几十年甚至上百年的植株，它们集居出幽静。我第一次在婆家过夜，正值炎热的暑季，白天的太阳晒得人的肌肤如同大火炙烤，天光暗了下来，屋后的林带沉没了喧闹，哗——哗哗——哗哗哗的风浪在幽静的黑夜翻滚，沁凉的夜气从敞开的窗子逸来，如果没有横行霸道的夜蚊子，真是不错的消暑地方。

而幽静的制造者"林带"却使我惊讶了——每隔一两棵其他的树木就生长着橡子树。橡子树有接近人体的外形，从一根端直的树干分出两根端直的枝杆。几棵长了上百年的橡子树在主干上分出的枝杆又长成双手才能合围的主干，又分别劈出"人"形的两根枝杆。我数了数，有一棵在树干上共分了四次"人"形，也就有了十四根枝杆。紧挨大橡子树的是一些无法长成树木的橡子灌木。

在我第二年走进橡子林时，眼睛与去年的橡子灌木相遇，突然明白——霸道的橡子树在"驱逐"所有的杂木。夹在橡子树之间的松树已成为光杆司令了，颓丧着身子，只等着被放倒当柴烧。橡子灌木失去了林木的骨架，只能用细弱的身子向橡子树匍匐问安，它们围住橡子树的根部，又分明为橡子树的威严而害怕止步。

橡子树的霸道还表现在它大片的羽毛形状的叶子上，三个或四个羽毛叶子排列成伸出五指的大巴掌。毛茸茸的表皮，承受了阳光雨露、飞沙走石，像任何一个接受岁月磨砺却越发倔犟、生存能力越强的劳动者，粗糙的外表无法掩饰强悍的灵魂。叶片的根部长出一对孪生的果实，棕褐色的连翘薄片围拢的橡子使人看得脸皮生涩、发麻。秋天，连翘薄片随着果实的成熟退到果实的底部，黄偏褐色的橡子真正成熟了，时不时有一两颗落在地上。

有一年，老公和我回老家，一进门，他就挎上竹篮子，说带我捡"吉祥"去，即打橡子。他爬上树桠，攀住一根树枝朝下压，刚齐我伸手的地方，我用手一捏，橡子就落在竹篮子里。他告诉我，橡子泡上两天两夜，再用石磨磨出土黄的粉汁。掺水放在大火上慢慢地熬，熬时，要用瓢细细地加水搅和，均匀绵实。熬熟了，再把粉汁过滤出来，冷却，粉汁凝聚成黄莹莹、亮晶晶、光滑滑的橡子豆腐。豆腐嫩得挑不上筷子，只能轻轻地用刀划了，放上辣椒油、姜末、蒜泥、花椒和陈醋等，用调羹舀着吃。味道滑腻爽口，是败火消毒的绿色食品。

我终究没有等到橡子磨成豆腐又回去上班了。这并未妨碍我制作橡子豆腐的熟练，当我把老人送来的橡子磨成豆腐时，我已有足以向朋友、亲戚炫耀的拿手好菜。也许这道菜会在久远的时光里成为独门绝技，这该是多么幸运和值得骄傲的事。

后来在书上看见山区也有一种做豆腐的植株，不过是叶子，而且叶子是奇臭无比。臭叶在开水里（据说开水也很讲究，掺和了地灰）翻搅，嫩嫩的叶子翻搅出绿色的汁水，然后过滤、冷却，神豆腐就"出世"了。我没尝过神豆腐的滋味，但当我看见神豆腐的"神变"过程，就想到自己会做的橡子豆腐，也不觉得神了。大抵是，那些入口入胃的东西先前并不入眼，而粗糙甚至有着臭味的"丑陋者"往往会更有支撑生命的力量。

"臭腐化为神奇……神奇而为臭腐，则是物皆然"，自然的辩证法里，生活在臭腐甚至死亡里延续。

椿　　树

这是春天的树。我疑心，古人称呼的"椿"仅仅表意：这是一种长在春天里的树木。仅此而已。夏、秋、冬代表它从人视线的逐渐退场，甚至终结。

但，人总要明白，不是它的生命力柔弱、短命，而实在是众多的手在春天里的剥夺。就像被榨干了血汗和乳汁的母亲，她只有形容枯槁着死去。

它适合的生长位置就是在屋前的园子边。刚刚转暖的春风，轻轻拂出一棵棵黄米粒。春风是一天比一天和煦，黄米粒里爆出嫩嫩的、紫色的叶片，叶片先是调皮地朝春风探了下脸，就回头招呼它的伙伴们。叶子放心地打开自己，一片片轻轻地舒展，经脉清晰、汁液充盈，有淡淡的若有若无的清香。早晨起床，天刚蒙蒙亮，含着地气的草根味浓烈，几乎呛鼻，我就知道，母亲在摘椿树芽。正在舒展的椿树芽被母亲捏在手里，它们散淡的清香味反而被一股刺鼻的臭味代替。就像淌汗的人聚集在一起，完全挤跑了风的自然味道，只有含着污垢的盐巴相互感染，凝聚出难闻的汗臭味。我揉着眼睛，用鼻子使劲嗅了嗅，然后埋怨，又是椿树芽，一点营养都没有——实在是已经吃厌了这道菜。刚摘下来的椿树芽放在滚烫的开水里烫烫，算做除水，再用麻油、豆瓣酱、大蒜、姜末和陈醋拌拌，当做辅助菜肴调节胃口还可以，真要当做吃饭的主菜，我的胃囊明显地有了抵制。

　　母亲责备我挑食。确实，我家的，不光是我家的，几乎村子里所有的椿树都会无法长大，它们在春天里舒展的叶片无法形成树叶特有的悠闲风景，因为众多的手伸向它们，众多的嘴巴需要它们来喂养。显然，它们无法填饱人们饥饿的胃囊。

　　村子里靠长江边的一家，有兄妹三人。父亲早死了，母亲也早早地改嫁。兄妹三人在村子乡亲的接济下慢慢长大了。哥哥成人后跟着村里一个走南闯北的木匠学手艺，木匠也许有一手好手艺，因为他常常夸耀自己被谁谁接去做活了，哪个镇长、书记家里的木匠活全是他做的，但谁也没看见他在村子里做过一件木匠活，或许他不屑于。

　　两个妹妹是穷人的孩子早当家，什么都会，女红、种菜、种庄稼、喂猪、放牛等，尽管缺衣少食的，但她们毕竟活了下来，而且长大了。春天时，她们家的椿芽气味浓烈，简直刺鼻。跟着母亲到长江边担水时，经过她们的家，我常常是一阵风似的跑过去。我实在不敢想象，一日三餐吃饭就是椿树芽，胃囊也该是一股腥气了。忽然，有一天，她们家的门前挂起了大锁，椿树芽的气味没有了。难道她们还有亲戚？我突然记起，连着几天都没有看见她们家的大门敞开。我的记起也只是经过她们家时才想起，走过也就忘了。

　　很快，夏季来了，秋天也来了。椿树光秃秃的，它已经贡献完了它的血水，也就从人们的视线消失了。母亲刨掉已贡献多年椿芽的椿树根，我吃惊也暗含一份快意——明年不吃椿树芽了？这根椿树早死了，那边的椿树已经起来了，母亲努了努嘴。马上，她又警告我——不要随便吃人家的东西，即使熟人也不能乱接。不要相信别人的话，信了好听的话到头来只能害自己。

她告诉我，村子边上的两姐妹被她们的哥哥卖到河北去了。

她哥哥？我重复了一遍。母亲就叹息，那个哥哥还不是被那个木匠骗了，终归是一家人吃亏。母亲把椿树码在院阶下。我的小姑要出嫁了，母亲准备用大的椿树为小姑做一个木箱子和脚盆。小姑试探母亲几次，希望买时髦的皮箱、瓷盆。母亲耐心地告诉小姑，买的不见得有椿树做的好。

现在到小姑家做客，还能看见粉红木质的脚盆和木箱子，结实，有股淡淡的清香。不知道小姑是否还在埋怨母亲没有为她买时髦的箱盆。

梦　树

我只有三天时间//一天用来出生//一天用来做梦//还有一天用来死亡。

这是我多年前心仪的诗歌。时时诵读，心中为之触动不已。想想，在睡眠和清醒瓜分的生命长度里，做梦该又占了多大空间？白日的臆想或空想，夜晚里突然或有预谋的梦见，梦占据着生命，如同大地上斑驳而纵横的水流，组合大地，见证大地，又为大地所包容。

梦切割出一个人的隐蔽空间，就像一面水银镜，它的映现、照射是依靠背后隐藏的沉甸甸的水银。从来没有听说不做梦的人，不能做梦的只能是与死亡握住双手的生命垂危者。好梦，如拂尘擦亮人的生活。噩梦，如潜伏的暗流冲击人的生活。心理学家弗洛伊德们却依靠梦，企图打开人的生活。

人的眼睛用来看，鼻子用来呼吸，嘴巴用来吃和说，心灵用来思考……人的器官各司其职。当所有器官的功能一齐调动进大脑后，梦就发酵出来了，留下天使或魔鬼的痕迹。而痕迹只能用来推测，不能用来复制。梦的无法把握，提供出超生命经验的神秘和广博。博尔赫斯在《无花果树》里讲述了一个关于梦的神奇故事：一个年轻人多次梦见无花果树下埋有黄金，他在寻找的途中被巡警当做小偷逮捕，巡警问他怎么到了这里，他讲述自己做的梦。巡警哈哈大笑——我昨天还梦见一个院子，院子里有一口井，井旁边有一棵大无花果树，树下埋有好多金子。年轻人一听，这不正是自家的院子吗？回家在无花果树下挖掘，真的挖出大财富。博尔赫斯故事的荒诞因掺进梦元素的骨架而变得神奇般合理——很多时候，平淡生活就在被扰乱的常规里熠熠生光，慢慢延续。在介于死亡和运动（比如思考）之间的静止时刻，梦作为大脑土壤里长出的树木，更接近自然，客观而随意。它会随时透露隐藏于肉体的心灵轨迹。

要命的是，心理波澜起伏、千变万化的状况比肉身的外显更真实地供奉个体生活轨迹。一个在现实中无法缓解焦虑或恐惧的人，他的梦为他支撑起高峻的悬崖让他跌落，让他在无休止的下坠中释放积虑。一个被无数次追赶而慌不择路的逃亡梦，很可能在分泌曾被伤害而又只能捂紧伤口让它溃烂的脓汁。而梦见光滑蠕动的蛇，必是他或她身体真实状况的流露……

你不得不注目。梦。当你为昨天的梦稍稍流连时，你已为自己的生命绾了一个结。从来没有不绾结的生命，源于从来没有不做梦的生命。

"你在做梦吧"，这是我们的口头禅，训斥里含着鄙夷和打击，似乎减少做梦或不做梦就攫取了关于生活真相的话语权。

一脸老成，满眼漠然——被世故的"獏"吃掉了梦的脑子，实在不见得比尊重梦的人聪明。我家乡的农民用一种叫做"梦树"的植株来记载他们的梦。梦树有长的柔韧的枝条，叶子很少。传说吃梦的獏遇到梦树就贪吃树叶，躲到枝条里睡着了。做梦的人，在枝条上绾一个结，獏就被留在枝条里了。我家隔壁小波一家早上起来，第一件事就是轮流在梦树枝条上绾结，一个梦一个结。是好梦，绾的结就会帮人实现，是坏梦，绾的结就会帮人化解。匍匐一大片的枝条，打满了结，虬结着，好像盘根错节的树根。我也要去打结，小波打回我的手——你的梦只能用你的树枝来绾结，否则就不灵了。我折断一根树枝，插在自家门前，就像人的梦，无处不在啊，插枝就成片。我也要为我的梦打上沉甸甸的结。那些被隐蔽的水银般的时光匍匐在地上，厚重地落在泥土里。

不要嘲笑我的自以为是。我是在多年离乡后回家看见梦树而一时心动的。如果，如果你看见匍匐在地上虬结的梦树而注目，我才不会嘲笑你的出神咧。

柳　　树

应该是中午。我的确定是因为柳树上挂着的一长串毛虫子似的柳荚子掉了下来，不偏不倚地落在我的肩膀上。

我感觉脖子痒，肯定有黑毛发的虫子混在柳荚子里，然后一起跌落，爬到我汗津津的脖子上。在脑后的脖子上，我不能看见，只能用手乱抓。她出现在我面前，白皙、修长的手摘下我后脖子上丑陋的凶神恶煞的毛虫子。毛虫子被扔在地上，它鼓胀的身体在脚的挤压下爆裂出令人恶心的内脏。

我是不会说谢谢的。因为这个女人，背着药箱的正在出诊的女人是我母亲的仇敌。华表姐前几天告诉我，父亲自行车的后架上经常坐着这个女人。

她不顾母亲的怔忡、发呆，竟把瓜子壳吐在母亲的身上。她凭什么呢？我冷着眼睛打量她，白倒是很白，不过时不时斜着看人的眼睛让我反感。而她长及脚踝的裙子却让我忍不住多看了几眼。她比母亲年轻，但我不认为她比母亲好看。后来，华表姐又说到她——比母亲要漂亮时，我出口骂了华表姐"眼光太低"，并把手中的柳荚子扔到她的身上。

就在我准备转身离开时，她从药箱里拿出白白的瓷片样的药片。我的目光被瓷实的药片吸引，薄荷般的香味几乎使我目不转睛了。她微笑着把药片递给我，我的手不听使唤地伸出来接住，而且将药片喂进了嘴巴。清凉的甜萦绕在我的舌尖，我的舌尖在口腔里上下搅动。她留下的话要我为难万分——记得以后遇见我，要喊我阿姨啊。

我以后要叫她阿姨？我突然万分悔恨，我怎么这样不争气、软骨头呢？这个女人欺辱我的母亲，而我吃了这个女人的糖。我为自己悔恨，又无能为力，眼泪流了出来，我呜呜地哭着，靠着柳树。明天我遇见这个女人，我该怎么办？我是继续不理她，还是叫她阿姨？如果她又坐父亲的自行车，还欺辱母亲呢？我跌坐在柳树根上。这是一棵古树，年岁超过村里任何一个年长者，万千枝条垂挂着面条似的柳荚串，它们在地面留下大片的荫凉。树的根爬出了地面，根的四周又长出青绿的小柳枝枝。我背靠着树干，满腔悔恨与羞辱，眼泪伴着号啕声汹涌而出。又有一串柳荚子掉了下来，这次落在我的头上。

我晃晃脑袋，柳荚子掉在地上。我也不伸手，有毛虫子才好，谁要自己嘴贪。我不停地呜咽，慢慢的，刚才起伏的胸脯渐渐平息下来。靠着树干，我的脑袋挂在肩膀上。依稀看见，我和母亲牵着手走着，高大的柳树为我们撑起华盖般的大伞。一个女人挡住我们的去路，母亲拉住我转身，女人冲上来拽住我的胳膊——叫我阿姨啊，你吃了我的糖。母亲也拽住我的胳膊，不许我叫。女人又指着母亲说，你不要叫她"妈妈"了，我每天都给糖你吃。母亲拼命地扳回我的嘴巴。我被她们左右拉拽，拉得筋疲力尽，身子疼痛难忍。就在脖子无法呼吸的瞬间，我醒来，原来脑袋搭在肩膀上，正在做梦。

梦马上就要变成现实。晚上，女人到我家，要母亲马上和父亲离婚。母亲万分惊愕，颤抖着双手指着女人——滚出去。女人哼哼地笑着，嘴角朝上翘起，双手扶住我的肩膀——叫我阿姨啊，我给你的糖好吃吗？我很窘迫，望向母亲。激动着的母亲似乎有几分迟疑或呆滞，面孔潮红，她无法理清——我吃女人糖的事实与目的，只是呆呆地看着我。

女人羞辱母亲：你看看，你的丈夫不喜欢你，你的女儿也不喜欢你。我的眼泪出来了，柳树已经托梦告诉我女人来干什么了，我不能再上女人的当。

我晃着肩膀，使劲地挣脱出女人的双手。她摘柳荚子放到我的脖子里，怕我哭才给糖我吃的。我想都没想就脱口而出。轮到女人惊愕了——你怎么撒谎，看我明天不告诉你的老师。但母亲因为心疼而大怒，呵斥道：你这个恶女人，竟欺负一个六七岁的孩子，真没脸皮，我倒要找你领导评理去。女人涨红了脸，也颤抖着身子，退出。

谁赢了？为什么母亲在午夜忧伤的哭泣这样让我揪心？我无法理清这个过早来的课题。恍惚中，走在柳树林里的我，柳荚子不断地掉在我的脖子上，我身子痒痒的，但我顾不上。一个模糊着面容的女人，向我追赶，追赶，我跑啊跑，鞋子掉了，就在我穿鞋时，女人已变成了面容模糊的男人朝我伸出手，我惊惶——拼命地跑，无止尽的柳树林。无止尽的逃跑梦。

第二辑
先验或试炼

梦潭
黑夜游戏
谁的切梦刀
假如记忆醒来
立春
……

梦　潭

一

"过车轮磙子时要小心啊，时间晚了一定要约伴一起走"，祖母和母亲在我每天上学前都这样交代我。

车轮磙子是我上初中后回家必经的一条很高的坡路，在我儿时的眼中，上下坡都显得高峻陡峭。几个大石磙埋伏在厚重的泥土下面，连接前后潭水的流动，泥土上垒起长长的坡路。石磙形如车轮的命名嫌疑，是我至今能揣摩这条路名的唯一证据。坡上是一户紧挨一户的一长溜人家，这些人家如果被描画在纸上，而纸张左右重叠，车轮磙子正好是左右分离的折叠线。前后坡下都是沿着坡跟成线条似延伸的深潭，清幽，闪烁着绿莹莹的光芒，山坡在潭水表面矗立起山洞般的黑影，压迫出浓郁的神秘。每一个小孩都可能被大人反复交代"不要到坡下的水里去玩，否则会丢命的"。

车轮磙子以道路形式着急地从潭水上滑过，北面毗邻着村小，南面却无限延伸，我成长的脚步被车轮磙子送出。

二

我六岁时，已经是小学一年级的学生了。在教育还没有普及的乡村小学，低龄在集体中非但没有任何优势，反而越发张扬自卑。我不喜欢读书，不是我的成绩不如别人，而是从开始我就看见骨头下紧缩又不时被释放的阴影。同一个班的林和红比我大了两三岁，他们是我的邻居，知道我家的秘密——我家是村里的单姓户，历来要受到欺负；而我父亲在镇上的花边新闻更是被邻居传得沸沸扬扬，好像我和母亲就是来承受耻笑的。这一切成为他们控制我的撒手锏。我觉得屈辱，无法言明的屈辱使我很小就知道，保持距离，不要和人靠近。

　　我的疏离不过是想被他们忽视，少受一些欺负，但我并不能实现我的愿望。首先是一个非常紧迫的问题——上厕所，学校没有正规的厕所，大小便都要到附近农家的私人厕所。最近的农家就是在车轮磙子坡下临潭散布的几户。下课了，纷涌的学生拥挤在这些厕所，干净些的有遮蔽的厕所总是人满为患，而敞天的厕所（一家农户在菜园里临时用一口大缸做厕，准备为蔬菜施肥的）是低年级学生唯一的选择。这是能想象的，大缸承载有限，污秽到处蔓延，每次方便都找不到落脚的地方。多么难堪，我总是强忍着，大便尽量在家里解决，而拉尿是无法控制的，我需要女孩站在旁边守卫，我担心被调皮的男孩子戏弄，更担心——这样肮脏的地方总是会突然出现一个神经兮兮的女人，被人称呼为杨幺姑的女人，她的脚步轻飘几乎没有声响，总是不经意间靠近露天厕所。她头发蓬乱，衣服破而脏，接近沉郁的黑或者蓝色，衬托她枯槁的面容，形销骨立、行踪诡异增加我们的恐惧。

　　她的家就在车轮磙子上。

　　我的疏离首先被杨幺姑破坏。趁老师不在教室当儿，她闯进我们的教室，径直走向我，那么多的学生，她只奔向我，我几乎是绝望地看见她空洞的眼睛突然闪烁出绿莹莹的光芒。不要抓我，不要抓我，我内心一定这样祈祷，并在梦中呐喊，在梦中我被一个女人或男人追赶，她或他偏偏不顾我的祈祷，扑向我——杨幺姑径直朝我走来，伸出如鸡爪的双手，我失控地哭叫，身体朝后退缩，有什么用呢？杨幺姑的手强劲、蛮横，紧紧地拽住我肩膀，犹如钢筋压制，挣扎成为徒劳，她嘿嘿地笑出了声，笑声粗重怪异，拽着我朝教室门走……老师来了，拦住她，厉声呵斥，杨幺姑松手，被赶出教室。教室里充溢着难以抑制的笑声，所有的目光聚焦出一面令人羞愧的镜子，我低头，发现裤脚竟然在淌水，温热的水滴就像我脸上的泪珠，畅快地向下滴淌，我抱住脑袋趴在桌子上，说不出来的悲痛和羞辱，使我哽咽，上气接不了下气。

　　杨幺姑终于提着了一个孩子，一个比我更加弱小的孩子，她把孩子扔进露天的粪池里，小孩在粪池里嗷嗷踢打，她在粪池周围走来走去，拍着手掌，要求孩子：快喊救命啊，你快喊救命啊，不然，真是你自己弄死自己的。小孩的父母气喘吁吁地赶来，捞起了奄奄一息的孩子。杨幺姑被孩子的父亲重重扇了巴掌，啪啪——犹如凭空炸下的鞭炮，吓住了杨幺姑，她后退一步，捂住脸庞，发呆，喃喃自语："我的孩子，我的孩子，你不知道喊救命吗？"说着，杨幺姑蹲坐在地上，撕心裂肺地痛哭，断断续续的哭喊声在她钝锉般的嗓门上发出，怪异得令人恐惧。一声长嚎，扑打下双腿，身体俯在腿子上，声音渐至消失，又猛地仰起上身……时高时低的哭喊声，盘旋出记忆的旋涡，她只有沉陷，左右漂浮，不能自主，任凭记忆的铁钳紧紧地遏制，心灵和大脑，她不能浮出，只有臣服。

她寻找所有的机会闯进一个暮春的下午，可是无法篡改，事实已经成为她的伤口。她和家人都去种田了，唯一的孩子却跌进了粪厕，溺死在粪池里，一路跑回的杨幺姑看着孩子直挺的尸体，晕倒在地，醒来后她撕破喉咙发问——掉进粪厕的孩子肯定会喊救命，粪厕就在路旁，离学校那么近，谁都能听见救命声，却没有人抢救，你们是见死不救，是不是？怒、悲充塞她整个胸腔，发酵、凝固，阻塞她的记忆通道，从此，她在狭窄的记忆缝隙中跌跌撞撞，无从突围。

她是可怜的，但也是可怕的——前者仅仅只是我偶尔泛起的同情，后者却是长久压迫我的梦境。一个黑衣人，身影飘忽，鬼魅般地偷袭柔嫩的心灵，她有猩红的舌头，有水草般蓬松的头发，但她没有脸，甚至没有骨头，在梦中狞笑或者哭泣，终于，她的眼睛喷射出可怕的血……幼小的、时刻可能与杨幺姑相遇的我，心怀最大的祈祷，希望她或者他们消失。

三

命是上天布置好的……哦，我是说，杨幺姑的孩子不溺死，也活不好。红很神秘地把嘴巴凑近我耳朵。我侧过身体，脑袋朝后仰，红的嘴巴有股酸气，那是他们家整天吃椿菜芽的结果，但我害怕红知道我厌恶她的口臭，装出将信将疑的样子，问：为什么，你说说？红很得意，她终于在我的询问中找到被认可的自信，甜蜜的微笑荡漾在她牙齿上，酸味大面积地朝我扑来，"嘿，车轮磙子上的孩子啊，怎么活得好"，红卖弄地朝我瞪眼，嘲笑我的无知，继续说，"你看那些小孩，豁嘴、哑巴，要么就是结婚多年也生育不出来。"

红似乎很在行这些事情，嘴巴里时刻响亮地传诵着歌句子：车轮磙子的粑粑，糊了嘴巴，不是豁嘴，就是哑巴，还有一个，阎王爷走来啦。

红的歌句子，让一个哑巴姑娘几乎时刻成为同学们取闹的对象，在哑巴连续留级，和我们同班时，红时不时暴露哑巴姑娘一些秘密，而这些秘密却使女孩子羞愧和害怕。一些男孩子被红怂恿，揪哑巴姑娘的耳朵，撕哑巴姑娘的作业本，在哑巴姑娘站起来刚要坐下时突然挪动凳子，哑巴跌倒，身子仰躺带动了后面桌子上的墨水……我跟着哄笑的声音里一定带着一丝惺惺相惜的可怜，我在红的面前说起了哑巴的好话，哑巴还是很好看的，你看她的脸蛋多白，她的眼睛亮晶晶的——红鄙夷地撇嘴，打断我的话——亮是亮，怎么也是绿莹莹的，和那个杨幺姑差不了多少。

　　就是我的可怜话，红，比我年长了三岁的女孩，已经十一岁了，她不断向哑巴姑娘询问，你为什么这样白？怎样才能像你一样白？哑巴呀呀比画，一个车轮碾子翻过，双手打开的河流有如鲜花的绽放——我们都听懂了，哑巴每天用潭水洗澡。

　　红，学习上从没有如此开窍，在对待自己美丽与否上却表现出非同龄人具备的早熟。是她自己深入实际的观察，还是旁人的旁敲侧击？不得而知。她在某天，一个闷沉的下午，嘴巴再次凑近我耳朵：你知道吗？哑巴每天深夜都被她婆婆带到潭水里洗澡，她肯定是这样变白的……那个潭水，绿莹莹的，据说有神仙住在里面……红的声音断续，闪烁的眼神似乎让我触摸到潭水被传说烘托出的神秘——潭水里，有一个美丽的女子，她只在天空闪电时浮出水面，谁看见了她，谁的愿望就会得到满足。这样的传说，在我九岁时一个闷热的下午、黄昏反复被我反刍。

　　傍晚时，刮起了大风，紧接着，雷电闪烁，青獠白牙的闪电中，一个绿眼睛、长头发的女妖站立在黑水之上，全身波光粼粼，皮肤莹白如凝脂，一声炸雷，女妖喷出了鲜血，潭水被染成了红色，漫天漫地……我大汗淋漓地惊醒，雷电已经停止了，只有瓢泼大雨，一声紧一声地敲打着大地，门窗外，到处是漫溢的水流。

　　梦境有多深，现实就会有多残酷。它们以震惊联手制造成长的伤感和心灵的无奈。红就在黄昏时的雷电中走下潭水，她被女妖掠走了魂魄，第二天，她的身体在潭水表面浮起，像充气的轮胎，全身浮肿，披头散发也遮盖不了她被严重扭曲的面孔。很长时间，我一睡下，就梦见雷电轰鸣，一个绿眼睛的女妖全身闪亮，然后喷薄血液。我沉湎梦境，发着高烧，祖母想要带我去深潭洗澡，希冀神仙能够眷顾拜谒她的人，被母亲制止——那个哑巴，被她祖母深夜带到潭水洗澡，说是有神仙可以帮她夺回声音，夺回来没有？都是骗人的瞎话，哪里有什么神仙，她（母亲的手指向我）不过受到了惊吓。

　　不过是惊吓，在我在九岁的心灵上，留下神秘而恐惧的黑影，又被梦境反复渗透，组合成童年，将伴随我成长，我的心灵我的世界。这是多么无奈啊，尽管我从不喜欢红，甚至憎恨却又莫名惧怕她，我曾经祈祷她消失，但她真的以死亡消失了踪迹时，非但没有稀释我骨头下的阴影，反而使这些紧缩的阴影不断释放。

四

车轮磙子被深潭和坡面紧密的树木围住,由浓重到沉郁的荫凉,凉飕飕的黑暗,从身体四周扑面袭来,包围、笼罩,只有一颗狂跳的心在释放虚弱的热量。沉重、锐利、无法抗拒,它走向我的梦境,一边凿开又一边萎缩我本能抵抗的肉体——就像不断复制的梦魇,一个黑影,女人,或男人,不顾我的祈祷"不要抓我,不要抓我",还是拼命地朝我追赶……

临近暑假时,在潭水边为我们提供露天厕所的那户人家,两妯娌在菜园里互相扭打,老些的妇女骑在年轻妇女身上,挥舞着拳头破口大骂——你嘴巴硬,我生的儿子都是豁嘴,我今天就撕烂你嘴巴,看你会生出什么东西……大媳妇的骂声痛快淋漓,仿佛在为她连续生了两个豁嘴儿子的憋屈命运而揭竿起义,但骂能解决什么问题?命运的无情在于,豁嘴的兄弟俩均在四五岁早夭,而第三个儿子又是豁嘴。大媳妇一手揪着小媳妇头发,一手撕小媳妇的嘴巴,那个小媳妇被骑在下面,四肢在空中左右扑打,嘴巴嗷嗷地叫喊,泪水纷披,从面庞到土地,那是她的苦,深埋在肚子里的苦水,结婚多年一直没有小孩的大忌以超越伤感的羞耻晋升为悲愤,她无处排泄,只能以泪液淌着,一点点地,连着人生的痛,在众目睽睽中浮现。她们的叫骂和厮打吸引了无数的大人和学生围观,人群中荡漾着无关痛痒的评论——谁对谁错,谁委屈谁活该。

小媳妇的脑袋边在淌血,从嘴角到头发再到地上,暗红的血,混合了胸腔的愤怒与悲伤,还有无法言说的耻辱,在袅袅风中弥散出腥热的气息。小媳妇不再挣扎,任凭大媳妇殴打。终于,大媳妇爬起来,拍手收工。小媳妇也直起上身,在大媳妇得意的痛骂"你最终连个豁嘴也没有,断子绝生的坏女人"中号啕大哭。她的男人突然上前,揪住小媳妇的头发,一把拽起来,叫骂她丢人献丑,是只会吃食的猪,又纠正女人连猪都不如……一把一把的黑发被手掌松开,飘散在地上,又被风吹走,纠缠在地面的草叶上和小树桩上,血液、泪液模糊了女人的面容,她看不清楚她眼前的世界,左右踉跄,无法稳住脚步,终于小媳妇跌坐在地上,歪着脑袋,垂下肩膀,任凭男人朝着脸庞左右开弓,仿佛她乐意享受——如果泪水不够,血液可不可以算做流淌出去的悲愤?

五

四年级后，我跟着父母去镇上读书了。接着，考上了重点初中，学校位于父母家和老屋中间。老屋里，只有年迈的驼背祖母一人。我在某个晚自习后或者周末离开学校，踏上宽阔公路，经过车轮磅子，过了乡小，穿过一小方棉花田，回到老家。

我回老屋的稀少多次被祖母责怪，我振振有词：那个车轮磅子，你又不是不知道，我害怕啊。

祖母坚持认为是我薄情忘了她，她的理由也堂皇：你回来就带信给我，我到车轮磅子接你去。这是祖母的赌气话，有谁记得捎信给她呢？

某个星空璀璨的夜晚，绵密如新棉的洁白星光在地上铺陈出水银路，我突然想回老家了，况且，住在老家附近的几个同学边走边招呼我——这么好的星光，一起回去吧。我蠢蠢欲动，又心惧神秘的车轮磅子，但他们在星光下欢笑雀跃的劲头，再次鼓动我下了决心回家。头顶上的星辰在深邃的夜空此起彼伏，我们的欢笑在路途的延伸中一再分解，一群人，三五个，宽阔的公路开始狭窄时，只剩下了我和春萍，她和我同年级，同一个大队的重点初中的女学生。我们的声音被名叫"幸福地"的坟墓群消弭，我们的手捏在一起，紧紧地，彼此传递力量。春萍是长跑冠军，她修长的腿子带动我的脚步，我气喘吁吁，边跑边喊"等等我"，她"喔，喔"回应，偏下头等待。我们的手再次握一起时，又开始奔跑。坟墓群被抛在了身后，黑压压的棉花田被抛在身后，偶尔相遇的自行车哐啷而过。村子就在眼前了，车轮磅子矗立着，山洞般浓黑而高大，洞中逐渐放大的灯光不断拉近我们和车轮磅子的距离。

春萍紧紧捏住我的手——马上要过车轮磅子了。

我勾起手指刮了刮她的掌心，算是回应，我已经提高警惕。

几乎不敢看，但我知道，上坡的路途两边，潭水散发着黑亮的光芒，那些绵密的星辰正被潭水收容、清洗，然后又被冷冰冰地抛出，蹦跳到我们身上，吸附我们的热量。汪汪——汪——凶恶的狗吠声一阵接着一阵，压迫我们的脚步，但一切迟了，一个翘着尾巴的黑狗立于磅上，凶狠的眼睛射出令人恐惧的绿莹莹的光芒。我们彼此的左右手交换了下力量，然后平视前方，尽量避开黑狗直线般的视力，装着无所谓的样子爬坡。就在我们和黑狗擦身而过时，我的腿哆嗦了，一个棉柴垛子绊倒了我。春萍啊的一声尖叫后，惊恐地松开我的双手，撒腿就跑。黑狗站立在原地，没有动，但它侧过脑袋，发出高频率高分贝的狂叫，我的心狂跳不止，手脚毫无力气。更可怕的是，黑狗的后面突然多出了一个矗立的黑影——杨幺姑走来了。天啊，眼泪纷乱，我忘记站起来，朝前爬着——多年了，我被追赶，追赶，公路、街道、村庄、水塘，我一路逃窜，怎么都加快不了速度，趴下，竟然不能站立了，我只能朝前爬着，心痛力竭，惊恐无边。这就是梦源吗？当我以文字的形式一层层地拨开这些黑洞时，无异于在清扫记忆通道里的腐殖。那么，请让我详尽这些心灵黑洞中的细枝末节。我深深记得，一直狂吠不止的黑狗似乎清醒了，提起前爪纵身，似要扑起——完了，我哽咽着发出"救命"的呼喊。谁能想到呢？黑暗中，杨幺姑嘿嘿笑了，轻斥黑狗——小小，不要欺负好人，让好人过去……她在喊救命，你没有听见吗？小小，放了喊救命的人，你也是好人。

汪——汪汪——狗吠声开始减弱，然后是逐渐远去的脚步声，杨幺姑和小小离开了。我慌忙站起来，像春萍一样一路狂奔。

事后，春萍一口咬定，杨幺姑一定记得我，才让黑狗放了我。我摇头，一个疯子怎么会有记忆？她被记忆牵制了神经，活在混乱的旧时光里，谁都不认得。可是她放了我——多年后，我想对春萍说，要是换了你，她也会放了你的，只要她听见救命的呼喊，"救命"是她的心结。而多年前，我和春萍潦草地带过杨幺姑放我走的细节，斤斤计较并夸饰我们的胆小和天生的恐惧，以此衬托强悍坚硬的恶。春萍诧异：你最怕的还不是黑狗，而是那个疯子。春萍又叹息，我也是的。我们都不问为什么，仿佛是常识，在黑狗的凶恶和疯子的无理智之间，后者更可怕，它们飘散成黑蚂蚁的影子，一路走进松弛的神经，轻轻、间断地咬噬，似乎麻醉似乎预示。

这是我最后一次见到杨幺姑。

在我开始转变情感，可怜比可怕要多些时，她竟然满足了我儿时的愿望，在一个深夜走向潭水，死了。她是寻找她的黑狗小小而去的。小小的凶神恶煞显然成为人们的公敌，它被人，众多的男人沉进潭水里，它的尸体漂浮在水面时，杨幺姑才知道——多么雷同的细节，总在亲近的人或物离去之后。她被其他女人拦住并告知，小小是不小心跌进水潭里的。她拍着手掌，大声嚷叫："你不知道喊救命吗？你喊救命就好了，他们听不见我能听见啊。"随后，蹲坐在地上，号啕痛哭，她长长哀号后，俯下上身，双手拍打大腿，哀号近乎消失时，上身又仰起，继续长嚎，时断时续的痛哭，构筑记忆的旋涡，她在其中盘旋，释放人生的苦楚与宿命。

杨幺姑没完没了，一旦想起就坐在潭水边，用哭喊构筑记忆的旋涡，声音时断时续，令人哀怜又恐惧。有好心的女人告诉她，抑或安慰——小小肯定去看你儿子去了，你还是想开点为好。杨幺姑信服了这句话，在深夜走进了潭水，寻找她的儿子和小小去了。这似乎是杨幺姑最好的归宿。死亡担负的罪责因为死亡本身而消解，甚至变得更有意义，杨幺姑在瞬间消融了曾经落在我心灵的黑影。多么无常啊，杨幺姑这个女人，她并没有任何改变，与我看见的任何一个女人丝毫不同，但她的确又改变了，类似我的母亲我看见的任何一个母亲，甚至多年后的我。

六

你想看清楚水面上山洞般的倒影吗？那么，请俯身勾勒这些黑影，扳正它，你会发现黑影的源头。当你仰起头，站起来，你还会发现，它们在你不断直立的身体下，逐渐缩减、矮小，朝着远处后退，直至一个核。请你理解它，怜悯它爱它，你才能正视它，它为你呈现，你的童年，你将伴随它再次生长，你心灵里的世界。

当我一次次地回味逃亡梦境，几乎看见，那个快要结成核的黑影，漂浮在梦境的河流，有不能承受之轻，它有冲击的野心，还有和解的诉求，与记忆比肩而生，仿佛人生有多长，它们就会走多远，随时萎谢再诞生，消解也在推陈出新。梦境一路收藏，供我回溯、捡拾，在黑暗中打开，直至秘密浮现。车轮磙子的潭水被抽干了，因为深幽的潭水，深陷磙下，无法流通，而磙上的废水，甚至农药全部流到潭水里，女人饮用后，要么生育出豁嘴、哑巴，要么难以生育。

潭水消失了神秘，却无法填补人生的漏洞，譬如杨幺姑，杨幺姑的儿子，还有红，打架的两妯娌，甚至不是人的小小，生死的磨难与救赎，被风一遍遍吹拂进梦境……与记忆比肩重生——会来的，万千阡陌里，最初的送程，在脚步踏响时，已经开始受伤，它以疼痛与记忆较量，反复不停地，麻醉或者预示，而后，萎缩成记忆之核，你的世界城堡。

黑夜游戏

五岁那年的春天。我的舌尖布满了针尖般的小点点,开始是一两粒,黄色,黏附在肉红舌尖上,拉扯着,舌尖骤然增加了重量,蠕动有轻微的疼痛。舌尖终于沉重如山了,我对着母亲的大穿衣镜,艰难地吐出舌头,肉红的舌尖已经被一层白色的膜覆盖,我再艰难地吞回舌头,镜子里的脸庞被疼痛扭曲,龇牙咧嘴。

我端着饭碗,一颗一颗,用筷子挑着饭粒。母亲埋怨我吃饭刁嘴,她给我示范——大口大口地扒饭,胃口才能打开,身体才能棒棒的。她继续陈述,身体棒了,抵抗力自然增强,细菌难于进入。她把我身体的小毛病归结为没有多吃饭的缘故。我委屈地放下饭碗,伸出了舌头,眼泪热辣辣地,在脸上纵横。

这么严重了?不要紧的,吃消炎药,多吃蔬菜就好了。母亲安慰着,递来白色药片和一杯凉开水。我艰难地张开嘴巴,药片卡在喉咙,苦涩,尖锐地压制我的喉咙和眼睛,泪水又涌了出来。我使劲吞咽,剧痛中,药片顺着凉开水滑下了喉咙。

暮春的夜晚,圆月泛着白银的光芒,消融着浓黑。祖母颠着小脚,她的脸庞在月光下浮现一层神秘的光膜,核桃壳似的皱纹也被银光抚平。祖母递给我一个瓢,这是风干的葫芦,被掏了内瓤,对切成两半。瓢面厚实,光滑,有金黄的色彩。祖母把葫芦瓢放在我的双手上,凸起的肚皮朝上,内瓤朝下。她从左衣袖上取下别着的小银针,拉我正对着亮堂堂的月亮,嘱咐我——一定要心诚,月亮才能看见隐藏在你身上的魔鬼,才能帮助你用银针扎死魔鬼。迎着亮堂的玉盘般的月亮,我仰起了脖子,额头上的一缕黑发搭在眼角,我忍痛撮起嘴巴吹开了它们。祖母开始念念有词,针尖在葫芦肚皮上紧紧密密地扎了一圈,又反方向扎了一圈,最后,祖母举起右手,在半空停顿了下,用力朝着圆圈中央狠狠刺进,银针陷入了葫芦纹理。祖母舒了口气,说,明天就会好的，睡觉去吧。

月亮悬挂在半掩的木格子窗户上。它望着我，我也望着它，我总是在下午时肚子痛，我的鼻子最近也不通畅，喜欢频繁地发出嗯嗯声，还有我的腿子似乎发麻……月亮照出我身体诸多毛病，也告诉我，有很多的大小魔鬼跑到我身体里去了。我的心颤抖了下，一丝恐惧，竟然让我忽视了嘴巴的疼痛，仔细打量放在我枕边的剪刀，那是母亲缝制衣服的剪刀，它有铁黑的钝重色彩和质地，锋利的刀刃被我眼睛抚摩——多么神奇，竟能在左右分合中断裂出诸多美丽。剪刀的锋利被我寄予了深深的希望。

母亲趴在缝纫机上，赶着缝制别人家的衣服。月亮被房间里亮堂的灯光隔离在外面，它只给我留下一个模糊的银盘模样。咦，我的剪刀呢？母亲侧着身子左右寻找，我爬起来，递给母亲剪刀，要求母亲睡觉时，一定要把剪刀放在外面的窗台上——因为，月亮要帮我刺杀魔鬼。母亲愣了下，责怪我的想法稀奇古怪。但我穿着单衣，很固执地站在她面前反复强调。母亲答应了。她的双脚踏在缝纫机的踏板上，不时移动针尖下的衣服，再用剪刀咔嚓地裁剪，针尖再次流畅地行走在布匹上。踏踏踏……踏踏踏……咔嚓……踏踏踏……踏踏踏……咔嚓……踏踏踏……踏踏踏……踏踏踏……咔嚓……踏踏踏……踏踏踏……踏踏踏……咔嚓……我沉沉睡去，有什么在死亡和破坏，又有什么在诞生和期待并尊崇，黑夜在律动中漫长，神秘莫测。

第二天早上吃早饭时，我能喝水，吞咽饭团了。母亲又递给我药片和凉开水，我仰起脖子汨汨吞下。中午，疼痛完全消失，我响应着母亲大口吃饭的号召，朝母亲神秘地微笑。母亲叮咛，记得多吃蔬菜，不能挑食。我点头又摇头，张开了嘴巴，什么也没有说。我要以守住黑夜的秘密来表明我的诚心。

我为自己突然荣获一种力量而幸福不已，这种幸福感促使我收集一切锐利的东西，剪刀，刀片，铁夹子，钉子，玻璃，银针，甚至削成刀刃样的木片。

我自认为我的健康是我的秘密。我轻视那些倒在桌上或床上的面目憔悴者和呻吟者——谁要他们心不诚，当然不能找到刺杀侵入身体魔鬼的办法。事实也是，九岁前，我除了偶尔感冒头疼和肚子痛外，身体几乎没有毛病。九岁时，鼻子突然红肿、发炎，我多次效仿祖母，对着月亮扎银针仍然无效。鼻子肿胀，右鼻翼亮晶晶的。

母亲托付舅舅下午骑自行车带我到镇上医院找父亲治疗去。仍然是春天的下午，阳光照耀我的额头，在父亲值班室的阳台上，父亲用消毒的刀片割开了我的右鼻翼，放完了脓水，涂抹上紫药水，粘贴上了纱布。父亲已经知道了我关于魔鬼的说法，开玩笑说——我已经替你杀死了魔鬼。

阳光稍微有点倾斜，舅舅抓紧时间带我回家。回家途中，舅舅带着我转到街市上买东西，就在拐弯回家的公路上，一辆自行车吸引住我们的视线——父亲骑着自行车，迎面的春风拂起他的黑发和风衣，后座上一个年轻的女人环抱着父亲的腰背，父亲回过头——他的面色红润，笑容满面，专注地与女人讲着什么，并没有看见我们。女人仰着脖子哈哈大笑。自行车远了，舅舅似乎才惊醒，狠狠地骂了句：见鬼了。在回家路上，舅舅一再嘱咐我——切记，不要跟母亲讲父亲骑自行车的事情。否则，鬼就跑进你们家里去了。

我是沉默的，连同舅舅骑车时的沉默，路途似乎比去时显得遥远。我害怕有声音打破这种沉默，又渴望舅舅能和我讲些别的什么冲淡这种沉默。但，我只听见车轮倾轧小石子的声音，突，突，突，突，突，突，突……石子偶尔飞起，弹到未知的角落。卷着黄毛的月亮开始爬上来，我抬头看着它，它一步步向我走近。

这个周六要我心慌又莫名期待，父亲每周六回家。傍晚时，饮了酒的父亲面色红润，他摇晃着身躯，朝着月色走去。母亲示意我跟在父亲后面，但祖母很果断，拽住我的右臂——今晚月色很好，让他一个人去吧。父亲是不大喜欢有人分享他的近乎秘密的喜悦。低垂的夜色下降到原野的高度，它们攀附着肩膀窃窃私语，很快融为一体。夜的元素彰显无遗：细微、含蓄、隐秘、新奇。父亲跌跌撞撞地，他喜欢歪倒在某一棵树木下，一座废弃的小亭子里，或者江堤上。在时间更深层接近原野寂静的本质时，我会奉母亲的命令，带父亲回家。

夜色里，我以沉默回应，并没有往常父亲回家样的兴奋。目送着父亲消融的身影，感觉它就像那辆被舅舅骂成"见鬼"的自行车，左右摇晃，刺人眼睛。我张了下嘴巴，又闭上。母亲又俯身在缝纫机上，双脚有节律地踏动，踏踏踏……踏踏踏……咔嚓……踏踏踏……踏踏踏……咔嚓……踏踏踏……踏踏踏……自行车摇晃，小石子飞溅，突……突……突……突……突……舅舅说，不能说给母亲听，否则家里会有魔鬼进来。月亮已经悬在我家半掩的木格子窗户上，它望向我，我的家。

我端着盒子，倚靠在母亲床上，今天晚上，母亲的床不属于我。我似乎留恋，母亲回头微笑了下，又专注于缝纫机上。铁夹子、小木片、刀片、剪刀、玻璃……在成堆的切割物中，我挑出大小铁夹子，这是母亲在晾晒衣服时用的夹子，黝黑、钝厚，又让人措手不及。我掀开床单，中间，一个、两个、三个，夹子顶起床单，犹如小山包。跳下床，偏头回望，母亲的双脚不厌其烦地踏踏踏、踏踏踏，她的专注俯首模样犹如静美的剪影。我再次跪在床沿，手伸进拉好的床单，拉开铁夹子的距离。

我顶着月色出门，寻找父亲。刚出了院子门，就发现，月亮挂在我的脑门上，挂在树梢上，也挂在大队书记的小洋楼顶上，还挂在已经出现轮廓的废弃亭子的尖角上。月亮是多么低矮啊，它神情肃穆，似乎被什么沉重的东西向下拉拽。我的心开始忐忑，亭子里有声音，断断续续，在我不断加快的脚步里，声音清晰了，舅舅大声的责骂里，掺和了父亲的冷笑和一句无力的辩解"你懂什么"。月亮照在舅舅和父亲的脸庞上，舅舅站着，父亲歪倒在地上。我背对着月亮，停止了脚步，屏住呼吸，但我却奇怪地听见更大的呼吸声。在父亲轻轻吐出一句"我很瞧不起你们……"时，舅舅手脚伸出，啪啪地落在父亲的身上，父亲左右躲闪。舅舅在教训父亲，他太生气了，把这些天来的憋闷攒集在拳头和腿脚上，愤怒地左右出击，他会打死父亲吗？我惊恐地呆望他们。随着舅舅一句"以后胆敢欺负我妹妹"，拳头重重落在父亲的脑门，我冲上去，挡在父亲面前，拳头朝向舅舅——谁要你打人的，谁要你打人。

血痕像条小蚯蚓爬行在父亲脸庞上。我搀扶瘫坐在地上的父亲，他摇晃着站起来，掏出手绢，在脸上擦拭，然后拍打灰尘，身子瑟瑟地颤抖，我感觉到月光的清冷，艰难地吐出——疼吗？父亲不搭话，要牵我的手，我慌忙把手背在身后。

身子骨疼，今晚真见鬼了，回家别告诉你的母亲，否则，我们家也要闹鬼了——他的话，被他摇晃着丢在他和我之间。我踩着铺展在地面上如水的月光，紧紧追随父亲，看见亮晃晃的月光穿透不了父亲虚弱的身子，它们轻轻推动父亲的身子骨，在我前面不断晃动，留下凝重的黑影。我忧心忡忡，如果月亮不能照见人身上的魔鬼，又怎么能杀死它呢？我望向我可怜的父亲。

月光被木格子窗户关闭在外面，它现在笼罩在我家房屋四围。我猫着身子在窗台、大门阶沿、屋后分别放上剪刀、刀片、小木棍、玻璃。望着呈坡状的瓦片搭建的屋顶，心生遗憾，它们高高在上，伸手不及，如果能在屋顶放上母亲的大剪刀，该是多么好。

啊……父亲躺倒在床上，发出一声并不很惨烈的呼叫。我抖动了下，努力睁大眼睛，窗子前只有一层惨白如霜雪的光。

兴许是我忘记，也许我认为用一种接近暴力的非暴力形式消除了家里的魔鬼。我终是没有向母亲说起父亲骑自行车的事情，也没有向母亲说舅舅殴打父亲的事情。我不认为我在恪守什么诺言似的秘密，也不是出于维护谁的利益，而仅仅是害怕——如果魔鬼进驻了家中所有人的身子，是很令人恐惧的。许多年后，我偶尔想起，在心底嘲笑自己关于魔鬼说法的幼稚无知。但今天，我以近乎疼爱自己的方式诉说我的早慧。以月光般的虔诚驱逐魔鬼——二十多年以后，我恍悟，童年的心灵已经凿开命运的河流，它将决定并照见河流的流向。而它在以近乎游戏方式驱逐魔鬼时，它已经晋升为命运的神灵。

舅舅的脸庞一天比一天黑瘦、阴沉，父亲对母亲说："你那兄弟，总这样严肃，好像谁天生欠他的。"母亲迟疑，舅舅以前只对父亲一人黑脸的，但现在对谁都是阴沉着。她咕哝着，可能生病了。舅舅在被医学证明身患疾病时，疾病已快要舅舅的性命。舅舅躺在床上，不停地吐血，舅舅被强制送进医院。

舅舅住进医院前，一个全身披着黄色大衫的，妖里妖气的"仙姑"被请到舅舅家里。她脸上抹满了白粉，却无法掩饰沟壑般的皱纹，而她头上挽着的小髻很使人模糊她的年龄。她在舅舅家的门框、床前挂满了写着奇怪符号的黄色小条幅，在舅舅床前跳来跳去，口中不知唱着什么。门窗紧闭，天光黯淡，她飘拂的黄衣和生硬奇怪的唱调给房间带来阴森。她接过舅妈手中的掺和了地灰的井水，向水碗里哈气，闭目再唱，递给舅舅喝下，这次我听清楚了——毒死妖魔。毒死妖魔。我依靠在母亲身边，吃惊叫道：应该把魔鬼揪出来，用刀子刺死魔鬼。"仙姑"一愣，笑道，小孩家，莫乱讲话。

几天后，舅舅住进医院，他被疼痛折磨得日夜呻吟。我跟着母亲看望过住院的舅舅一次，在三人一间的病室，舅妈不停地抹着眼泪，舅舅的病床正好靠着右边墙壁，斜对着窗子，如果在晚上，月亮能照满舅舅的病床。我伸手摸了摸口袋里的剪刀。但我被母亲马上带回家了。

多少年来，我常常不由地回忆起那个夜晚，它从下半夜开始——摇晃、颠簸，它种植下一个季节的黑夜记忆——总在某些时刻跌入回溯中，夜被揉亮了本质的色彩：黑暗，悲伤，深邃。我一遍遍回味，一遍遍与那个夜晚相遇。在无数次的回味中，我突然醒悟，命运多像一场游戏。年少的自己和不断流动的即刻状态的自己展开了隐藏与寻找，追逐与逃离的游戏。我从不寄希望自己能洞穿游戏来改变什么，而是这场游戏的无限延期满足了我冥想的兴趣。

　　那个夜晚从我突然被母亲推醒开始——快起来，快起来，去舅舅家，舅舅快不行了。我被睡眠揪着眼皮，东倒西歪的，跟在母亲的后面。母亲拿着一个手电筒，豆粒般的光亮在我们脚下打晃。母亲把手电筒递给了我，手里拄了一根棍子。她边走边在地上戳戳点点，说是在赶蛇。我手中的豆粒光亮偏了方向，一脚踩空，人栽到路下边的沟渠里。我愣愣坐着，沟渠里的水浸满了我的裤子。母亲大声喊——小心蛇啊，快站起来，快站起来。她歪斜着身子，把木棍伸给我。我愣着，知道木棍就在我的面前，但我拒绝伸手。母亲着急了，下了一个脚步，试探着伸出双手抱我，脚一滑，她摔倒在沟渠里。

　　舅舅刚被父亲他们从医院送回来，是舅舅强行要回家的。但他在回家的颠簸中不停地吐血，大块大块的，已经躺在床上的舅舅气若游丝。母亲紧紧跟着已经没有主意的舅妈，呆坐，抹眼泪。舅舅房间里，我和父亲分别站在舅舅的两边，呆呆地守着舅舅。舅舅突然睁大眼睛，望向我，又望向父亲。他清晰地说道，不要说。我抢着回答，我不说的，我已经杀死了魔鬼。舅舅又看着父亲，说："你和那女人的事情，尽快了断算了，我也不说的。"父亲的下巴轻轻向下动了动，他的身子转向我——你可别向你母亲说，今晚我们的话。舅舅叹气，我们都不说了。都不说。

　　母亲进来，咦——不说什么呢？没有人回答，母亲也没有继续询问。我坐在椅子上，门敞开着，外面黑漆漆的，今晚没有月亮。月亮呢？为什么没有月亮？我突然觉得满心委屈。此时，母亲和舅妈发出惊天动地的哭叫声。黑的夜里，轻轻晃动着的，我无法看见，但我自以为看见——大的，小的魔鬼，行走在路上。我的眼泪如泉奔涌，胸口被厚重的秘密堵得发慌，我无法抑制声音，号啕大哭，哀恸无比。

谁的切梦刀

一 他在询问……

  他轻轻丢下一句话——怎么回事呢？脸扭向了一边，但我还是捕捉到他的狐疑，我理解为：我必须解释。作为刚刚携手的生活伴侣，这小小的插曲，犹如一只小虱子的爬行，算不了重伤却又扰乱了安宁。我喋喋不休，一点点从那个滑向失落的秋天说起。其间，我说着她时，有气恼，也有源于对自己和他的信任——二者在瞬间的思索后，我很快权衡出轻与重。我的表述，在我的磕巴里，尽可能地剔除什么，我想要他知道——我是平静的，若有的情绪，是突然苏醒的记忆仍然带来的惊奇。

  确切地说，这实在是一个误会。关于我的。

二 我走进了她的梦里

  她走到我的面前。我开始是眼睛看着别处。我并不知道她就是朝我走来，我和她在同一个办公室里，但彼此并无多少交往，甚至没有。她微笑着，长久的凝望，似乎牵引出一种定力，我不禁望向她，此时我确定——她确切向我走来，站在了我的面前。

  她的声音"嗨嗨"，很不顺畅的开场白。很突兀的语言——我想和你说件事儿。

  很奇怪地站住了，我能有什么事情，需要她和我来商议，或者讨论？我通常是孤立的行为。她们不需要我走近，我也似乎没有走近她们的必要。

  我的沉默，加重了这个妇人的局促。她的表现还是不错的，声音轻细，在某种程度上缓解了什么，或者她是有心制造轻松、和谐的谈话氛围。我注意到，秋天的风，一阵阵地吹拂，掀开我额头上耷拉的刘海。而她呢，刚好背对着秋风,她撮着嘴巴吹散了遮掩眼睛的几缕乱发。迎面的风吹乱,我的眼神落在地上,几片枯了水分的黄叶在脚下旋转,然后不知了去向。她歪起嘴巴再次吹了下头发,开始说——哦,是这样的事情,我觉得奇怪……喏,你还是坐下来我们说……

也真是奇怪。校园道路旁刚好有一个长坐椅。她果断地拉住我的手,带着命令的威严。我坐下来,听她说事情。

她的脸红了,然后眼睛扬起,我能记起这个细节,源于许久后我从诸多人事经历获得的察言观色经验——我确定她肯定有这样的微小的细节表现,马上,她脸上的红晕消失了,是声音的干脆消失了她的局促和不安。或许是她觉得,她应该这样表现,比如怨烦或者冷静才对。

"我昨天晚上梦见你了。"她刚开始就停顿了。我惊愕——我怎么会走进她的梦中?她似乎需要我的惊愕,平静地继续说,"你出现在我的家里——"又是停顿,她还在匪夷所思,"瞧你,你还坐在我们的床上,和他……拉着手,很亲热,说话,刚好我进来了。"

可是,我从不认识你们……我都不知道……我和你们都没有讲话过……我的表达断裂,生硬而局促。

她倒舒缓了(这是情绪的此消彼长,也实在要人匪夷所思)。是啊,是啊,我们本不认识的,你如何就到了我家,和他拉着手说话呢?她两个问句几乎没有停顿,朝我压来,我的脸红一阵白一阵,一股气流激荡在我的胸脯,又落拓。我支支吾吾,说了些什么,但说了什么?我唯一能记得的,应该是强调,这只是一个梦而已。一个梦,你实在是想多了。

可是,这个梦又在说明什么呢?她的目光深远了,我恍惚的印象里,正是她深远的注视,加重了我的越发含糊的辩解。这样的目光,似乎蕴涵着事物的幽微,世界的诡谲,和内心的涣散。

多年前,我好像是二十岁还是十九岁?我津津乐道于实质,真相。我为这个过程而预备大量的冒险而不惜耗费时间。"耗费"当然是我此时的定义。多年前(这似乎成为我原谅自己的一个名词,它意味着幼稚、懵懂,以及专注于微小事件的固执不已),那时的我坚信,所谓经历不是用来耗费的,而是人生的必须,它所有储备都是为某个瞬间的显山露水而预备。我常常就不自觉地定性,甚至过早的,对事物表达出自己的爱憎。这样,我的语气显得坚硬、不可理喻。我马上脱口而出——这实在是无聊透顶的梦,只能说明你心虚,也实在是过敏了些。我气恼地丢下这句话,犹如甩下一个物件,响亮而干脆。丢弃,丢弃,才能澄清我的清白,还原我的力量。

只是梦就好了，你这姑娘说话这么刻薄！她的生气带着受到误解和中伤的愤怒，语气快而严厉。我的委屈，使我心中的气流激烈地冲荡并压迫着我的舌头。

沉默。嗬，嗬，嗬……她不流畅的笑声，细碎、单薄而坚韧不拔，就像"嘶嘶"的困扰夜间睡眠的若有若无的鸟叫声。我心中莫名掠过被惊吓提示的恐惧感觉。我跑到她的梦中，她受到了惊吓，这是她的理论，这个理论被她提出，要我认识到。她要做什么呢——这只是一个毫无凭借的梦而已，她斤斤计较了。

三 我们走进众人的记忆

现在，我要说的是，我记住了这种类似鸟儿聒噪的笑声，嗬，嗬，嗬……短促而细碎，嘶嘶地响着，总在我耳边不经意地出现。我懒得看那个突然闪现的面目，但嘶嘶的笑声并未为我的轻视而消失。它似乎不依不饶地，在我并不强韧的神经里细碎地撕裂着什么，我开始是沉着脸，离开，很傲气地抛下这怪异的聒噪。萍是唯一的和我年龄相仿的同事，也是唯一和我长时间讲话的朋友。在我们兴奋地大笑时，嘶嘶的笑声又拢了上来。我耷拉下眼皮，萍的嘴角却浮起意味深长的微笑痕迹。她凝视着我傲慢却失意的离去背影，忍不住贴在我的耳边低语——这个女人心里有疙瘩……她肯定以为她吓走了你。我揪起了眉头，想着这个可能。我纠结事情的实质——与我毫无关系，我有这个权利切掉这几乎使我厌烦的嘶嘶鸟叫。是的，切掉它，手起刀落，干脆果断。

我突然想到了切梦的刀。《增广切梦刀》里记载，一个叫王浚的人，晚上做梦梦见屋梁上悬挂着两把刀，后来又增加了一把。有人告诉他，三把刀是一个"州"字，增加的一把暗示益字。刚好益州刺史被歹徒刺杀，此梦正是提示王浚，他将做益州刺史。后来，王浚果然做了益州刺史。不知道那个叫王浚的男人以前怎样，但可以肯定，当时乎得意了一把。这个小小的得意的故事里，一把梦刀倒是切除了人的难堪现实，还切割出豁朗天地。

我也有自己的一把切梦刀。不是吗？我认为的实质就是，我可能以逃避的名义纵容了误伤的延续，我为什么要背上这个无名由的黑锅呢？嗬、嗬、嗬……不过无头的苍蝇罢了，但它少了驱逐，竟然也会肥硕发亮。

我再一次被突如其来的嘶嘶声无端侵扰时，瞪起了双眼，厌恶地呵斥：你不觉得这样很恶心吗？无聊！那嘶嘶声就像正在运行的拉锯，兀地中断，但我那时不明白，拉锯的突然中断，因为是蓄积了凶狠力量，这个力量会促使断裂发生。

我说咧，还骂人！

她的声音缺乏突兀的急促，恰如平缓的细流，遭遇岩石后几近凝滞地淌过，但我感觉，这股细流有着等待实现的满足。

一个男人冲了上来，他的手变成上下挥舞的蝴蝶，不过，是受到了惊吓的蝴蝶，急促而仓皇。男人嗓门粗大，愤愤不平，吸引住办公室里所有人的目光。我分明感觉，这种聚焦的目光令我压抑，似乎筑成了无处逃遁的密墙，使我紧张和孤立。我错了！差劲、蠢笨、无知……排斥甚至斥责的氛围，被我在潜意识里渗透大脑，搅拌出凌乱的头绪，我被记忆恍惚地丢回我曾经的时光：在我六岁时，我被老师点名上讲台演排，排列的数字在我紧张的手下变来变去，数学老师为我的拙笨啊啊地说着什么，我听到我背后"哇，啊哈"的起哄声，我的紧张使我的小腹鼓胀，尿液不知所措地顺着裤腿滴淌下来……而这次，我的眼泪落了下来。

萍拉着我的手——走，我们出去。唉，唉。她的叹息混合着我的呜咽声。"真是不可理喻。"萍不断重复着这句话，"他们怎么能这样呢？没有公众良知。"我停止呜咽，在委屈和羞耻之间，理智要我必须停止委屈。其实，我真的没有说什么，我有什么错呢？……我反复重复这几句话，对着萍。那天，浩大的风从长江吹来，摔在脸上、脖子里和手背上，有着刺骨的冰寒。一个蹒跚学步的孩子，被他的奶奶放了手，微笑着向我们走来，他停了下来，瞪着清澈的大眼紧紧盯着我。我突然意识到自己的怪异，小孩子都奇怪了，我必须走。

我转身时，孩子摔倒了，他趴在地上哇哇哭着。老妇人慢慢走来——哟，哭啥子么，自己爬起来，越哭越走不好哦。我若有所思——道理是讲的，谁能说出来，谁就有了"道理"。道理就是通向事实和真相的唯一道路，尽管，我说出来的"道理"与我追求的本质或真相背道而驰。这个女人不仅给她自己造了梦，也给我无端地造梦，她更无端地篡夺了这梦的解释权——我愤恨的情绪几乎水到渠成地漫溢。它浸淫了我的言色，被公众捕捉，网织成"公众记忆"。而这不是我当时的认知，是被时间放逐后的醒悟。我的情绪滋长，在彼时纠结出些微抗拒——很长时间以后，我称之为切梦刀，它被我揪出，而展示的锋利并不能把"嘶嘶嘶"的不停息的拉锯声收容，倒成为公众显影镜像的最鲜明的背景。

萍安慰我，没有什么的，反正你又不理他们。我眼睛盯着路面，走路，来是一个人，去还是一个人。年少轻狂的毛病，可以变更成自我救赎。那是一所新学校，紧靠着长江边，树木还没有长起来，操场上飞舞着黄叶，纸片和细小的尘沙。比我个头要高的男孩子在操场上如蝴蝶飞舞。我眼睛时常干涩，这越发使我不喜欢在校园多待一会儿。在那个冬天刚刚结束，我离开了那所学校。

四　情绪主导了"他人记忆"

这似乎也没有什么！梦是难以言明什么的，她询问也不大出格，而后，她向你笑着，是要你注意……不会是坏事。可能你当时的情绪……面对他中肯的分析，我点头，几年后，我极力剔除情绪去表述，内心突然获得了笃定。

他的话促使我意识，情绪左右了我，然后左右了"公众记忆"，只有放手才能获得自如。而被摄入他人记忆镜框的物象缺乏了完整性、深入性，又被他人赋予了各异的理解，"记忆"可能丧失了伦理属性。它在无关痛痒的某个时刻，被众人翻阅，不过是泄闸的洪流，泥沙俱下。

在他人的聚焦前，她隐身，我呈现于镜面。她的隐藏组构出我这个镜面的灼目。然后，她上前，我再置后。

五　"公众记忆"的众多影像

我再次见证"嘶、嘶、嘶"拉锯声的顽固时，竟然是我父亲的追问。在餐桌上，父亲几次抬头看我。母亲端着饭碗，她拿着筷子的双手几乎静止。我分明感觉到他们的慎重。怎么啦，发生了什么重大事情？我主动问。

你，你是否和一个结婚的男同事关系密切？父亲的语速有些急切，应该是严厉，包含着他的极力否定情绪。

你瞎说什么？没有任何事实根据，就乱猜测。我生气地放下筷子，起身——

你给我坐下，先说清楚再走。父亲拍了桌子，母亲站起来拉我坐下。你没有，怎么有人在说你，你的同事说你和那个男人在他的家里，刚好被他的妻子发现，别人只问你，你反过来骂了人家……这多不好！

谁嚼舌头的？我根本就不认识他们，我从不和他们说话——如何去好什么？委屈、愤怒，还有厌恶，这些被集中的情绪，使我的分辩带上了强烈的主观色彩。那些人，我才懒得理睬，有什么值得我去喜欢谁的，你看见过没有，猥琐，卑劣……

不管怎样，你最终还是不能理睬的，传出去，是说你的不好。母亲的话有着世俗的经验分析。我还是觉得这话有一些道理。我理睬了，那"嘶、嘶、嘶"的拉锯笑声并没有被我切断，它还是出现在我耳边。此时，它引来了那个女人的影子，睐着无辜的眼睛，嘴巴张着，嘀、嘀、嘀……

这是一个失去了理智的神经质女人。我轻蔑地对年轻的女孩丢下这句话。女孩作为我的新单位的同事，比我年龄要小，性格里活泼因子异常丰富，女孩对一切问题充满了天真，不耻下问的追究精神。这种类似无知或者矫情的天真——我认为自己没有解释的必要，我只给予我的答案和评论。

然而，我的结论实际饱含我的迁怒，对询问人的反感和厌烦情绪。我在重复，此时心情的烦闷并没有比彼时减弱。女孩的年轻赋予她穷追不舍的探询，在我们七八个人的办公室里，她的声音简直聒噪，"我觉得，人家或许不对，你也不能随便骂人家神经质什么的，何况事实真相谁清楚呢？"

哦，她这样说话，这个女孩。我不禁摇头了。同事们呵呵笑着，她这话在谁也不明晓的情况下，是很不错的，她的责备类似伸张正义的呼告。我急躁地阐释，不，是辩白——这实在是可笑的，你看那个女人，竟然在老师们离开办公室后，逐一翻阅女老师的桌子，还有一次，她的丈夫上晚自习时，她竟然中途返回巡查……

我的嘴巴闭上时，巨大的羞耻袭上我的心灵。这是真的？那个女人即使翻阅了同事的办公桌，就一定是在寻找什么蛛丝马迹？与我有何关系！那个女人中途返回学校，就没有其他正常事件？又与我有什么关系！事情的真实或者真相里被我掺和了揣想。而我在分辨中，把揣想坚定不移地咬定为"一定如此"。其间，何尝又不是我恶作剧的报复和嚼舌头的诬蔑——我羞愧脸红。

她又如何被诘问？他人的眼光、口吻、评价又为造梦的她制造了怎样的镜框，去翻制她的影像？我不是对萍，对天真而具有追究精神的同事说过她神经质、无聊？我不是在她"述梦"的细碎语言里掂量出她的涣散和近乎虚荣的"自尊"？

我确定自己也是很脆弱的人。这种脆弱很多时候是退让和涣散。同时也是积极的，在涣散成狼藉时，衰草低伏，贴近草根思悟反省。我的羞愧，正是狼藉时的自我贴近。我开始理解，嘀嘀嘀的笑声，它不时拢来，也许包含着女性的退守和试炼——我愿意在此时理解为尊严。而我用漠然空洞的眼神和决然离去的背影切断这条泅游的纽带。

六　回到他的询问

是我意料之外，也是情理之中的。他问起了此事，距离事情多年以后。他的语气平淡，转述他人描摹的"真相"——你和一个男人在他的家里，刚好这个男人的妻子晚值，中途回家，被撞见。然后，你传播这个女同事神经质，严重伤害了那个男人，在办公室里斥责了你，断然和你绝交。

我手脚冰凉，所有的语言都无法成为护救的辩词，它们横亘我的嘴巴，我的脸色和眼神饱含祭奠的悲痛。这些被记忆悄然埋葬的细节，经过他人热心的发掘，在悠长的时间河流里没有方向地漂流，颜色、气味和躯壳已经被水流浸泡得失真。当它们被鼻子嗅着、眼睛打量、手指拨动时，只有腐朽和没落气息。但他故意表露的轻忽，反而彻底泄露他的慎重，而他，作为我的伴侣，是否类似我……需要面对和分担的另一个当事人？

我这样说着，她、我，被掺和进非完整性的"公众记忆"。

七　谁的切梦刀切除了她的记忆？

我最后一次见到她，是十年后。十年的光阴，我已经刚刚平复了急躁情绪，她呢？当她出现在我眼前，她彻底改变。

我在走过一段路程后，兀地省悟了——是她。转过身，看那个女人，痴肥的身体，一个斜挎的皮包几乎是紧紧地勒在她痴肥的身上。她手中捏着一张相片，在表面浩大的冬阳里，张着嘴巴夸张地笑着。我没有听见她的笑声，但我很清晰地看见她的笑容严重地扯动着五官，将她和众人分离开来。她笑给自己听，当然——我即使没听见"嘶嘶嘶"的笑声，也为自己顿起羞愧之意。来往的人群，偶尔地把目光投注在她的身上，马上又离开。这个街道，疯子多得要人几乎忘记疯子的模样。我几乎不能认出她了。苗条的身姿呢？而她眯着的眼睛和呵呵笑着的神态，再次闯进我的记忆时，我的记忆苏醒——就是她。

我心痛，难道，她没有切梦刀么？我是认为，每一个人都有自己的切梦刀的，在我们脆弱的神经，时刻切割、救护。可是，我还不能明确，当切梦刀被我从梦中拖出时，它是否误伤了什么。

假如记忆醒来

走进环亚美容商城，总台女士马上招呼我，闲聊几句后，总台女士说，我好像在哪里见过您。我打量她，头脑努力检索，但丝毫没有曾经谋面的印象。女士仰起脸庞说，可能是我认错了人，但您实在面熟。我眼神再次扫描她的脸庞，说，哟，你还真有点面熟。不过是随意说的。但女士仰着的脸庞垂了下来，眼角也望向了别处，但分明有缥缈和涣散。她的神情让我捕捉到，其实，她并不希望我认识她。我告诉她——我们确实是第一次见面，彼此有熟识感觉而已。女士眼角挑起，明亮地望向我。

金婷婷，你进来清货。一个女人不远处喊着。

金婷婷——喊声铿锵里，有着命令，甚至强迫，一个男人霸道的声音钻进我耳朵，再次响起。她，金婷婷，逐渐和我模糊的印象接上。而在我目光里消失的背影——双脚向外左右摆动，屁股很突出地撅起，而腰肢显得窈窕、细弱。金婷婷很清晰地在我印象里复活，我们确实曾有一面之缘。

两年前某个春意微醺的夜晚。酒店包间被各类彩灯闪耀得流光溢彩，这是我单位邀请的上级直属领导点名的酒店和包间。主客在饮食上并无多少挑剔，而他在选择酒水时倾向红酒，给我如释重负感觉。作为女性，在不可推辞的招待上，红酒比白酒使人容易接受些。服务员给主客斟酒，主客握住瓶颈，咦——金婷婷呢？她不是负责这个包间餐饮吗？服务员低头，小声回答，她刚才说身体不舒服，与我调了班。主客哦了一声，命令服务员把金婷婷喊来。

主客酒杯被人继续斟满后，金婷婷再次被客人念叨。单位领导推门出去，我猜测可能是通知总台喊金婷婷去了。酒过二巡后，女孩子推门进来，被念叨的她，首先抢入我眼帘的不是相貌，而是走路姿势，两个脚左右向外挑起，上半部身体着力提着，胸脯得到了强调，夺人视线。回忆这个细节时，我突然明白，这样走路姿势的女性，一般有较性感的身材，而这种性感并非天生，是在某些部位强调后突出身材凹凸有致而已。

金婷婷——主客指间燃起了明灭的烟火，喊你还不来啊。主客的声音干脆、一个字一个字地吐出，酒席上谈笑的气氛霎时冲淡不少。金婷婷在耀眼的灯光下，眉眼模糊，笑容倒是及时、清晰跟上，然后是娇嗔声音：哎哟，刚才肚子疼啊，一听说您来了，赶紧跑来了。她提起酒瓶，先给自己斟上满杯，恰到好处，红酒刚刚满了酒杯，她旋转了下瓶颈，收住。声音涂了蜜似的，轻而黏糊，哥哥，小妹给您敬酒了。主客呵呵笑个不停——这个丫头就是乖，是吗？众人马上附和，是啊，乖，就是乖，乖女子。碰杯声，金婷婷眼睛斜睨下，蜜样的声音响起：满杯哦。她仰起脖子，咕哝喝完，亮出杯底。主客接上——满心满意。主客的好兴致，马上使酒席气氛得到了推波助澜。金婷婷突然折身，越过主客，依次给客人斟酒，再碰杯，她的声音依然轻，但干脆了：大哥、大姐，我不会喝酒，但大家都是哥哥的好朋友，我表示下心意。金婷婷轻盈穿梭完酒席。主客拉住她，婷婷啊，别忘了1809。金婷婷有短暂的停滞，呵呵微笑的脸庞，因找不到合适的词，拖延出了窘迫。但她还是缓缓吐出，我现在只负责这个餐饮包间，她掉头准备离开。

金婷婷——喊声铿锵，有不可逆转的霸道。金婷婷停了脚步，转过身，笑容带着不自然，哥哥，我们再联系，好吗？声音依然轻，却有明显的央求。她眼神朝着酒席扫描，然后落在我身上，和我眼睛接上。我刚想站起来，主客朝我挥手摇摆。金婷婷右手捂着肚子，笑容耷拉下来，脸庞在耀眼灯光下白得模糊。我再次起身，很果断扶住金婷婷，她耳语似的：姐姐，你帮助我，我身体不舒服。我回头转达金婷婷"不舒服"的话。

哈哈，蛮会装的，想骗我。后面的"我"字有咬字的沉重。主客指间的烟头在空中划出优美的弧线，落在地毯上。旁边的服务员弯腰拾起。

这样，她休息下，再进来给大家敬酒。我顺势推了下金婷婷，她晃着圆实的屁股摇摆着走出包间。主客掏出电话，放在耳边又收起。回头对服务员说，把金婷婷现在的电话告诉我。服务员说，我出去帮您问。马上，服务员折回来，说，金婷婷现在没有电话，她要您……服务员吞吐的声音似乎有非凡的吸引力，酒席上插科打诨的声音低伏下去，以便努力捕捉服务员吞吐的声音。主客哦了声，简单一个字：说。服务员像蚊子一样的细弱声音"她要您，放过她"还是传到我耳朵里。

金龟子酒店，我们战线每年起码要给它供应一半收入，想翻天不成。把你们老总叫来。

一个矮墩墩的肥胖男人进来，握手，敬烟。然后信誓旦旦：您尽管放心，客人是我们的上帝，谁得罪客人谁滚蛋。主客再次燃起烟雾：还是让她回客房部吧。

像所有的平凡人，我顿起的愤慨最终也无所作为，而一丝同为女性的悲凉在走出酒店后也烟消云散。陀思妥耶夫斯基说，每天都有人在沉沦，世界在沉沦中变得沉重。金婷婷的过去是沉沦的历史，主客的强硬和霸道则是人性的沉沦，而面对沉沦的我、众人，漠然、轻率的表现不也是沉沦？但谁也不觉得自己在沉沦。像我，不过是在事隔两年后，一些印象叠合偶起了检点之心。

我突然对金婷婷有了兴趣，其中不排除窥视心理，比如，她为何走上沉沦之路，而后她拒绝那个男人是真的想洗手从良，还是不堪折磨，抑或其他而为？无从所知。我不能在短时间内，频繁出入她工作的美容商城，我必须保持我从不曾与她相识的印象。

时隔一个月后，已经是十一月，冬天，皮肤干燥，眉心间有了皮屑，我急需补水的面膜或美容液之类。这样我跨进环亚商城，但很失望。总台前并不是金婷婷，而是曾给我导购的女士，她显然也认识我，和我招呼："您来了，好久没有看见您了，需要什么呢？"我在她忙着给我介绍各类补水的美容品时，插上一句，金婷婷呢？导购小姐回答，她和她的男朋友一个月前到南京去了。哦，她有男朋友？我心里很吃惊——她离开的时间刚好在一个月前，也就是在我们上次见面后她就离开了。觉得我刚才脱口而出的话太突兀了，忙着补充，我不知道她有男朋友。导购小姐也补充，人家还是某某公司驻我市的经理，金婷婷老是说她讨厌这个小城市，她男朋友就申请回总公司南京了，金婷婷现在到了大都市。

我明白，金婷婷是担心她的男朋友知晓她的过去，所以严加防备，而我的出现使她意识到，只有离开这个低头不见抬头见的城市，才可能冻绝她的历史。眼前闪现金婷婷撅着屁股，耸立胸脯，双脚朝外打开的走路姿势，除却这个，说实话，把她放在几个女人中，我还是不能马上把她认出来。当然，年轻的金婷婷实在是不错的女子，聪明、机灵、挺会说话，等等，但如何就走上了沉沦的路途呢？是经济困难，需要一些钱财，还是误入歧途？诸多猜测，我问导购小姐，她父母就在这个城市吧。

导购小姐点头，说，她父亲是汽运公司的司机，现在才没有出车了，母亲在博物馆工作，婷婷是独生女，家庭很充裕，这次去南京，她父母作为嫁女给她好些钱，要她出人头地。

你们以前认识？

哪里，我是外地人，我们进环亚才认识的，到婷婷家吃过饭。

哦，金婷婷不是为生活所迫。而是因为个人原因了。脑海里闪现一幅画面：一个裹着皮超短裙的女孩，披着海藻般的长发，在混沌、暧昧的灯光下，扭着屁股，摇着双脚，推开代号1809的房间。她把充满秘密而诱惑的气息用门的哐当声隔绝开来。她的秘密时光或许是划分成若干时段，一个时段属于1809，下一个时段可能属于1709，再下一个个时段……也许她把秘密时段无限扩充成完整的时光，粘贴在1809房间里，她期待肉体以外的收获。

我不清楚哪一种想法更切合金婷婷实际，而她现在拼命守护属于她的秘密，是否昭示爱情对她思想到肉体的革新？这个革新又是否在反证她以前的沉沦更多从属于肉体？还有她突然起死回生的自尊，比如在我偶遇而在她经常遭遇的威逼、强迫和在众人前毫无尊严的被使唤——她觉得了羞辱，因羞辱而奋起改变。

诗人说，女人，你这罪恶的肉体，勾引、堕落、泛滥，在阴恶里盛开妖媚的花朵。这是文学彻底而又不乏引诱的诅咒，就像今天的男人对遇上媚惑自己的女人称谓——狐狸、妖精一样，里面隐含着欲罢不能的喜欢。但肉体在象征某个年龄段的个体时，固然勾引了人的向往，强大的"人"逐步霸占，在霸占后还要进行毁灭似的损害。无论金婷婷出于什么目的沉沦，但在出卖者和买者之间，肉体对肉体，得钱对出钱，谁更低贱？未必谁是赢家。而金婷婷从泥淖里爬起，人却阻止甚至扼杀她起码的尊严，也出卖更大的恶和贱。事实正是：金婷婷认为这是她的下贱，所以她先是躲避、赔笑，再躲避，以图消解一段记忆，她认为肉体不洁才是罪恶，而为所欲为者以此泄密、拿捏，这正是她被污辱被损害所在。

肉体损害，贯穿的一定是灵魂的损害。而灵魂依靠从属思想的记忆，在他人、公众有意和无意的重温、强化，或者遗忘，甚至抹杀里颠簸、覆没肉体。

当记忆需要当做见证时，已经被集合成一个共同体，充满了伦理属性。我在报纸夹缝里看见一则新闻：南京市"慰安妇"最后一个活人证雷桂英告别人世。报道告知，在日本侵华中，中国大概有20万妇女被强迫成慰安妇，而今能确定幸存于世的只有45名，其中愿意公开身份的只有10名。我对着数字陷入了沉思，我不清楚，11年前我在某偏僻乡村遇到的一个老妇是否在这计算之类。

她没有姓名，村里人称呼她南京老太太。她在毗邻长江中下游的一个穷困村子里独居，这个村子属于丘陵，依傍长江，日出而作，日落则息，而稻谷丰裕、鱼香四季则使村子里的人不愁吃喝。关键是道路阡陌纵横又使村民容易躲过大小政治运动。这个南京老太太在半个世纪前一路顺着长江漂泊，最后选择这个村子。

她不和任何人交往，而善良的乡村百姓在屡次与她接触后，都约好似的自动疏远她。11年前,我刚刚结婚,跟着先生回他的老家,正是春节来临之际。因为道路沟壑众多,要经过她的家门,在一个土墙屋前,一个异常苍老的婆婆在院子里晒太阳,她旁边,一两个鸡使劲刨着泥土。我注意到,下车后一路沿途招呼的先生,在经过相邻婆婆时居然是视而不见,而老太对在她眼前晃动的我们也是看也不看。

面对我的疑问,先生把他知道的告诉我:南京老太太在解放前落脚居住这里,是买的别人家房子。半个世纪前,她大概只有二十多岁,村里男人对这个从大都市来的女性,保持了仰慕情绪,提亲的、私下找机会接近表达爱慕的不少,但都是落荒而逃——南京女人在接触男性时,会突然口吐泡沫,全身抽搐,特别严重时,还会大小便失禁。村里人还观察到,身材矮小精干的或鼻子下留有仁丹胡子的男性,一出现在南京女人视野,就会遭到她的辱骂,然后是南京女人失控般的哭叫不停。

你知道了——先生很严肃提示我,她肯定在日本侵略南京时,受到小日本严重的身心摧残。而她选择隐姓埋名的方式生活,也告知,她很可能就是慰安妇。先生感叹,青春几年时期非人的遭遇,而后是半个世纪的遗忘。

再回先生老家,已经是第二年夏季了,经过南京老太太家门前,发现,大门紧锁,阶沿前有残破的蛛网。她死了。在今年刚开春就死了,据说眼皮怎么也不愿意耷拉上。

老人至死不是平静的——选择半个世纪,遗忘的是身心俱损的疤痕,期待的是罪恶者能忏悔罪恶,抗拒的是污辱者和损害者的漠然,甚至对历史的否认和篡改。事实也是,日本政府公然否认慰安妇事件和侵略历史。有限的活人证,在岁月消逝中不断消逝,污辱和损害因无对证而合法。

陀思妥耶夫斯基代受污辱者悲陈:"我感谢你,上帝,感谢你的一切,感谢你的恼怒,也感谢你的仁慈!尽管我们是被侮辱与被损害的人。……就让那些骄横不可一世的人,就让那些侮辱和损害过我们的人,现在去得意吧!就让他们拿石头打我们吧!"与其说是宽恕,不如说是轻蔑。老人、金婷婷与我都不过是偶然相遇,她们闯进我的记忆,而我分别会选择哪样方式,是遗忘,还是记住?人性促使人在遗忘个体怨怼中升华悲悯,而对公众记忆选择记住则见证良知和道德。马格利特的《记忆的伦理》做了最恰当的阐释——和解是"不计"前嫌,不是"不记"前嫌。记住过去的灾难和创伤不是要算账还债,更不是要以牙还牙,而是为了厘清历史的是非对错……对历史的过错道歉,目的不是追溯施害者的罪行责任,而是以全社会的名义承诺,永远不再犯以前的过错。

记忆里,有些要遗忘,有些要记住。我尝试着,为记忆说点什么。

立　　春

　　这几天都是雨。开始是轻忽地飞舞着，然后拉直了线条噼里啪啦地打下来。打在铁棚子上，有高声大嚷的回响。这样表面强大的声音总是空落落的，虚张声势，什么也难以留下。

　　雨总是这样重复着立春后的日子。一天一天的光阴就在我视线里忽忽而过。

　　窗前的草坪披挂着水珠，水珠积聚出冰凉的湿润，那些常青的植株还是没有溅着泥水的道路使人看着发凉，绿色，被草坪铺陈，总是要挤兑些难堪的。就像一个人在时间的流放中，本来的忧伤突然淡化了。其实，什么也没有减少，只不过人的内心移动了筹码，或者，时间抽空了某些感觉。绿色，大致还是一种温暖，类似告慰，恰如强颜的笑容也是一种改变。真要变化些什么，形式的计上日程也是一种积极应和。

　　这似乎是规律。正如我先前的预见，立春之后就是空落落的雨水。

　　立春，猪年的二月四日。我最早看见的是它银子微凉般的月色。那时，刚刚吃了晚饭，砰、砰、砰……窗外有烟花定时绽放，女儿惊呼——妈妈，烟花，哦，好漂亮的烟花，快出来看啊。我们打开了窗子，满窗的烟花从窗子里升腾，高空绽放。绽放的星点，花色缤纷，有不可触及的美丽。这样，我就看见了高于烟花的月亮。在烟花的星点中，月亮似乎黯淡、弱小，背倚天空一角，但它马上向我走近了——喧闹后，明亮和圆润更加出色。午夜一点，我在心中咕哝，这么好的月色。夜色的白银，在时间的深处冶炼，它要锤炼出什么呢？我在键盘上敲着，一个个字在间断的敲击声中排列在屏幕上，这些字是对生活的检索，还是对时间挖掘的试探，但时间里这些字能有多少新意？我时不时为自己的重复而心生沮丧。在我倚靠着窗户投著夜色时，我似乎看见：孤独的时间深处，星火闪烁，白银飞溅。这些点滴，一个个的散落，积聚，就像我在键盘上敲出的文字，时间会被它们重复出什么呢？夜色深沉，皎洁。白银的月色里，我唯一能毫无疑问确定的，明天肯定是个好天气了。

但那时，我不知道我看见的天气就是一个节气，猪年第一个节气——立春。春天就在我为文字重复耕作的沮丧中开始了。

醒来时，天色晴朗，二月四日的光亮是高远，开阔的。阳光圆润，大撒把，流淌着。我知道今天立春，是母亲对我说，今天立春了，这么好的天气，可要把春咬住。其实，母亲每年都这样说的。她手里是刚从清水里捞出的萝卜和蒜苗，它们有着清水洗涤后的滋润，水珠在母亲的手掌中滴淌。萝卜是母亲非常信任的圆实的"青苹果"——胖乎乎形似苹果的身子，白皙里泛着青色的皮。母亲的喜好不可避免地影响我的喜恶，多年了，我喜欢这样的颜色，或者颜色搭配，在一些纯色里透露出若有若无的青色，青涩，带着弱小、模糊而挺进的过程，我这样涂抹眼影，在蓝色的底子上涂上淡淡的青色；这样选择衣服的颜色，白或者黑里流淌青色的线条……我这样反刍莫名的不咸不淡的心事。

青，我这样认为，它是最初的开始，即使经历了沧桑岁月，仍然保持着开始的羞涩和畏惧。立春，带着羞涩的青，开始了一切的春天。

咬春是立春日里的习俗。此外还有打春，抢春。咬春就是要多吃春天里诞生的蔬菜吧，而萝卜和蒜苗是春天蔬菜里最早的客人，它们被银牙轻轻咬住。咬住哦，不要放松嘴巴，不能和人家吵嘴，不能生病……多年前，母亲这样交代。

说归说，我做起什么来，通常忘记得干干净净，就像多年了总是记不着每年二月四日就是立春一样。村子里大都是李姓，我们家是在父亲年少时移民这个村子里，属于单户，在涉及具体事情上总是受到其他人家的欺负。父亲又在镇上医院工作，家里的事情总是母亲一人担当，而母亲凡事主张退让，吃多了苦只会在独自一人时发呆、落泪。清楚记得，那年的二月，好像是立春前几日，是前一天还是几天，没有了印象，但母亲早已经交代，快立春了，不要与人吵嘴。母亲在田间打营养钵，她双手推着打钵机，朝着掺和了水的泥土扎下去，然后轻轻在泥土上推出，一急一缓，一轻一重，一个个圆柱形的泥钵站了起来。我很是羡慕。要求母亲给我打下，但我的力量不均匀，打出的钵总是不周正或者是散的泥土。我干脆安心做自己的事，在钵上放好一粒棉花籽，灰白的棉籽一颗颗躺在黑黝黝的泥钵上，好似休憩的小麻雀。我很满意自己的动作，并油然升起幸福感，只有能干才能跟上母亲的节奏。但母亲被人轻叱——一个和我年岁相仿的男孩不断偷着我放了棉籽的泥钵，这个叫林的男孩使村里的大人、小孩都有畏惧感，他的父亲是村里的会计。林的手靠近泥钵时，母亲轻轻捉住林的手，林马上发出杀猪般的叫骂声，林的母亲扔了打钵机气冲冲地跑来，她的脚在我们撒了棉籽的营养钵上发狠地踢踏、踢踏，口中责骂母亲，欺负一个小孩子，什么东西，看我以后怎么整你。母亲呆着，林似乎受到了暗示和鼓励，他竟然推搡起母亲，我的脑袋一哄，在背后拉住林。但母亲惊醒似的，反过来拉住了我。我们跌倒在营养钵的残骸上，浑身都是泥巴。在林和他的母亲离开时，我愤怒地爬起来，拿起打钵机……你要干什么？母亲用沾满了泥巴的手拉住我。我委屈，哽咽着，责备母亲没有用，小孩都可以欺负。母亲站起来，推起了打钵机，只说，为什么都要和人家争个高下呢？马上要立春了，是不能和人家吵架的，否则，以后的日子越发不顺当。

这几乎是一种渗透，我常常是心里着急或者愤怒得冒火，我可能摔东西，可能走来走去六神无主，但最后的结果仍然是，我放弃，然后在时间的游历里心平气和。有什么不好呢？你以为那些强悍的人欺负了弱小就心安理得啊，他们照样不舒服，他们反而以为自己强大，是什么都不能输的，事事争个输赢，一年四季，有几个安心日子？母亲的理论现在想来不无道理。这是母亲年年念叨的结果——不要与人吵嘴啊，一年都会顺利的。我在时间的积累中上升体悟——弱小，是比强大更与生俱来的，它更属于人的本质。也许，只有人意识到自己的弱小时，才能更体会一切比自己更弱小的人，物事。而这，是多么朴素又珍贵的认识。

不能生病啊。母亲有她独到的安康经验——多吃萝卜和蒜苗。从我儿时开始这样唠叨，又继续向我的女儿唠叨。萝卜是小人参啊，而蒜苗是消毒剂，能杀死身体里的细菌，用牙齿咬住它们，一年都顺顺当当，安安康康。

母亲最喜欢用肥肉慢熬出浓酽的萝卜汤，萝卜肥白如凝脂，但入口即化，汤汁里有淡淡的清甜。蒜苗一般是放在鱼里。洁白的蒜根被酱油和醋腌渍，再洒上香油，确实美味。我喜欢喝萝卜汤，大碗，大碗的汤汁，直到肚皮鼓胀才放下饭碗，蒜根只是偶尔象征性用筷子点下放进嘴巴，因为蒜根有股气味。想想，我已经三十多了，每年都这样"咬春"，我还能有多少这样的日子，应该取决于并得由衷感谢用牙齿"咬春"。而这并不是母亲的迷信，是母亲最朴素的心灵认识。如果算做迷信，就像我前几年在母亲念叨"咬春"时不由嘲笑母亲迷信——我情愿自己也迷信，再到明年春天时，我应该对母亲和女儿说——今天立春了，可要把春咬住，一年就会顺顺当当啊。

打春指的是鞭打春牛，这是农民的事情。为一年的丰收而准备的良好开端吧。打春，在我的家乡，每年二月都要打的。因为我的家乡是长江中下游里泥沙堆积的小岛，土质适合种植棉花，所以早春二月家家都要打营养钵，而最好的钵土就是鞭打春牛后的泥土。抢春好像指的是，农人用泥巴糊出土牛，然后在打春中把土牛打碎，农人争抢，用抢到的泥土作为营养钵的母土，棉花该是棵棵丰收了。泥巴，耕牛，蔬菜，庄稼，春天实在是从土地里走出来的。但"抢、打、咬"里又是放逐了怎样力量的动词，春天才喷薄而出？

　　雨水是要来的。我总是在雨水的冰凉里，发会儿呆。我也不认为这是一种沮丧，想想，它能促使我在发呆里回望，立春是否就延长了它的时日呢？也许，我就这样瞧见，我一路丢撒的东西。

亲　戚　们

他们已经老了，日复一日地，居于一隅，安心地等待时间来收容，犹如一枚枚在秋风中盘旋的树叶，萎了颜色，干了水分，匍匐在大地上，这是他们最后的归宿。然而，盘旋下坠的黄叶，掩盖不了日益突出的经脉，深褐的经脉兀立出骨骼铮铮，与其说是匍匐，不如说是站立，在大地的根茎上，这是他们活着的最后的意义。

他们，是我的亲戚，我的上辈和年长我许多的同辈人。

一　姨婆和老姨

我四岁时，婆婆曾经带我去看过姨婆，此后再无面缘。婆婆是在犹豫很久以后，才决定去探访她亲姐姐的，我记得，婆婆向我父母提出要求，要带我前往，理由是，婆婆的孙女已经大了，而且长得不赖，母亲当时极力反对，佝偻着腰身的婆婆委屈得哭了，挑起腰身的围裙揩眼泪，父亲当时就吼了母亲，声音暴躁。我记忆尤深。

路上，婆婆反复交代一些礼节，怎么称呼，怎么坐法，怎么上桌子吃饭，人家给的零食要拒绝。我心不在焉的，婆婆停了小脚，又重复她的话，我很不耐烦，吵嚷不去了，婆婆一路又哄又劝的，到了姨婆的家。那是一个很高的台子，爬青石砌成的台阶时，我蹲下来坐了好几次，我依稀记得，高台下面是沟渠，荷叶田田，粉红、洁白的莲花吸引我疲劳的眼睛。在姨婆的家门前，有一棵粗壮的桂花树，由于年代久远，婆婆询问好多次，我才记得是桂花树。姨婆在婆婆的呼喊下出来了，站在高高的门槛前，眼睛定定地望着我们，没有我遇到的别人迎客的热情。姨婆人很高，也很清瘦，但她的白皙脸庞和淡然的表情把她和我婆婆大大区别开来——这是我婆婆的亲姐？

姨婆招呼我们坐在桂花树下的石凳子上，她回答了婆婆几个问题后，转身回屋,给我端了一盘葵花子。婆婆的语气带着埋怨和追讨——就只有这个亲姐,为什么不理睬婆婆一家和我几个姑姑家?我知道婆婆说的理睬就是走动,姑姑们告状几次,家里过事接了姨妈,姨妈均没有理睬。姨婆话很少,喜欢用眼睛定定地看人,她说她的儿女多,家族根系多,她的责任是把她的三个儿女抚养成人,还要他们立业,她没有精力来应付一些人情世故。这是我能听懂的,我很奇怪看着这个白皙的姨婆,当我和她的眼神碰触时,显然,她的眼力太强,我不得不退回我的眼神。

姨婆两个女儿都读书出来在当地教书,后来均在家招婿。最小的儿子是她39岁生的,称呼为三九,也读到高中毕业,擅长电工,是村里有名的电工师傅。我父亲在埋怨姨婆很长时间后,再讲到他的亲姨妈,仍然带着赞叹说——不简单,一个嫁进没落大户里的乡下妇女,把三个儿女抚育成人也让他们轻易地在世立足了。而我婆婆生育了十一个儿女,饿死、病死、意外事故死去,最后存活三个。

四年前,在一个会议上,一个白皙、清瘦的中年男子在一个朋友的指引下找到我,他介绍他是我姨婆的长孙,我脑子一片空白,我姨婆是谁?我只有老姨,而她是孤老,没有儿女子孙,见我狐疑不定,男子报出姨婆和我婆婆的名字,我唔唔地点头喊哥。逡巡一会,才想起来询问,姨婆可好?表哥告诉我姨婆已经88岁了,身体还硬朗。表哥现在是某大学教授,而他的弟妹分别是上海某公司总裁、广州白天鹅宾馆部门经理,还有一个在海外求学。表哥强调,勉强完成了婆婆的夙愿。表哥离开时,最后一句话——多联系啊,我们是亲戚。

四年过去了,姨婆也年过九十,我偶尔想,九十多岁的老人,她的记忆里该融进怎样的岁月风霜,才换来她的清心笃定?或许,她在以淡泊的态度消释世俗人情的刻痕,融进记忆的,是淡然的风轻柔的阳光,游走成她脚下的履程,唯此,时间到了她面前才变得耐心。这样想着,我会有莫名的感动。

老姨性格刚好与姨婆相反。她不能生育,领养了我的小爹,与我婆婆成了干姐妹。要说,小爹跟着老姨生活还较舒适,起码餐餐有饭吃,生病了有钱治,还能上学读书——这些在我婆婆家里,都是难以实现的。不幸的是,小爹十六岁时,爬到家门前木梓树上采摘木梓,准备卖掉换钱,掰裂了一根树杈,小爹下树后,站在树下望,一阵风来,断裂的树杈朝着小爹脖子插进,小爹当场毙命。老姨万分惋惜——认识小爹的人都清楚,小爹聪颖,读书在行,以后肯定会出人头地。可惜,聪颖的人命短。老姨在小爹死后,一直资助我父亲读书,我父亲能读书出来行医,成为当地有名的外科医生,有老姨的功劳。老姨又领养过几个儿女，她脾气暴烈、急躁，领养的儿女均偷着跑了。老姨认定我父亲，逢年过节，父亲没有时间去看她，她必然会颠着小脚寻到父亲家来。

老姨一生勤俭，生性多疑，有一些存款，她把存折放在父母家，要求父母保管。但每隔一个月，她会准时要求父母去银行取回她的利息。父亲耐心劝告，我们一年后再取利息，是一样的，每个月取太烦琐了。老姨很狐疑，几个月后，她向父亲要回了存折，说是她领养了一个孙子，存折由孙子的父母保管。我看着她颤巍巍的背影，灰白的头发蓬松在脑袋上，风一吹，全部朝后飞起，犹如扑棱着翅膀的灰鸽子，留下呛人的气息。

有一回，她在父亲家上卫生间，没有关门，就站着小解，上幼儿园的女儿好奇地问——太太，你是男生还是女生啊？八十多岁的老姨被逗笑了，哈哈哈，很大的声音，浑浊的眼睛里竟然笑出了泪水。那是我第一次听到她的笑声也是第一次看见她的眼泪。

或许，在那一刻，她想到了我的小爹，还有那棵该死的木梓树。然而，生命无常，她原谅了那棵该死的树，却无法原谅自己后继无人，她向父亲哭诉领养的孙子又跑了，呜咽的声音悲伤孤苦，但她眼眶里无法再流出眼泪。父亲轻声安慰，自己平时忙，不能常看她，但自己会尽孝心的。老姨停止了呜咽，问——我过后，你会为我送终？父亲点头，老姨再问。父亲大着声音说，您身体硬朗得很，路还长着，我是后辈，养老送终是我的责任。

老姨感慨，命待我还是不薄啊。

二　拒绝说话

大表哥年长我二十多岁，在他年过五旬后，臂膀突然疼痛麻木，然后上臂和腋窝粘连在一起无法分开，再然后，整个臂膀失去了知觉，双手失去了知觉，突然间死去了。他不知道他死于锥体肿瘤，因为他没有上医院去检查，我父亲认定是锥体肿瘤，具体是哪个锥体肿瘤，必须要拍片化验才能检查出来，谁晓得呢？

要说，大表哥给人突然之举的事情有一些，比如家境贫寒、说话口吃的他在临近三十时突然娶到了相貌水灵的老婆，比如婚后几年没有孩子的表哥突然有了大女儿、小女儿，比如勤俭不怎么聪明的表哥居然在乡里贩卖米油发了点小财，再比如表哥在病后突然被乡里一些人捏着账单追来要账……

这都是让我们难以明白的。在突然的事情里，大表哥走完了他并不顺畅的人生，最后两年里，他回归成一个孩子，不能穿衣不能吃饭不能上厕所不能……什么都不能的婴儿，表哥越活越小，开始还能说话，后来话也没了，成了襁褓里的孩子，在被窝里流泪哭泣，听着上门索账人的吵闹，眼神空洞无力。表嫂不能饶恕表哥越活越小，锐利着声音叫骂、诅咒，大表哥终于放开了嗓门大哭。

哭吧哭吧，谁也听不见。一整天，表哥如果被表嫂好心穿衣起床，他会用尚存点知觉的双手尽力做点什么，如果无法穿衣，表哥就躺在床铺上当婴孩，他或许可以叫喊，但有什么用呢？锁了大门的房屋里空寂得能听见猫穿行的脚步，而无法让人听见叫喊。表哥突然间不说话了，我们都知道，是他拒绝说话而不是他不能说话。有时，他宁愿像无助的孩子一样哭泣，也不愿吐出一个字。

说来，我对这个大表哥一点也不熟悉。我对他的关心仅仅限于亲戚的闲讲且对这些闲讲保持一定的好奇，而这份关心追根溯源很站不住脚——我七八岁时在他家看见一个巫婆为不孕的表嫂驱鬼招魂，而后他们真的生育一个漂亮女儿——这至少给我惊奇的感觉。

巫婆是表哥请来的，表哥的预言通过巫婆转变成现实，表哥的语言就带有了自我感觉颇好的夸饰，他后来经常挂在嘴巴边的口头禅——什么屁事，难不倒我的，我是谁啊！这话在旁人说来洋溢着自信，而在表哥说来，未免软绵轻飘了，我大姨会叱骂：你是个啥东西，说这话。大姨是根据家底说的，大表哥的父亲即我大姨父是当地的大地主，因为是豁嘴，才娶了我贫寒的大姨，解放后，大姨父家被抄家成为专政对象，据说，全国饥荒的1959年，姨父硬是活生生地饿死了。从小就生活在敌视眼光里的表哥，一说话就结巴。在表哥拒绝说话后，我揣摩，表哥内心非常虚弱，虚弱到需要一些超越常规的举动来粉饰（实则是变相的反抗），而当这些粉饰不能奏效时，表哥便改反抗为顺从，干脆拒绝说话。那一年，巫婆穿着宽大的黄色对襟衣服，头发在顶上抓成两个小髻，脸庞瘦狭而涂得惨白，鲜红的胭脂从高颧骨斜飞上眉梢，古怪而滑稽。但巫婆灭了房间的灯火，关闭了窗户，嘴巴里念念有词，在表嫂躺着的床前粘贴许多黄色的裱纸，她接过表哥递来的装了一半水的大碗，飞快旋转，巫婆宽大的衣服顿时全部撑开，而她红白相间的脸庞在宽大的衣服里如同隐约的桃花若隐若现，分明又不是桃花，她鄙陋的嗓门大声呵斥——滚出去，小鬼！声音在隐蔽的空间里浩大，使我刚刚产生的桃花感觉马上消弭，我不禁后退——突然，巫婆从头上拔出银簪子插在水中央，簪子竟然在如旋涡下陷的水里站立起来，而大碗稳当当地坐在她举过肩膀的手心里，她的嘴巴半开，一颗锐利的龅牙趴在下嘴唇上。

恐惧使我飞快离开了表哥家。表哥在一年后送来表嫂生育女孩的喜讯，当表哥结巴着重复他的口头禅时，我忍不住朝表哥多看了几眼，巫婆宽大的衣服飞舞的情景又出现在我脑海里。

大表哥病时，我曾经偶发奇想，没有钱去医院看，可以请当地的巫婆来糊弄下，就像上次表嫂不能怀孕请巫婆来驱鬼一样，表嫂不是怀孕了吗？谁知道呢？但我相信，表哥在内心里是信这些的，超越尘世非凡的力量！后来我又想，信这个的表哥难道不会想到请巫婆来吗？但有谁能遂了他的心愿呢？所以他干脆不说，什么都不说，这不是顺从而是决绝地对抗。

我的想法终究没有出口，对于一个连自己死于什么病都不知道的人，而这个人是我年长的亲表哥，我说出来，本身就少了虔诚。表哥拒绝说话，他不过以最后尚存的气息与人世博弈尊严。我唯一感到安慰的是，我曾经两次托付我母亲，买了止疼药带给了大表哥，祈愿走向末路的他尽量少些折磨。

三　宝黛爱情的猜想

林哥是我二姨的长子，姨妈在粮食部门当会计，姨父是银行的头，林哥的生活说不上锦衣玉食，但绝对称得上舒适富足。难得的是林哥继承了我姨妈相貌，英俊秀美，且林哥没有公子哥的轻浮傲慢、游手好闲，他文静和蔼，尽力做一些我姨妈喜欢的事情。

是的，他是让人喜欢的表哥，我几个远房表姐都喜欢他。能合林哥之意的，是我一个舅舅的女儿，长相酷似当时的电影明星龚雪。姨妈他们上班太忙，林哥从小寄放在小舅舅家，和表姐家是邻居，他们儿时经常一起玩耍，算得上青梅竹马。要说的是，我表姐父亲是我五外公抱养的儿子，表姐和林哥并没有血缘联系，但并不妨碍他们的亲戚关系，长辈都认为他们只是亲戚而已，或许在心里是默许他们的相互爱慕的，也仅仅在心里。这缘于我姨妈，她似乎不喜欢林哥和表姐的耳鬓厮磨，表姐再漂亮，她只是一个农村女孩，何况她性格异常热情活泼了些。

在我略微懂得一些事情后，我常跟着他们游戏，而每次，都发现不见了林哥和表姐，转回询问姨妈，姨妈就用物质奖励我找出他们，要林哥教我练习骑自行车。要么在后院的一棵大树下，要么在临近堰塘的一个草坡上，他们对面坐着高声谈笑，我依稀记得，寻找好一会儿后，我疲倦得快要耷拉的眼神会被他们欢快的笑声重新点亮，我会不由自主停了脚步，远远打量，聆听他们漂亮的笑声，是的，漂亮的笑声，似乎渗透了当时金子般的阳光，清亮而温暖，又珍贵——表姐已经是个大姑娘了，她双手抱着双膝，脖子高高仰起，她挺直的鼻梁为她增加了俏皮，而林哥身体朝后半躺，嘴巴里衔着一枚草根，阳光打在他们的身上，也穿透了他们的身体，竟然在地上没有丝毫阴影。

我先天敏感，没有谁说他们以后咋样，但我预感了一些不妙。否则，我每每听到他们的开怀大笑，我就不会产生珍贵之感，而现在，我重温这种情景时，我又回到了阳光明媚、笑声无邪的时刻，表姐和林哥对面而坐的姿势历历在目，他们漂亮的笑声穿越了岁月尘埃飘荡而来。我现在仍然惊讶当时的感觉，遇到林哥一次难免会做一次反向的猜想。

表姐打得一手好球，被乡里选拔成县市苗子，很长时间花费在练习排球上，学业一塌糊涂，但表姐不气馁，她坚信自己能走出农村，每次上学放学，她肩上都挎着一个网兜，网兜里是排球，进进出出的她是学校一道绚丽的风景。初中毕业后，她到了县城体育馆参加专业培训，应付于各类级别的比赛。而表哥已经从技校毕业成为市政府里的一个话务员。我依稀记得，我十一岁时，春节去舅舅家拜年，遇到林哥和表姐，表姐突然送给表哥一整套酒杯，这是她比赛获得的奖励，而酒杯加了液体，会出现当时电影明星的相片，表姐给林哥展示的酒杯正好是龚雪的照片。春节后，林哥突然强烈要求回到县里，成了姨妈粮油部门的一个职工。表姐呢，在有一次找林哥时被姨妈碰见，姨妈很严肃地赶走了表姐。

我上初三的一年暑假，被姨妈叫去吃香蕉，是姨妈在庐山开会带回来的，可能密封久了，香蕉都熟透了，要赶紧在一天内吃完。在我们吃香蕉时，表姐突然闯进来，红了脸庞要和姨妈单独谈话，姨妈带她去卧室关闭了房门，我们听见里面传来压抑的抽泣声，好一会儿后，表姐推门而出，也不理睬我母亲的招呼。母亲问姨妈，还是他们的事？姨妈嘟哝，怎么可能呢？她工作都没有，又到处跑，漂亮能当饭吃啊。林哥两年后与粮油部门领导的女儿结婚，而后，我那表嫂在粮油部门全部转为私营后下岗，与邮政局的一个领导相好，被表哥遇见，二人分道扬镳，此时，表哥已经年过四十。

我读高二时回舅舅家，遇到了表姐，据说她怀上了她教练的孩子，而教练是她父亲辈的人，她只好回家打胎。后来，听说她到底嫁了镇上粮食部门的一个男人，男人大她整整十岁。而后，她离异，带着双胞胎孩子在县城里开了一家粮食专卖店。我正是在她店里最后一次遇见她的，说来，是她的长相吸引我进去的，但她很冷漠地掐断我热切询问的眼神。这么多年，表姐还是那么漂亮，她一点也没有变。

现在，表哥近五十了，他和另一个离婚的女人不好不坏地过着，守着一份勉强糊口的小店，养育他的儿子和别人的儿子。我遇到表哥一次，就忍不住猜想一次他和表姐的爱情，这份宝黛似的爱情，注定了只是镜花水月？如果林哥不那么听姨妈的话，他勇敢些再有主见些，他娶了表姐，会不会少了现在的一些艰辛？

毕竟是没有发生的事情，属于猜想，也就归于了徒劳。

四　舅舅的金达莱

金达莱是朝鲜有名的花，它应该是朝鲜的别名。提到朝鲜，自然就想到了舅舅，看见舅舅就顺理成章地想到了抗美援朝。舅舅参加抗美援朝的经历成为他的标签——当然，绝对不是在炫耀，而是经历对他命运的改写和定型——舅舅是一个刚烈的军人、一个孤独的老头、一个沉湎于爱恨情仇不能释怀的老男人。

亲戚们提到舅舅参加抗美援朝时都把原因归根于舅舅爱憎分明的性格。固然，这不错。想想，我们这些小辈甚至舅舅的弟妹们哪个没有被舅舅训斥过，而我们常常无言以对，因为我们确实存在着错误，舅舅的训斥带着修正的期待，这是他爱的表达。可是，说到根究，我还是不得不提到舅舅在他新婚之夜的离家出走，从此，北上过了鸭绿江，一年后军队派人到家乡做舅舅申请入党的政治考察时，我外公他们才知道，舅舅去了朝鲜打美国佬去了。

舅舅是有婚姻的，儿时的娃娃亲，舅舅一直在外读书接受不少先进理念，理所当然反对这门亲事。说到读书，必须提到我的三外公，没有三外公，舅舅就没法出去读书了，初中、高中、大学，大学没有毕业，舅舅被外公拉回来结婚，当晚，舅舅和外公闹翻，先是被外公囚禁，然后假装同意后逃跑，与他的同学会合踏上北去列车。继续说三外公，三外公开了槽坊还率先在长江中下游漳河一带包揽了河运，在解放前是名副其实的资本家，解放后，三外公在三反五反运动中被抄家被抓进监狱，也正是这个缘故，在朝鲜战场上已经是团长的舅舅入党问题成了大问题。可是舅舅英勇聪慧，他立下的汗马功劳有目共睹，分别立下三次战斗功、一次工作功，如果他不能入党，还有谁有资格入党——这是舅舅所在部队领导的话，按说，有了这个话，舅舅入党应该不成问题的，可是有条件，必须与三外公断绝关系，做到政治立场分明，舅舅断然拒绝了。舅舅的断然拒绝明显带着偏袒和作对的趋向，使得看重舅舅的领导难堪，也给舅舅以后的人生道路埋下斩锄不断的荆棘。舅舅在讲述这些陈年旧事时，用一句话概括他的人生概念：人不能忘本，如果连自己亲人都背叛的人，谈爱国爱党，是他妈的扯淡。舅舅说这句话时，他的白眉毛上下抖动，手指颤抖，日益臃肿蠢笨的身子左右摇晃。我想，他在气愤还是鸣不平？那一刻，我深刻感受到，这个刚烈的军人只是一个孤独的老头。

　　回国后，舅舅在昆明工作，而后，他开始了长达四十年的离婚之路。我母亲、姨妈他们都劝舅舅，算了吧，都这把年纪了，就这样凑合过吧，你又没有过怎么知道无法相处？可是舅舅锲而不舍，在他六十多岁时，对方终于同意了离婚。开始，我们揣摩，可能是舅舅在昆明有合适的人选，他才这样强烈要求离婚。可惜，等到舅舅退休回到我所在的城市，他仍然孤身一人。我们私下猜想：舅舅有文化，长相也不赖，难道就没有遇到爱情？

　　答案恰恰是相反的，舅舅的孤身正是他有爱情。一封陈旧的书信在舅舅搬家时露在我们眼前，一张酷似舅舅长相的中年男子照片在我们手里传来传去。那时，我们几个晚辈多么感慨啊，又幸福又悲伤，幸福的是舅舅有爱情，爱情在遥远的朝鲜，舅舅这么多年寻求婚姻的解脱，原来是在心里栽种着金达莱，用他毕生的心血。悲伤的是，舅舅的金达莱已经早不在人世。没有一个人询问舅舅的爱情，舅舅也从没有对谁提到他的金达莱，仿佛，他所有的记忆只有零下十几度的坚冰和日夜弥漫的硝烟炮火。我相信，金达莱是舅舅身体里柔软温暖的血液，隐秘而张扬地开放，四季不败，岁月难敌，与舅舅荣辱共守。

　　在一次亲人聚会上，我女儿朗诵了一首著名的朝鲜诗歌《金达莱的故乡》：

金达莱花开呦满山冈，
我的故乡是美丽的城.
凉爽的海风从图们江吹来，
洁白的云朵山间飘过。
……

　　舅舅站起来，紧紧盯着女儿，他双手拄着一根拐杖，因为诸多疾病，他身体器官均退化，到了冬天，站立和走动都很困难。然而，舅舅站起来了，我顿时潸然泪下。

第三辑
叙述或文本

麻醉师
出岛记
简姐
游戏比爱情更好看
开败时间的花朵
……

麻 醉 师

六月中旬，一个中毒的男人死在洲岛医院的手术台上，很快，原因水落石出，是麻醉师心不在焉，使用剂量大大超过了规定。麻醉师是一个年轻小伙子，当他被铐上双手带出医院时，我正好放学回来，看见麻醉师苍白得如同白纸的脸庞，我的心为之一凛。

麻醉师责任重啊……围观的人纷纷议论。

那时，我才知道麻醉师一词。

麻醉师给我的第一印象必须是，脸色白得如同刚刚铺展开的白纸。

她是继任的麻醉师。我打量她的面庞，果然很白，这点很符合我印象里麻醉师的特征。不过，我稍稍失望，她过于丰腴，让人感觉腻烦，按照我少女期的审美眼光，丰腴是女性美的大忌，而且，她越近，我越失望，她的眼睛四处闪忽，没有定处，眼眶细窄，到了尾梢，几乎是一条细线，向眉梢抛起。如果有一阵风吹来，那条细线该会缠跑到哪里去？

我们在一个院子里，从来不说话。按照年龄，我应该喊她阿姨，说实话，腼腆的我尽管很少出口一些称呼，但是，很多时候，我在心中称呼了。我没有一次在心中称呼她。

她是长江那边的医院调到洲岛医院的，这含有惩罚意味，因为洲是江水中的孤洲，从来只有洲岛人千方百计地走出去。在我知道她是麻醉师后不久，麻醉师已经是医院的热门人物，某天清晨，她给她以前医院院长的情书出现在医院所有大门上，说出现，真是用词轻缓，应该是被钉子钉，一页一页并排，还有一页居下，信纸四角被牢固地粘在木板门上。信纸上，令人心跳、肉麻的词语和句子均被红笔打上粗粗的线条，异常醒目。木门上的情书静静地屈服于钉子，静静地被麻醉师愤怒的大手撕碎，然后飘浮在地上，风把它们带到风落脚的地方。还有一些情书在大人们的嘴巴里生根、成长，然后杂交出面目不清的参天大树。

我正是在一棵树下捡到了情书的碎片，一阵心跳后，满脸绯红，慌忙捏紧了碎片，东张西望，最后扔掉碎片，逃之夭夭。

这个不知廉耻的女人……风中起伏着充满鄙夷的窃窃私语。

麻醉师的怒容没有维持一天，笑容又挂在她的脸上，她亲热地与人招呼，哈哈地与人谈笑，把她刚买来的水果和零食分发给遇到的小孩、女人和老人——吃吧，才买来的，新鲜着。我不会接到什么，哪怕与她的眼神相遇也不可能，尽管，我有时会忍不住打量她丰腴的身体，但是，时间仅限于刹那。

麻醉师有一个男孩，瘦小、机灵。某一天，他突然出现在我即将毕业的学校，我万分诧异，原来这个男孩子已经七岁了，可他怎么看去，都只是三四岁孩子的模样。男孩子没有麻醉师热情如火的性格，他来去一阵风，眼神同样是左右飘忽，但充满了惊恐，不到一分钟，眼神就落到他急促的脚上。

孩子的父亲是教师，清晨出门，傍晚回家，也是来去一阵风。他是欢快的，却不同于麻醉师热闹的欢快，是一个人自满自足地欢快，他快速转动的自行车轮下，留下清脆、婉转的口哨声。

很难得把这样三个人放在一起，但麻醉师绝对是幸福的人，笑容如花般开在她的脸上。麻醉师似乎又是不幸的人，她的笑容只如花般开在外面，在家里，她常常怒容满面，被灌了辣椒水似的暴呵声和噼哩哗啦摔东西的声音一次次爆破宿舍楼的平静。

唉，你的笑容呢……火暴的声音里有孩子父亲一遍遍的叹息。

是啊，她的笑多重要啊，特别是手术台上的笑。麻醉师有句名言：我的笑容是最好的麻醉剂。冠之名言，是因为这句话可有着深刻含义，据说，作为全医院唯一的麻醉师，她地位的无人取代性决定她的尊贵，她能调控那些主刀的医师们。换而言之，主刀的医师必须保证麻醉师在手术台上要笑，原因是，她不笑，手术就有了麻烦。

而这些，与她的坏名声没有关系，主刀的医师几乎是男性。

有一段时间，麻醉师去了医疗器械消毒室。我母亲也在这个消毒室里。消毒室在住院部和宿舍大楼之间，是一个平房，里面热气腾腾，房子上空有蒸汽如云雾般萦绕，在冬天，应该是不错的地方，夏天，里面电扇没有停过。房子前面有花园，种植了紫薇、腊梅、栀子花、桂花树、樟树，一年四季，花园生机盎然。我放学了喜欢到母亲办公室里溜达，发现麻醉师也在办公室里，转身就走。

母亲带来麻醉师的话——说你很怕她，是吗？

我发愣，怕与不怕的界线是什么？这是一个很难要我界定的问题，但是麻醉师用怕这个词，让我感觉没面子，几乎是急中生智，我回答——只是不喜欢她。我推开麻醉师托母亲带回来的话梅。

逢到非要找母亲不可，比如，我忘记带钥匙了，转告父亲的话，找母亲拿东西等，我会隔着花园，喊母亲出来。而每次都是麻醉师先听见，跑出办公室，朝我招手，又帮我喊母亲出来。

在几乎要喊她阿姨时，我又改变了注意。

我知道麻醉师为什么没有当麻醉师了。她儿子感冒发烧，请医院一个有名气而年轻的医生到家里为儿子看病，她竟然显摆，站在宿舍楼上，尖着嗓门，大声喊着年轻医生的名字，要他马上来给儿子看病。年轻医生是医院手术台的主刀之一，在众目睽睽下三步并两步地赶到麻醉师家里。那天，麻醉师丈夫中午突然回家，年轻医生顿时手足无措，慌里慌张地爬后面窗台，下窗台时，没有来得及扣上皮带的裤子滑了下来，医生慌忙拉裤子，裤子没有拉住，却失了手，跌落下来，幸好只是三楼，右腿摔成了骨折。

年轻医生的妻子是医院护士长，她吵到院长那里，而另外几个上手术台的刀手妻子也趁机起义，麻醉师当不成麻醉师，调换岗位，到我母亲办公室里。

丑闻下的麻醉师一点也不恼怒，还是笑嘻嘻的模样，万分热情地分发她刚刚买来的零食。她的儿子仍然那么瘦小，一点也没有长高，她的丈夫仍然一阵风似的骑过自行车，留下欢快的口哨声。

我不看她，她却拦住我——你吃西红柿吗？给你。

我脸红了，连连摆手，我不要。

在我着急迈步时，她气急败坏地问：你怕我，真胆小。

我回头看她，纠正："我不怕你，你又不是老虎。"

她的眼角很妩媚地翘起，说，我比老虎可好看多了，你看见有这么好看的老虎吗？

我不想答她话，飞快离开，留下她虚张声势的笑声——哈，哈哈……

一瞬间我突然明白，麻醉师才是胆小的人，她害怕我不理睬她，所以她讨好我。我进而推之，她给其他人吃的、玩的，还有一些礼物，包括那热情的招呼和响亮的哈哈，都是她讨好的工具，按照她自个话说，麻醉别人。她害怕人家不理睬她。

她为什么害怕？很明显，她的名声太坏。

坏名声倒成了麻醉师的魅力。

上手术台是很辛苦的事情，但现在，每个有主刀能力的医生，当然是男医生，都争着上手术台，都把每一次手术当成愉悦的享受（用我现在眼光来看，应该是偷情的享受，如果算不了偷情，至少应该是眉目传情），反正，手术异常成功，医院那时的声誉在外，许多外地病人专程转到这个医院，医院每个病室都满满的，甚至走廊上也安排了床铺。关于神刀手的命名，一下子排出了三个。

那个摔成骨折的年轻医生就是其中之一，刚刚做了父亲，在痊愈后，明目张胆地与麻醉师出双成对，寻着一切机会与麻醉师相处。护士长怨天尤人，也成了受气包，她找年轻医生喋喋不休地说，找麻醉师交流，去麻醉师家里阻止……年轻医生怒目圆睁，一手揪住护士长的头发，一手狠命地按住护士长脑袋往墙壁上撞。护士长的头发一把一把地飘在风中，她脸青眼肿地告状。

护士长服毒了。麻醉师受到了打击，是不安。不过，不是为护士长服毒不安，而是被年轻主刀医生拒绝为护士长麻醉而不安。这似乎好笑，连麻醉师自己也觉得可笑，她逢人就笑着解嘲：呀，他怕我谋杀他老婆，我会吗？没有这个必要嘛，再说我可不是毒辣的人。年轻主刀医生不理会麻醉师的解嘲，他自己给护士长手术、请人麻醉。

护士长在手术台洗胃醒来后，她母亲抱来还没有一岁的孩子。护士长当即下床，抱着孩子去卫生局，终于一家人调离那个医院。

麻醉师与第二个神刀手在医院值班室里幽会，被清洁工发现，以后，他们的秘密也成了公开秘密，麻醉师的才能因这次绯闻而大放异彩。在医院迎新春联欢会上，麻醉师配乐朗诵了一首致F的情诗，麻醉师在朗诵前，居然很深情地表白是自己写的，送给她的爱情。大凡说到麻醉师或者那次联欢会的，都自然提到麻醉师独特大胆的表演，情诗写得悱恻缠绵，麻醉师朗诵得声情并茂。沉浸在吟诵中的麻醉师很出风头，但会场并没有响起掌声，看着台上的麻醉师，医院职工全都愣住了。谁不晓得，F是第二神刀手的姓氏第一个拼音？麻醉师居然旁若无人地公开表白，炽烈地渲染他们不能公开的感情，或者说曝露他们的偷情，所有职工目瞪口呆，他们或许想，这次说不准，两个人有可能重新组成一个家庭。

麻醉师被戴眼镜、长相极其文静的女人当众甩了巴掌。第二神刀手刚好查房回办公室，麻醉师捂住脸庞嘤嘤哭泣，幽幽地说："你告诉你的妻子，我们的……爱情。"办公室里公然飞进爱情的蜜蜂，一下子绽开了耀眼的鲜花。每个人脸庞绯红、眼睛明亮，的确，有鲜花般的醒目，如同灼灼闪亮的刀子，扎着第二神刀手的目光，第二神刀手每一寸肌肤都在告诉他，彻底曝光不是件快乐的事情。他垂下眼睛，沉默不语，麻醉师肝肠寸断地跌坐在椅子上，气息奄奄。

第二神刀手闭目，说："我们离婚吧。"

第二神刀手妻子轻蔑一笑："如果你是为了与这个女人结婚，我不会同意，我必须为我儿子负责。"

麻醉师这段感情很快终结。第二神刀手出去进修，留在了省城，再也没有回来。麻醉师收获的是，她给第二神刀手要求调进省城的信再次被钉子钉在医院办公室大门上，钉子周围竟然被红色墨水涂抹出心形，钉子扎在心脏中央，心形下面有同样涂抹了红墨水的逗号，逗号一路滴落，血水淋漓。

麻醉师这次没有去撕，而是指着门上的信笺，脸红耳赤地辩白："我是给F写了信，是说想调进省城，可是我没有说上面那些话。"

哪些话？当然是令人害臊、感觉肉麻的话。也许不是这个，也许是其他的，无法知晓，我并没有亲眼看见这个情书。

还有一个神刀手，依然有他与麻醉师的种种传闻。我一个口琴见证了他们的纠葛，至今这个口琴还躺在某个箱子里，锈迹斑斑，很多次它面临被抛弃的命运时，都因为我一念之差而侥幸得到保存。

当时，第三神刀手还是单身汉，不是我们当地人，但他毕业于北京一所非常有名气的医学院，他来我们这里，仅仅因为那个特殊年代的学生风波。他个子高高的，很瘦，戴眼镜，说着标准的京腔，文气又傲气。他几乎不与当地人来往，上班下班都一个人，在他坐着时，他的桌子上总有一本书。第三神刀手还会拉一手小提琴，傍晚时分，他斜倚着敞开的窗台，小提琴横躺，抵在他的脖子上，似乎一艘等待起航的船，他的右手操纵拉弓，犹如划动船舶的摇橹，摇橹在琴弦来来回回，激荡出淙淙涧流，幽幽地淌过医院各个角落，此际，落日熔金，霞光万丈，琴声则披出珠宝般的光泽。第三神刀手不仅仅是文气、傲气了，还有一份浪漫的艺术气质，这些围拢成篱笆，把他与众人隔离开来。

无疑，尽管他有高超医术，医院是讲究技术的单位，但医院仍然是充满世俗生活味道的小社会，他的旁若无人并不受到欢迎。

经常，他被安排下乡。

在麻醉师频繁要求下乡时，人们才发现麻醉师的某些蛛丝马迹。她喜欢上了第三神刀手，人们再说他们时，没有用"好上"这个词语，是因为小伙子的冷淡，起码没有男女"好上"的最基本的热情。但麻醉师凝视小伙子热切的眼神，她殷勤地围着小伙子转来转去，均无法隐蔽地出卖了她的感情。

也在那时，我突然感觉，麻醉师好像换了一个人，没有以前的咋咋呼呼，也没有见面熟的热情，她突然文静了，走路轻手轻脚，笑容浅了，淡淡的笑意挂在她的脸上，眼睛的妩媚居然有了动人意思，连她的声音也变了，轻而淡。不过，还有一个怎么也改变不了的，随意。是的，她的眼神四下闪忽，时时刻刻地在传播随意。随意意味麻醉师不可能成为小伙子那样傲气的人，而是一个亲切的人。

有谁能过分拒绝亲切呢？傲气的小伙子也不例外。

小伙子住在医院一幢旧楼房里，房子前面以前是住院部，但以前的医院大门与现在的医院大门方向刚好相反，也就是说，前面的成了后面，后面的成了前面。我所说的老房子前面指的就是以前的后面，当时在后面，没有粉刷，自上而下的红色砖头现在一览无遗，于是被称呼红楼。红楼住着才分配来的年轻人，上下三层，空着一些房间，有许多家庭因为家里住房紧，在红楼里有另外房间，我的房间就在红楼里。

红楼给我留下深刻印象的有三个人，一个是拉小提琴的第三神刀手，再就是合住一个寝室的黄侬侬和单木，黄侬侬是才分配来的药房医生，活泼大方，能歌善舞，她有一个挺拔而生动的鼻子，使她的形象异常欧化。单木是妇产科医生，刚从省城进修回来，文静秀气，有白瓷一样的肌肤，她的眼睛如同深潭，看人时，水汽幽幽，清澈却不可测。仿佛注定，她们与第三神刀手会有瓜葛。

刚好是暑假，除了吃饭，我几乎呆在红楼。每天都能遇到麻醉师，我们仍然不说话，如果按照以前情形，我们很有可能说话，我不说她会找机会拉我说，可现在情形变了，麻醉师突然文静了矜持了，她看也不看我一眼。

幽幽的提琴声如淙淙涧流淌过时，总能看见她进出小伙子的房间，为他清洗垫单、被褥，为他送来冰镇的西瓜和凉粉，为他带来日常生活用品。有时，我还能听见，麻醉师乒乒乓乓地在小伙子房间里切菜，里面夹杂着小伙子傲气的声音——没有必要啊，我就在食堂里吃，很简单的。麻醉师就着急说："那怎么行，长期这样，肚子哪会有油水？"乒乒乓乓后，麻醉师的声音又响起：你这里不适合做厨房，干脆到我家里吃。

的确，源流出清泉般的琴声的地方，不适合飘出呛人胃口的油烟。小伙子宿舍里，再也没有响起乒乒乓乓的声音。我猜测，小伙子去麻醉师家里吃饭去了。

那个暑假，我刚刚学会吹口琴，而且刚买了新口琴，兴趣盎然，整天都在找时间吹琴。一天中午，我按捺不住兴致，吹起口琴，麻醉师敲开了我的门。

我有点惊讶——她敲门找我？

麻醉师很不耐烦，指着口琴，说，中午是午休时间，你吹琴就是打搅。

我本来是理亏，但她说话的语气含着指责，让我感觉不友好。我不免生气，一生气，话就冲了：关你什么事情。

麻醉师脸色变了，她也很生气：你还不耐烦？哦，你晓得惹人生气不是好事情吧。

我脱口而出：你又不住这里，碍你了吗？

麻醉师脸红了，鼻子和额头沁出细密的汗珠，她愤怒地扫了我一眼，转身就走。

我还在生闷气时，麻醉师又进来了。她换了副面孔，比刚才亲切多了。她解释：小伙子医生在准备考研究生，中午要休息好，否则难以集中精力，会影响学习。刚转身，马上又回来，给我带来两个船形西瓜。我不好意思了。麻醉师脸上含着亲切的笑意，声音轻淡如风：我嘛，今天中午刚好过来，说实在的，你的口琴技术太滥——她闪忽不定的眼睛如同钉子盯在我脸上，我微微点头，耷拉下脸庞。麻醉师轻声笑起来："没什么说的，我就羡慕有真学问的，祝福你也能考到北京去……啊，对了，我们今天这事，可没什么说的，你对谁也不要讲……"

红楼旁边都是上了年代的大树，大热天里，相对其他地方，它要凉快些。但树大，蝉声越发聒噪，裸露的红砖头粗糙、颜色深重，给我汗水涔涔的感觉。再加上一些单身住户在房子里烧菜做饭，热气腾腾。我丝毫不受影响，在属于自己的房间里看书、做作业、吹口琴。我简直迷恋上口琴，嘴巴在一个个窄小的洞口边来回磕绊，单纯、细弱略微忧伤的琴音，如同我迷茫的心事，起伏着青春期的情绪。那时，我居然会了点口琴经典曲目《忧伤的金沙桥》，我反复地吹来吹去，琴声如诉，一遍遍地流淌在我的心田，犹如清凉的风拂过酷热的时日。

大概半个月后一个晚上，我发现口琴不见了。

我满头大汗地寻找。小伙子医生趿拉着拖鞋站在我房门前，他递给我口琴，正是我的——喏，在楼梯口捡到的。

我从没有把口琴带出我的房间……我万分纳闷。

"嘿，美妙的琴声是关不住的，它希望更多的人听见。"小伙子很幽默，继续说，"你的口琴吹得不错，相对其他琴声，口琴声单纯，因为单纯就必须清越，心情要保持安静……"

麻醉师突然站在房门前，我和小伙子都停下来看她。房间顿时岑寂下来，电扇忽忽地扇出热风，嗡嗡的夜蚊子从我耳边飞过。

你们……谈什么呢？麻醉师打破了岑寂，眼神左右闪忽。小伙子拿起我刚放在桌子上的口琴，朝麻醉师扬了扬。然后，离开了房间。

麻醉师跟着转身，在跨出房门时，她回头看我，闪忽的眼神如同钉子钉在我眼睛上。

接着，麻醉师吵嚷的声音在红楼里响开了——谁拿呀，一个无用的口琴，多难听啊……房间里伸出张望的脑袋。小伙子被麻醉师凶狠地拉扯，他显得惊慌，看着充满疑虑和探询的眼睛，努力挣脱麻醉师。麻醉师被小伙子推在地上，小伙子乓的一声关上房门。在地上的麻醉师倒沉默了，坐了一会儿，站起来，离开了红楼。

我万分纳闷：麻醉师为什么要偷走我的口琴？在我听说黄侬侬的事情后，我似乎明白了什么。

医院为庆祝国庆准备节目，黄侬侬显然为第三神刀手的提琴声迷醉，她说服第三神刀手，一起合作《梁祝》节目，一个拉琴，一个舞蹈。他们在黄昏开始排练，地点选择在黄侬侬寝室，这是第三神刀手的主意。我多次看见，第三神刀手手提小提琴来到她们寝室，随后，麻醉师在寝室前徘徊一会儿后，手里拿着零食敲开他们的门。接着，黄侬侬他们把排练的场子拉到红楼顶上。

事情出在演出那天，黄侬侬在如泣如诉的琴声中，光着脚翩翩起舞，在一个大幅度的旋转中，右脚踏在一个倒立的图钉上，顿时倒在舞台上。

舞台上共找到四枚图钉。

谁放的图钉？前一个节目是小品，当时搬道具下场时，麻醉师自告奋勇地上了台，于是，她被怀疑。在我听说黄侬侬被图钉扎了脚，突然想到自己口琴不见的事实，心中认定，很有可能就是麻醉师捣的鬼。

单木出了更大的事情，成为医院最不幸的人。在出事前，单木肯定是医院最幸福的人。据说，和第三神刀手在红楼顶上排练节目的根本就不是黄侬侬，黄侬侬早排练好了节目，她反感麻醉师时不时地搅乱，就在第三神刀手上楼顶拉小提琴时，她总是恰到好处地遇到上红楼的麻醉师，拉麻醉师散步、谈心。第三神刀手在楼顶上为谁拉小提琴？

单木。

这也是第三神刀手答应黄侬侬排练节目的原因，他喜欢上了妇产科医生单木，他借着一把小提琴打动了单木的芳心，他们恋爱了。其实，最先发现他们恋爱的肯定不是黄侬侬,而是麻醉师,麻醉师从清傲的第三神刀手的琴声中,最先听出了背叛。但她没有办法阻止,多么正常啊,一个文质彬彬的小伙子,一个美丽迷人的姑娘,他们有着紧密相吸的磁场,一个微笑,一个举动甚至一个眼神就能把他们连接成一个整体,超越众人之外。这令麻醉师简直心碎,她心中装着的那个人,对自己却熟视无睹,甚至无视她的存在。琴声越清幽缠绵,麻醉师越失魂落魄。麻醉师盯着单木轻盈如风的背影,久久出神,她不相信自己束手无策。

单木被病人告状,在一次手术中,把一个纱布故意缝进病人肚子里。当快烂掉的纱布从病人肚子里取出时,单木脸色惨白,她怎么也回忆不起,她把清洗伤口的纱布放进病人肚子的细节。再无知,也不会犯这样的低级错误,她有必要把纱布故意缝进病人肚子吗?这几乎等于杀人,杀人总得有一个理由吧。事实存在,纱布留在了病人的肚子里,单木是主刀。面对手术事故,单木百口莫辩。

单木离开医院那天,仅仅对第三神刀手说了一句话——爱,比手术刀更加锋利,不仅仅可以治病救人,还可以用来杀人。

第三神刀手站起,手掌拍向麻醉师,歇斯底里地喊道——你这个巫婆,变态的女人。

麻醉师捂住红肿的脸庞,分辨:你没有听明白,单木怨你,不该和你相爱,说你毁了她……第三神刀手又一个拳头挥上去,麻醉师并不躲闪,哽咽着说:我不后悔……爱有罪吗?

麻醉师来红楼更加频繁了,但她充满了焦虑,如同一个没有任何胜算的守株待兔者,在悠长的走廊里来回走着,在红楼下左右徘徊。小伙子看见麻醉师就跑,他几乎不再拉小提琴了。或者说,在我放假的时日里,再也没有听见过第三神刀手的提琴声。我上高三那年,小伙子考上北京某个医学院的研究生,走了。

麻醉师还是麻醉师,她的花边新闻层出不穷。她恢复以往的热情奔放和咋咋呼呼,我们依然不再说话。也没有机会说话了,我马上要去上大学。

而在那年秋天,麻醉师发生了天大的事情,她的儿子死了。

她儿子已经快小学毕业了,但个子一点也不长,矮小、瘦弱,总是三四岁孩子的模样。但他仍然是麻醉师的宝贝。麻醉师与人闲聊,讲得最多的是她形如侏儒的孩子如何聪慧,学习如何优秀,自信地预言她儿子一定会出人头地。

那年秋天,医院正在修建新楼,基建就在医院里。搅拌砂石和水泥的机器日夜轰鸣，尽管有竖立的木牌隔绝行人，木牌上有鲜红的大字：基建场所，严禁出入。危险！危险两个字在下面，比上面的字体要大。这有什么用呢？孩子们是不管这些的，危险两个字对于孩子们而言简直是诱惑，特别是男孩子，他们天生就有尝试和挑战的勇气。他们也许就是抱着这样的勇气看看，到底有什么危险。

　　孩子们围着搅拌机，想看清楚这张大口是怎样把粗粝的石块咀嚼成粉末的，它有怎样的牙齿。工人们发现了围观的孩子，粗暴地吼走他们。

　　你们不要命了……孩子们到底被吓住了，一哄而散。

　　麻醉师的儿子却更觉得有趣，他想弄清楚，这台搅拌机怎么有这么大的力量。他跑到麻醉师办公室里，喝了一杯水，又一阵风似的跑开了。麻醉师并不在办公室里，办公室里的同事亲自给麻醉师儿子倒水，回答他的话——你妈妈在做手术，给病人打麻醉药咧。实际是，手术已经完成，但麻醉师和主刀医生都不知道去向。其间，有病人家属找主刀医生未果。扯到别处了，还是说麻醉师的儿子。他又溜到搅拌机旁边。本来他的个子太小，搅拌机要高他许多，形单影只的他即使站在搅拌机旁，还是很难被人发现。

　　麻醉师的儿子却爬上搅拌机，刚伸手，他就被搅拌机拉了进去。那个瞬间，谁也没有看见。留在人眼皮下的，是残骸，粉末，血液。

　　麻醉师晕倒了。在木牌外面。

　　她的儿子瞬间就没有了。只有一只手臂还完整，人们在讲述时，不免猜测——是不是他伸进去的手臂？太蹊跷了，为什么手臂还在，而其他部位却成了粉末？

　　人们的议论不需要答案。但他们争究麻醉师当时在哪里。是的，她的儿子找过她，没有找到，如果找到了她，作为母亲，她会问儿子玩什么，因为在搞基建，一定会交代儿子要注意安全，哪些哪些地方一定不能去……可是，麻醉师不在，她在和主刀幽会。麻醉师不可饶恕了，成为人们嘴巴里挨千刀万刀的罪人。

　　不过偷情的罪，犯得可耻下流，引起了公愤。一些同事找到悲伤欲绝的孩子父亲，义正词严地说："你老婆这样乱来，你不可能不知道吧。"

　　孩子父亲哪里有心思和饶舌的人理论，气急败坏地赶他们，可是他们还在质问：既然你知道，你还放纵，结果酿成大错，你没有责任吗？

　　孩子父亲顿时火冒三丈，揪住一个人要扇巴掌。众人拉住他，纷纷摇头走了，嘴巴嘟哝："难怪，难怪，原来这样不分好歹。"

　　孩子父亲终究改变了人们的看法，他与麻醉师离婚了。说起他们一家，医院人长长地舒了一口气，众口一词地总结：呸，到底还是散了。仿佛，麻醉师家庭不散，天理难容。麻醉师成为孤家寡人，她把自己关在房子里，一直请假，直至这年完毕。

出现在人们面前的麻醉师没有变化。她哈哈地笑，热情万分地与人招呼，慷慨地分给他人零食和礼物。热闹地与人恋爱。

还是有一些变化。麻醉师再也不上手术台了。

但她仍然是医院的麻醉师，因为，没有专业的麻醉师。她不上手术台，手术如何进行下去？医院找她做工作，她不依，她的理由是，你们可以再进一个麻醉师来。医院却始终没有再进麻醉师，事情就是这样，有现成的麻醉师，这样一个被水环绕的孤洲上的医院，还进麻醉师干什么？

麻醉师被医院多次叫去做工作。麻醉师提出要求，我儿子因为这事丢了，还要我做这事情，就得等我怀上孩子。

情形有了变化。以前，麻醉师风流事情，多被医院鄙夷。而现在，医院倒是真心希望，麻醉师的感情有依托，爱情能开花结果。麻醉师在全新的目光下，容光焕发，地位尊贵。

麻醉师终于嫁人了，不久，她的肚子明显地凸起来。很可能，她是因为凸起来的肚子而赶紧嫁人。麻醉师又站在了手术台上。

这次，麻醉师的丈夫是一个官员，是一个离婚的男人。在刚刚结婚不久，官员和麻醉师闹起了离婚。吵打成了家常便饭。

可不是麻醉师的风流事，而是孩子的事情。官员本不能使女人怀孕才离婚，现在，麻醉师肚子突然大了起来，官员怎么能忍下这口气？拼命要和麻醉师离婚。而麻醉师刚结婚，又是怀着孩子结婚，肚子无论如何遮不住了，离婚了孩子怎么办？于是拼死拼活地不离。

医院可不管孩子的父亲是谁，只知道，麻醉师又要有孩子了，就尽量依着麻醉师。麻醉师把医院当成了家，一心一意地想把孩子生下来。

终究，麻醉师又成了单身女人，也成了单身母亲。她的风流事再多，每一次仍然风生水起地热闹，也轮不上谈婚说嫁了。麻醉师倒更没有了管手，来来往往的男人几乎让医院里的人看花了眼。

岁月荏苒，我已经是母亲了，在一个春天的黄昏，带着孩子回医院娘家，又遇到了麻醉师，她到底是不可缺少的，她仍旧是医院里唯一的专业麻醉师，以前的口头禅"我的笑容是最好的麻醉剂"在时光的检验中成为真正的至理名言，她的笑容带着无法抑制的自信和荣光。

"咳，你应该祝贺我，我儿子考到北京去了。"她满脸春色，紧紧盯住我眼睛。我有些不自然，我确实没有考到北京去。

哈，哈哈——

她的笑声爽朗，在鸡蛋黄般的夕阳中，借着习习的春风散发出珠玉般的圆润。一瞬间，我耳边想起黄昏中的提琴声，想起一阵风似跑掉的她曾经的儿子……蓦地，我估算出她现在的儿子顶多十五岁。她说她的儿子一定能出人头地，果真。回头看她款款离去的背影，久久。这是个热闹的人，她需要制造一些喧响，来涂色她的生命。到底，她靠着喧响给人留下一些难忘的记忆。这个热闹的女人。

出 岛 记

一 她说，你娶了我吧

  初秋的江水沉静，泥沙沉落，水流轻缓，天空中的巧云倒映水面，在微波荡漾的绿水上滑行出深远、空旷。一个女人看着江水上自己的面容，被水上的天空切割又被弥合，这样的水流让她感慨不已，她刚刚逃离被毁的家乡，顺着长江一路向下，从慢慢平静的江水中摆脱梦魇般的灭顶洪灾。

  一排排树木和茂盛的芦苇闪现在她扩展开去的眼神中，这是向下生长的铜墙铁壁般的植被，植被顶上是蜿蜒的土堤，它们在水流之上，天空之下，随着波纹般的水浪起伏、生长，无法遏制的喧闹气息，传递着小生命的隐语。她抬起头，目光越过长江，一座孤零零的沙洲，一座岛出现在眼前，孤岛更远处是杳无边际的长江。这样的岛耸立在江水中，自然有它生存的道理，被上天赋予的无法更改的……法则，莫如说是旨意。

  她——一个名叫熊妹的女人，我曾祖父的大房，我祖父的大娘，土族女人，不相信什么道理法则，只信奉来自心灵的感悟，她蹒跚着一双大脚，穿戴也异于当地女人，脑袋盘裹着头巾，她一路被打量，她迎合这些惊诧的目光，坚定地站稳双脚，踏上孤岛，她的家就在这里了。

  下了大堤，有一个沟渠，熊妹坐在沟渠上，掏出包袱里的玉米饼子，冷硬的饼子嗑牙，可她吃得津津有味，在最后一块饼子填满嘴巴时，一个带银项圈的少年站在跟前，显然，他被吸引了——头上盘着花围巾，衣服也是花裙子，而腰间又围了一个黑色的围裙，完全迥异于岛上姑娘打扮。少年弓着上身凑近看。

  你从哪里来？

  你来岛上干什么？

你是什么人？

少年那么好奇，声音的轻柔缓冲了陌生。熊妹的腮帮子迅速地接上刚才的咀嚼动作，飞快地切割玉米饼子，吞咽。然后站起来，她的高身材，迫使少年直起腰身。他的身高占了优势，得意的微笑浮上眼角，少年很男人气地再问：你怎么不说话，问你这么多？

白亮的阳光照在沟渠周围枯黄的草丛上，在远处的田野，银子般的棉花亮晶晶的，铺展出宽阔的无边际的白云横陈的天空，熊妹更加坚定留在岛上的想法。

少年失望地跳下沟渠，踏上棉花田间的小道，银项圈晃荡出细碎的耀眼的光芒。少年走路的声音很虎气，熊妹猜想，他有一双脚踏四方的脚板。

哎——少年回头，遇到熊妹吆喝的眼光，又踏踏地走回来，仰起脖子，提高了嗓门问：什么事？

我跟你走吧。熊妹跳下沟渠，并肩站在少年身旁，你要娶我。

二　她招回了太公的魂

在我太公还是十六七岁的少年时，熊妹十八岁，或者十九岁，他们成就秦晋之好。熊妹丢弃土族女人的习俗，学着当汉族媳妇，像孤岛上的女子一样生息，可是她的大脚无时不在提示她是外族人，她的种种习性带着岛人理解之外的怪异。

每年三伏天，是孤岛最孤绝的日子，因为长江到了最猛烈的汛期。孤岛在洪水的围攻下急速沉陷，总有或大或小的面积被淹，太公的家（是前后房屋被中间的院子连接的天井屋），虽然靠近大堤，却在一个高台上，一定程度缓解了洪水的肆虐，多次侥幸躲过家破人亡的惨境。洪水冲来，又退走，洪魔却给人的身体留下后遗症，许多人病倒在床，一些人再也没能爬起来。我太公在新婚那年夏天的洪灾后，突然也病倒在床，浑身无力，高烧，胡言乱语，皮肤还起着疹子。

熊妹显示出无与伦比的慌张，惊恐地嘟哝着，还是找来了，还是找来了。她的手浸进水缸里，提出湿淋淋的水花，双手飞快地搭在太公额上，念念有词。高烧得一塌糊涂的太公根本不清楚谁说了什么，家里人去拜佛烧香的，去请郎中先生的，谁也没注意熊妹的举动。

太公依稀记得，熊妹在一个月明星稀的夜晚，脱去他上衣，把他扶到院子里的竹床上，她在太公肚皮上搭着从水中捞起的蛇皮——那么大的一块蛇皮，是一整张，还是小块地拼凑而成？不得而知，总之，蛇皮的纹路相通，与人的肚皮接触在一起，纹路突然间就有了脉络的生气，熊妹挑起银针，喝道："去吧，妖孽。"一针扎下，太公哎哟一声，疼得在竹床上左右翻滚。熊妹跑到大堤上，面对着长江呼喊：灵魂，归来。等她一路喊到家时，太公惊得一跳而起，额头满是汗珠。这是土家的巫术，在孤岛上一度盛行。某一天，我在一本地方文化书籍上读到一则关于特殊文字的考察报道，报道中提到土族用银针扎铺在人肚皮上的蛇皮纹路的巫术，我心一动，这个叫熊妹的女人可能是岛上最早的招魂人。

太公康复，又回到了船上。而后，汛期，洪灾，疾病，他都好端端的。熊妹却扎起了纸动物，都是水里的，鱼、虾、鳖，还有抱着孩子浮游的江猪和胖身体的豚。开始扎时，只是小打小闹，后来，她沉浸其中，她的厢房和天井院子里摆满了纸动物。想必，这种怪异之举被叱责为不务正业，被曲折警告过——小心一把火烧了它们。

熊妹哭了，她拉着太公的手——不能烧，千万不能烧，我曾经烧过它们，却被它们四处追赶索命。她在哭泣中逐渐回答了太公的问话——她家乡在一个前临水背靠山的地方，每年都面临洪魔的袭击，家乡人深信是侵扰了水里动物的结果，于是家家扎纸动物，为他们捕杀的水动物超生。她不信，放火烧了纸动物，终于，洪水淹没她的家乡，好多天都不退，她爬到后面山上，侥幸逃出，来到这个岛上。

太公相信，并把这种信任延续给他的亲人，而亲人视为荒唐——纸是纸，人是人，鱼虾是鱼虾，他们怎么就画起了等号？太公没有辩解，只是强调——如果她害怕，而扎纸能增加她的胆量，就让她扎吧。我现在想，太公的信任，并非处于一种灵魂的理解，纯粹是爱情的驱使——喜欢上一个人，就心疼她，在心疼中无由地信任她。何况，熊妹那点巫术的确救回太公的命，太公相信，她是一个参悟了神谕，游走在凡人与神灵之间的使者。

太公捍卫了熊妹的尊严，那么惶恐的乞求——他不能不极力维护。太公的维护鲜明地昭示了他的立场——爱情对亲情的背叛。纸动物不能烧了，熊妹的荒唐不管了，但总有清算的一天，所谓的不管，只不过一次次裂变前的发酵。

三 太婆之恨

我太公快二十岁时，熊妹的肚子还是平坦如初。她着急吗？想必，应该着急,可是着急又有什么用?熊妹的不孕,成为把柄——神经兮兮的不孕婆。岛上人嘴巴很厉害,一旦手中有了确凿证据之类的东西,一些定性的命名也就坦然而生,公然流布。太公如同岛上所有男人一样忌讳——不孝有三,无后为大。这不是他独有的心病,而是那个时代所有人的心病,普通如斯的他,一个驾船为生的年轻男人(我太公家族跑长江沱水段航运),不仅不能例外,反而更在乎。

熊妹每天专注扎纸,我想,此时的扎纸是不是一种寄托呢?一个女人对不孕的惶恐,一个外乡人对敌意目光的胆怯,一个妻子对正在流逝的爱情的徒劳挽留?据说——熊妹扎的纸,院子里,房间都堆不下了,她每天抱着它们去长江放生。最终,她的纸动物刚刚诞生,就马上被长江接走,放逐。

家人为太公说了一个女子,小户人家的女子,家里开酒坊,女子是典型的岛上女子,算计、勤勉、刻薄、聪明。她就是我的太婆,我爷爷的母亲,她嫁进太公家那天,一点也没因为是二房而就简婚宴,沱水停运三天,流水席摆了三天,太婆比岛上任何一个女人都风光地出嫁了。熊妹怎么能比呢?她不过一个落难后投奔岛上的女子,茕茕孑立是一个女人最大的贫穷,犹如一块先天胎记,明在标志暗在出卖。何况,熊妹还是一个外族女子,一个山巴佬(岛上土语)。

在太婆一年年的生育中,太婆地位一年比一年高,名为二房,实则大房待遇。熊妹刚好相反,偏居厢房一隅,落落寡合,终日扎着一堆纸动物,而后朝长江跑,为纸动物放行。这样的两个女人,该如何彼此面对才相安无事?的确,她们做到了相安无事,我是说,她们终于做到了相安无事。当然,这缘于一个人的宽容,我曾经理解为忍让,后来又认为是不屑,但现在我以为,就是宽容。只有宽容,才能负担所有的爱恨情愁,没了前嫌,也无后忧,不是吗?我的理直气壮,其实就是,延续下来的生命均得益于宽容。

熊妹肯定是有好容貌的。当我看见那些深山中的土族女子,我的猜想屡屡得到验证,她们有细瓷般的肤色,眼神总是荡漾着月光般的滋润与宁静。我太公在满足男人后继有人、人丁兴旺的虚荣后,逐渐消解了对熊妹的冷落,他不在船上的日子,就守在熊妹所在的厢房,看她扎纸。熊妹扎的纸,都是黄表纸,富贵的深沉的黄色,轻薄而光滑的质地,我非常熟悉这种纸,小时候我祖父家里到处都是,祖父用这种黄表纸为人招魂,扎成马车与轿子、房子,并在黄表纸上书写,生命的前生后世,为亡灵送行,而现在,它们在岛上更盛行,被扎成高楼大厦、高级轿车和时尚美女为逝者伴葬。

黄表纸在熊妹手中折来叠去,在手指间缠绕出灵性的动物器官,扇动的鳍，翘起的尾巴，翕合的鳃……又被她用剪刀裁剪，小心地放在八仙桌上，待被修整好翅膀、头部、身子、尾巴，熊妹举起了银针，用细细的白线把这些零件缝合在一起，动物的雏形出来了，剩下的是点缀，比如鱼，看似简单实则繁复，鳍部讲究细节动感，还有鱼鳞，也是一点点贴上去的。熊妹还举起画笔，为纸动物涂上颜色勾画，增加动物的形象逼真感觉。岛上的阳光毫无遮拦，也并非暴烈，相反，它被江水和微风渗透，染上绵长的情意，鲜亮而含蓄地照耀。从瓦楞中透射进来的阳光，晕乎乎，带着蜂蜜般的金泽，洒在房间各个角落，熊妹眉梢眼角都含着微笑，细腻莹白的肤色有玉石般的质地，明净，柔媚。空气中弥漫着甜蜜的味道。太公看着周身闪烁着光泽的女人，一时有些恍惚。

太婆突然进来了，她可能站在木格窗户下注视了半天，看见一个男人那么长久地望着对面的女子，房间沉静，但分明充满了声响，鼓噪她的耳朵、心灵，她无法忍住，走了进来——二子哭着找爹呢。她要打断这令人感觉危险的沉静，一进门就说道，实际是喊太公离开。

沉浸在幸福中的太公，有些烦躁他人的搅扰。连连摆手，示意太婆出去。太婆突然在一个被轻视惯了的另一个女人面前被男人轻视，这个男人是她们共同的男人，太婆急怒了，狠狠地剜了眼熊妹，咬着嘴唇转身出去。

熊妹很认真，一刻也不耽搁，一张纸一张纸地折叠，太公显然受到熏染，好奇心陡增，拿起黄表纸，笨拙地跟着她折叠。

门外突然传来二子的哭声，二子就是我祖父，排行老二，长相白净，是唯一一个男孩，最得家人宠爱。二子杀猪般的哭声，突然、急促又哀恸，惊动全家人，最先奔出来的是太婆——也许刚才她就在院子里。哎哟，我的儿——顿时，她就倒在地上呜呜痛哭，老太婆出来了，看见孙子竟然绊倒在熊妹厢房前的台阶上，嘴巴着地，磕出满嘴的血。熊妹与太公也双双出来，熊妹抱起二子时，二子嘴唇上的血沿着白嫩的下巴滴淌出血线，太公掏出白手绢——老太婆一把夺过，满脸怒气地骂道：不得超生。

太婆哭泣着说道，二子一直找他爹，我进去跟他们说了——呜呜，没人理我。

老太婆夺过二子，塞给我太公——还不看郎中去。

我太公抱着孩子，太婆跟在后面，出了院子。老太婆转身瞪着熊妹，熊妹还是一脸不卑不亢的微笑，甚至她喊了声：婆母。谁是你婆母？整天妖精似的做些荒唐事……老太婆越说越生气，走进熊妹的房屋，一把抓起桌子上的纸张和纸动物，揉成一团，丢进桌下的箩筐——箩筐里是折叠好的纸动物，又提起箩筐，扔出房间，转身呵斥——我今天就烧了它们。

浓烈刺鼻的浓烟滚滚而起，熊妹满脸诧异，最终，她没有说一句话。看着狂怒中的婆母，她需要慢慢地等待，等待婆母冷静下来，她才能解释她的认知，这种认知带着强烈的民风习俗，已经浸淫内心羽化成信仰，她必须解释。纸动物顷刻间化成一堆黑色的羽毛，沿着地面缓缓地飘来飘去。熊妹终于说话了——不能冒犯它们，凡事冒犯都有代价的。

这样的解释，在老太婆听来，就是冒犯自己。我要你晓得冒犯——老太婆挥手一个巴掌，掴在熊妹脸上。

四　与戏子的战争

我太公也许从那个时候，突然厌倦了回家，他跑船，以前每天晚上都会回家。但他不再如此，而是在孤岛对面的一个地方留宿，他迷上一个戏子，大把大把的银子均撒在那个戏子身上。我说过的，我太婆聪明，是小户人家的聪明，她从男人的背叛中彻底地闻到败家子的气味，正在岛上一座院子里散发，在她撒泼、劝诫、警告、笼络等等各种伎俩均失败后，她的心整日地绷紧，一触即发，她的坏脾气没有节制，渲染日常生活，连老太婆都有些烦她了，老太婆时常抱着二子说——你看你娘的脾气，那么坏，惹人厌哦，男人怎么会留在她身边？

我祖父回去劝自己的娘：你不要那么闹了，好不好？你要是学大娘（即熊妹），该多好。

太婆一听火冒三丈：她好，你跟她去。我祖父却认真地说：我喜欢大娘，我就跟她，但我怕你闹。我太婆银牙咬得咯咯响，但此时，她不恨熊妹了，她恨那个戏子。

太婆观察熊妹扎纸很有些时候了，她当然知道熊妹那点巫术。有一回，太婆出现在熊妹跟前，默默地看她扎纸，熊妹扎的纸动物栩栩如生，太婆叹息——可惜你的好手艺，要是你扎一些动物拿出去卖，肯定能卖上好价钱的。熊妹很固执："怎么能卖？不能卖的，它们是被人捞走的生命，不知所终，我不过帮助它们重新回到水里，遂了它们愿。"

太婆扑哧一声笑了。这个外族女人简直走火入魔了，太婆继续说："一些纸而已，怎么说成人一样？"

太婆挑起一个纸江猪，左右看，随口说：我老叔是捉江猪的老手，扒了江猪的皮，熬成油，可以治一切伤口，江猪的肉才叫嫩，价钱比所有的肉都高。

你要跟你老叔说，以后不要捕江猪了，它们的命丢了，魂迷失方向，就要找人索命。

太婆惊讶地看着熊妹，熊妹的话有些匪夷所思。太婆想起，熊妹曾经用巫术唤回太公性命的事情，突然问：你是说，你扎纸在替人还债，是吗？

熊妹摇摇头，她本身就是欠下债的人，一把火烧过纸动物，如何去谈——替别人还债？

那你为什么？

还是摇头，熊妹不知道为什么扎纸。

太婆在询问中似乎得到灵感，她的心中猛然产生一个强烈的愿望，既然能够还债感恩，肯定就能诅咒杀敌。这个愿望很模糊，但是，她感觉，很现实很有意义。太婆抓住熊妹的手，喊了声姐姐，她曾经在刚过门时喊过姐姐，时隔多年，姐姐的称呼有些生涩，太婆连接叫了几声姐姐，力图缝补生分，甚至试图勾销以前的龃龉。她撒娇似的摇晃着熊妹肩膀，像亲妹妹，央求熊妹扎一个戏子，用银针扎死她。

熊妹断然拒绝，太婆很失望，她拍着八仙桌愤恨地说："你等着吧，那个戏子很快就会住进咱们家，祸害来了。"

戏子成为太公的三房。每天咿呀着在院子里吊嗓门，然后睡觉。岛上寂寞冷清的生活，显然不合戏子胃口，她跟着太公在船上跑，跑着跑着，也没有了兴趣，开始吸食鸦片。我太公家族都是正经的生意人，从一叶小舟讨生，慢慢跑出沱水一带的航运，家底算得上殷实，却与大富大贵还有距离。太公不吸食鸦片，从根本上说，是没有这个家底。戏子吸食鸦片，只能背着人偷偷地吸。很快，就被我太婆发现，她立即告诉全家，要求同仇敌忾，赶走这个祸害，败家子。刚刚进门，还是我太公的新宠，怎么能够被逐？戏子到底是戏子，走，肯定是不会的，弯下腰，声明，不吸便是。但戏子缠着我太公在长江那边重新安了一个小家，临时的，想必是忍不住了，在那边吸食鸦片。

我太婆咬牙切齿地恨，对手却不在眼前，犹如对着人影打出重重的一拳，不仅没有打着，反而搭上自己，一个趔趄，险些摔倒。戏子是怀恨在心了，她的生路差点被人断掉，既然能够被人断一回，就有可能断第二回第三回，只要还活在这个世上。活着，首要的毕生的任务，就是争斗。那么多的戏文，已经点拨了她——女人的一生，无非就是与女人争斗的一生。熊妹虽是大房，一副事不关己的模样，整天沉迷于荒唐的妖术中，暂时看不出威胁，而二房，跋扈骄横，不可一世。

戏子很少回来，但在每个节气，她会像出嫁的女儿一样，挽着我太公的胳膊回到岛上，带回厚重的礼物，给老太婆老太爷的，给熊妹的，还有一帮儿女的用人的，唯独没有太婆的，没有就没有，但戏子偏偏又解释："古人说有正有偏，正为大，尊敬大姐是礼节，我们两个，一个老二一个老三，彼此不分，礼节就免了。"说完一笑，也不管太婆气得如何，扭着腰肢而去。太婆恨不得一把抓住戏子，把她撕个粉碎。

我老幺姑，即我祖父最小的妹妹，名叫莹，跟着哥哥姐姐在大堤上玩耍，突然不见了。家里人开始没有注意，以为她还在外面玩，天黑自然会回家。天光完全散尽，莹还是没有回家，全家人去大堤上找，找到半夜，还是杳无踪迹。太婆怀疑是戏子在搞鬼，全家人将信将疑。凌晨时分，莹突然出现在家门前，惊魂甫定，太婆一把抱住孩子就问：是不是你三娘把你抱走了？莹痴傻着坐在地上，失魂落魄，眼睛满是惊恐。

老太婆请了郎中先生来，郎中先生说，好生调养，多睡几天。两三天后，莹还是痴傻模样，怕光怕人。

她的魂丢了，你给她招回来。太婆拉着熊妹的手说。

家人第一次信任了熊妹，要熊妹为莹招魂。熊妹再次施展了她的巫术，在月黑风高的夜晚，把浸湿的蛇皮搭在莹的肚皮上，用银针对着蛇皮纹路猛然扎去。然后，跑到大堤上，一路奔跑着招魂。

莹开始说话，却丝毫不提她的遭遇。慢慢地，孩童般的微笑又恢复在她脸上，只不过，她多了几分迟钝，这是消失遭遇留下的后遗症。太婆坚定认为，是戏子捣的鬼。

五 恨，只能带来毁灭……

太婆跟着熊妹学起扎纸，她不扎动物，而是扎纸人，主要是穿红着绿的女人，扭着腰身翘着兰花指卖弄风情的女子。熊妹认真地交代，你扎这些纸人，必须是已经亡故的逝者，在他们的忌日，你烧化纸人，纸人的灵魂就会感应你的恩情。

太婆只是笑，说，当然，当然。扎着纸人时，太婆似乎难以抑制一些想法，问——我扎的纸人，你看看像谁？熊妹说，你认为是谁就是谁，我又不认识你记忆中的亡故者。太婆又说，如果是生者呢？

别人还活着，你扎纸人，是冒犯唐突。

太婆很满意熊妹的话。

熊妹似乎反应出什么，担心地问——你在诅咒三妹？

月光下的院子，很有趣，一个女人在石凳上扎纸动物，还有一个女人在另一张石凳上扎纸人。她们分别是熊妹和太婆，熊妹扎动物扎满一箩筐，就提出家门，去长江放生。太婆则在院子里摆好纸人，挑起银针，在纸人胸口狠狠地乱扎，一边扎一边诅咒：要你死，要你永世不得超生。当纸人胸口布满银针，太婆点燃了纸人，火苗嗤的一声窜起，波浪般的火光朝着纸人席卷、吞没，纸人被掏空了胸腔，断成两截倒在地上，火光迅速地扑上去，噬咬，浓烈的烟火在院子里爆出呛人的气息。

我祖父给我讲到这里时，叹息似的警告，不要轻易地去恨一个人，恨只能带来毁灭。祖父说的毁灭是指戏子没有好下场，还是指我太婆遭遇惨境？祖父的话，令我深思。

六　两个女人的仪式

三太婆，有一个好听的艺名，花无缺，我在前面一直称呼为戏子，也许心中含了不满与责备。但，我怎么能不责备她呢？她一直吸食鸦片，我太公也跟着吸起了鸦片，公然地吸食，家人毫无办法了，只好眼不见心不烦，随他们去。家业却败落下来，船停运，而后被卖，航运这碗饭再也吃不下去了。我太婆说太公找戏子，是败家子，真有道理啊。只是，这个家败得完全超乎太婆的预见。那么，怪罪三太婆，是不是又有一些牵强？隔着岁月的烟尘，我屡次想象，那个唱戏的，爱吸食鸦片的女人，她婉转如黄莺般的声喉，她玲珑袅娜的身姿，顾盼生辉的眼神，倾倒众生的笑靥……百般娇媚，万种风情，她翘起兰花指，俊目修眉，唱"朝飞暮卷，云霞翠轩；雨丝风片，烟波画船——锦屏人忒看这韶光贱"，这是流行在荆楚特有的戏种汉剧，30年代的汉剧，绵延在茶楼酒肆和官商府邸的日常生活中，恰似烟尘中的花朵，粉饰着有闲阶层的生活，它是油水的附丽。她的歌声绵软多情，带着讨好卖弄，甚至撩拨，如此，她有罪——如果真的是她犯下的罪，至多也是妖娆罪。这是美丽女人的原罪，是人类欲望的原罪。这种女人天生就是暗室里开出的奇葩，要么毁灭，要么出室另类灿烂。

这个家已经落入粗茶淡饭的境地，根本无法满足她的开支，哪怕是最日常的开支，她要吃好的穿好的还要玩乐，还要吸食鸦片，要满足自己，必须重操旧业。三太婆又去唱戏了，认识了开绸缎店铺的老板。就是勾搭吧，据说是被一路跟踪的我太公摁在床上。老板是老头，胡子一大把，可能都有孙子了，我太公那个急啊，跑上去就是拳打脚踢，无奈，三太婆抱住了太公，老头子趁机跑了。三太婆信誓旦旦，以后一心一意地跟着太公好好过日子，一边嘴上承诺着，一边又与锦江饭店的大公子出双入对，这回，我太公就是现场拿奸，也毫无济事了，鸦片已经夺去我太公强健的体魄，根本就不是血气方刚的大公子的对手，现场被打得牙齿脱落，关节脱臼。

　　这样一个病人，我三太婆是不会照顾的，她连自己都料理不过来，她把太公送回岛上，又返回董市，她身穿裹着腰身的旗袍，脚蹬时尚高跟鞋，挽着达官显贵的胳膊出入大街小巷，在董市成为闻名一时的交际花。我太公那时鸦片中毒很深，病入膏肓的他，没有鸦片的麻醉，简直生不如死，躺在床上哀号求救，但，家人咬紧牙关，硬是拒绝给太公喂食鸦片，终于，我太公在一个夜晚，忍受不了折磨，一头撞死在院子里。

　　太婆扎纸人，用银针扎、诅咒三太婆由秘密变成了公开，她每天扎好一个纸人，在院子里摆好，迎着星月，或者一盏豆点般的松油灯，朝着纸戏子胸口乱扎，扎成稀巴烂后，点火一把烧成灰烬。这成为她每天的功课，不，是仪式。犹如熊妹扎纸动物，而后挑到长江放生，这也是熊妹的功课和仪式。

　　我太公死去不到三月，三太婆的尸体被人抬回来，死因不明，只说是暴死。更为惨烈的是，三太婆死后不到一个月，她的新坟在一个雷雨夜突然崩裂、塌陷。这是报应——我祖父哼哼地冷笑着绾结一个女人的一生。

　　我不同意祖父的报应说，丝毫不同意，因为我的先人都在这个岛上，而孤岛的孤绝在于，它经受了数不清的灭顶之灾，房屋、庄稼、道路、甚至所有生命都遭受洪水的吞噬，皮之不存，毛将焉附？一切都归于零，何况一座泥土坟包？我的三太婆花无缺，享受至上的戏子，与祖父口中尊称的先人，殊途同归。其实，祖先在念叨陈年往事时，说起戏子，是这样介绍的——就是我的三娘，你的三太婆啊——他是不是也原谅她了？

七　出　岛

　　我祖父七岁那年，长江爆发了特大洪灾，汹涌肆虐的洪水在三伏天的夜晚漫过堤岸，冲进岛上，声势浩大，堤岸多处溃口、崩裂，长驱直入的洪水淹没了庄稼、房屋、道路，人、牲畜在洪水中奔命，最终无法跑脱，被洪水席卷吞没。

　　我祖父他们住在一个高台上，可高台也不管用了，高台子在洪水的魔力下塌陷，房屋跟着塌陷。最先发现房屋下陷的是熊妹，她当时正在扎纸，扎一条大鱼，已经具备雏形的大鱼突然飘坠在地上，她弯腰去捡时，纸鱼又飘到院子里，熊妹跟着到院子里找，发现前面堂屋朝右偏斜。她马上警醒，洪水已经冲垮了高台。大声吆喝——房屋要塌了，快跑。一时，屋子里的人乱成一团。

在家人纷纷朝屋子外的大樟树上爬时，熊妹看见落在后面的二子，正在四处张望，他们眼睛对在一起时，分别叫道：快跑。

前面堂屋的屋梁突然塌下来，轰隆隆中。熊妹一把抓住我祖父的手，说，不能跑了，就爬院子里的树。院子里有一棵洞庭树，又名刺冬青，很有些年了，高大、婆娑，而且根系扎得异常深，但是有刺，肯定不好爬，这是我太婆他们选择朝屋外面逃跑的根本原因。

熊妹是大脚，以前一直爬山，爬树不在话下，她怀揣着扎纸的剪刀，爬一节，剪去树身上的老刺，伸手接应我祖父一节，待熊妹坐在刺冬青的枝丫上，我祖父也跟着爬上来了，熊妹一伸手，把祖父抱在怀里。

白茫茫的洪水，铺天盖地。水面上漂浮着各种物什，衣服、袋子、残脚断腿的桌凳、动物的尸体、人的尸体。熊妹抹着眼泪呜咽："还是这样啊，还是这样啊。"这样是哪样？我祖父心中疑惑，就牢牢记住了她这句话。祖父长大成人后，他知晓了熊妹来到岛上的缘由，豁然开朗，祖父这样对我说，熊妹说的是，因为洪水她逃难到岛上，又因为洪水，她逃难必须离开孤岛。她是幸运的，那么多人，死于洪灾，可是她活了下来，因为她活了下来，我才能活下来，才能有你们。祖父的话有些颠三倒四，他明明找到灾难原因，就是洪水，但又为洪水开脱罪责，仿佛，洪水成全了一个家族的记忆。

这场洪灾，地方志有记载：洲岛南陷，水患频仍，十室九空，沧桑顿易。整个孤岛几乎全部被淹没，岛上超过三分之二的百姓死于这场灾难。我祖父家，由于高台塌陷，房屋倒塌，来不及跑出去的老太婆老太公死在倾倒的屋梁下，跑出去的太婆和三个孩子，最小的一个，即曾消失后留下迟钝症状的莹，爬树时，掉到水里。还有一个，趴在一根木头上，拒绝爬树，等到洪水漫浸高台，木头载着孩子一起沉到水里。太婆带着大女孩，爬到大桂花树上，亲眼目睹了房屋塌陷，二老被压死，两个孩子被淹死的惨状。她们惊恐地抱成一团，不敢出声，哪怕哭泣也不敢。我祖父说，要是她们喊一声就好了，我和大娘就能听见，就会要她们爬我们坐的冬青树上来。祖父说这话时，语气轻淡，显然底气不足，我猜想，他有疑问——她们会到刺冬青树上坐吗？

太婆她们坐的桂花树在高台的塌陷中，也倒了，太婆她们掉到洪水中，不知所终。祖父叹息，谁能知道啊，同样是树，为什么挂花树被水冲倒了，而刺冬青却没有？祖父的叹息饱含人生的凄凉与困惑——就在他回头找大娘的当儿，与大娘走在一起，留在院子里的刺冬青树上，瞬间的选择，决定命运的去与存。

我祖父与熊妹在树上整整待了三天，一个渔划子出现在他们眼中，他们招手求救，爬上渔划子，跟着鱼划子朝着南方驶去，来到松滋彩穴，开始异乡人的讨生。

八　祖父归来

下船时，祖父回头看汪洋覆盖的孤岛，问，大娘，我们还回来吗？

熊妹回头看孤岛，眼神无限迷茫，不知该如何回答二子的问话。二子伤心地说，我们找一个没有水流的地方住，再也不会担心被淹了。

这是多么可笑的话。命运的残酷，难道仅仅只有水患？还有比水患更加残酷的暴烈的诸如仇恨、负义、失信之类的……心患。心安即福，祈福都是安心。在出岛的刹那，熊妹突然明白——她为什么扎纸，为什么逃命到岛上。漫长的辗转流离都在心知肚明的刹那间终结。那么，再遥远的路途，都是回归。

我祖父跟着熊妹学扎纸的手艺，不过，祖父什么都扎，扎纸人、纸动物、纸房屋、纸轿子，在黄表纸上书写特殊的符号和文字，驱恶颂福，预言前生后世，他成为一个手艺精湛的扎纸人和彩穴有名的白事先生。然而，动荡是猝不及防的，为了逃避抓壮丁，我祖父打死了乡里的官人，他四处逃窜，在一个月黑风高的夜晚，泅水穿过岛南的江水，重新回到岛上。到底，相比频繁的战乱、匪劫、旱灾、人情的冷酷……水患不值一提，四围环水的孤岛被浩荡的长江隔绝出隐蔽，在动荡的时局中屹立出江湖外的逍遥。那一年，熊妹，祖父的大娘被乡官府逼死，再也没有回到岛上。祖父在岛上扎根安居，他木讷拘谨，勾头虔诚地练习他的手艺——不，不是手艺，而是日常仪式。每年逢年过节，把满箩筐的扎纸撒到长江祭祀那个抛尸荒野的名叫熊妹的女人。更多的时间，在富贵堂皇的黄表纸上书写，他所有的记忆。

简　　姐

　　简姐是洲上唯一有法术的人。叫她姐，而她却已经九十岁了。不是她的辈分低，她的辈分与我的家族也不搭界，我的婆婆叫她简姐，我爸妈也叫她简姐，我们洲上除了她的亲人都叫她简姐。姐的称呼类似名字了，或许她就叫做姐，而简是她的姓吧，谁晓得呢？她那一辈的人大抵少存人世，而也少有人溯源名字来历，在我今天突然想起她的"姐"称呼并疑惑时，已难以考证其源头了。

　　如果硬是要说姐不是她名字的话，一个比较合适的解释是，姐是洲上人对其一个善意的尊称。

　　我第一次见到简姐行巫是我大表哥请来的那次，刚好清明节前，我们回母亲娘家插青。大表哥比我年长二十岁，是我大姨妈的长子，姨父在五九年饿死，因为家境贫寒和天生结巴，大表哥二十五岁时才娶上媳妇，而表嫂却是漂亮得很，因为表嫂的漂亮，表哥把表嫂看得异常贵重，表嫂的脾气怎么看都有些娇气。结婚几年，表嫂一直没有怀孕，表哥二十八岁那年，也就是我八岁那年的春天，表哥为了早日当上父亲，把希望寄托在简姐身上。

　　为什么选择春天呢？也有讲究，说是春天最容易生根发芽，天地万物，无不在春天孕育，有形无形的生命如果找到合适的机缘，消除一些障碍，一定会顺应天地规律而成血肉，铸魂灵。简姐就是这样给表哥定下日子的，她的任务是消除障碍，寻求合适的机缘。她认为，表哥的房子背对着长江，对应着洲下神龟的尾部。背对长江本来就有冒犯意味，而居处神龟尾部之上，距离神龟心脏太远了，难免会被一些小鬼们缠附搅扰。表嫂不能怀孕，不就是这些小鬼们得逞了的结果？

　　一个雨天，简姐裹着黄色的丝麻披风来到了表哥家，她的头发在头顶抓成两个小髻，两颊涂了鲜红的胭脂，这些夸张的装扮使简姐滑稽，与她略微佝偻的背脊相互映衬，又给我突兀、古怪的感觉，而大人们似乎非常习惯简姐的装扮,殷勤地装烟倒水,简姐从随身的包袱里掏出一根黄铜烟管,长长的烟柄漆黑,而烟头上挑着一个红色的丝绸,分外抢眼。"烟是要吸的",简姐强调,烟灰要被清水洗濯,再送到人的肚子里,它的任务是杀——缠附在人体里的小鬼。

简姐吸的是洲上种植的旱烟,味道辛辣,是杀鬼的好材料。所有的房门和窗户都被关紧,烟雾缭绕,堆积成山,辛辣的味道呛得我不住地咳嗽,感觉异常恶心。简姐严厉制止我出声,怕惊动了小鬼,恐吓我要丢我到后面的长江里。

简姐左右跳动,口里念念有词,我能听清楚的一句话是:出来,小鬼。黄色的丝麻被旋转带来的风鼓满,撑成一艘遭遇风浪的船,晃动不已,揪动着注目人的心,简姐旋转到表嫂睡觉的房间,在表嫂的雕花木床上贴满了黄色的纸条,纸条上画着奇怪的符号。我们跟着简姐挤到表嫂的房间,简姐突然停止旋转,双手举到头顶,正对着表嫂的床铺,大声叫道:一敬神龟啊,延年益寿;二敬长江啊,福禄滚滚;三敬先人啊,人丁兴旺。说完,简姐端着放了烟灰的清水再次旋转,右手从头顶拔出一个银簪子朝起着旋涡的水中央插去,我们都叫出了声——站起来了。银簪子站在左右开花的水碗中央。

简姐在我们的左呼右拥中离开表哥的家,走时,敞开的大门和窗户里涌进大股的风,简姐的黄色丝麻衣服再次撑成一艘船,摇晃着前行,不过,这艘船使我们凝望的眼神充满了将信将疑——结果会怎么样呢?表哥跟在简姐的后面,他手里的包袱装满了他送给简姐的旱烟。除旱烟外,简姐还收到了不少费用。

奇妙的是,表嫂不久真的怀孕了,一年后,生育了一个女孩,再一年后,又生育了一个女孩。按说,简姐应该更有名望了。

可是简姐却被砸了台。

台是简姐家里的案台。案台上有一只石刻的大灵龟。

洲上的老人和妇女在遇到一些棘手事情时,就想到去简姐家里祭奉下灵龟,灵龟是简姐说的神灵,洲能够在长江上耸立,养育洲人,全是一只乌龟的功劳,它在洲下休憩,背负着沙洲,佑护洲人。简姐每天的功课都是敬奉灵龟,她念叨一些谁也难以听清楚的祭词,做一些古怪的动作,当她做这些事情时,简姐会关闭所有门窗,点燃案台上的蜡烛,她具体做了什么,也没有谁能够说清楚,洲人能够看见的是,她被请到一些需要她帮助的人家里做的"法术",而这些被简姐说只是她功课里的雕虫小技。洲人估计,简姐所有的神神道道大抵都与案台上的灵龟相关。

据说，案台上的石刻灵龟却被鲁莽的云叔推了下来，连同推下案台的还有香烛和香火。云叔那天怒气冲冲，脸膛通红，敞着衣襟，他进简姐家门时，除了脚步的匆忙外，没有一点暗示。简姐还以为是哪个洲人着急了来她这里敬奉灵龟的，她太习惯了，来时的不安、焦躁，离开时的坦然、平静，她背对着自家大门，对着案台出神。云叔来到简姐家门时，他停顿了脚步，但脚步停下来，而气息却更加粗重，简姐正是从背后粗重的喘气声中感觉到了一丝异常，她缓缓地转身，但没有来得及面对云叔时，云叔已经与简姐擦肩而过，他的脚步比刚才更加快速，快速的身手使简姐感觉了不对劲，出于本能，简姐伸出了手，然而太迟了，云叔已经把双手伸到了案台上，在云叔拂动案台上系列东西时，嘴巴里生气地叫骂：我要你装神弄鬼的，害死人，要你偿命。简姐哎哟一声——我的灵龟，就歪倒在地上。

简姐此时的倒地是不得已的，是恰逢其时，这是后来云叔在向洲人讲述他找简姐算账经过时说的，如果简姐不倒地，云叔就不会起怜悯之心，云叔就要打简姐巴掌。

能不捆她巴掌就不错了。云叔每次讲述他算账经历时，仍免不了气愤。他能不气愤吗？他的儿子都死了，不过是牙疼了，信了简姐的话，说是牙床里跑进鬼魅，鬼魅把一颗牙齿当成了山洞遮风闭雨的，在里面歌舞升平、寻欢作乐，弄不好还要生儿育女，一定要把被鬼魅附身的那颗牙齿拔掉。简姐被请到云叔家里，关闭门窗，敬了灵龟，做了法事，还叫云叔的儿子喝了烟灰水，交代云叔疼痛的牙齿会掉的，如果不掉，等它松动了拔去，然而，云叔儿子那颗牙齿松是松了，可还是被牙床连扯着筋皮，云叔听了简姐建议，用一根细线把那颗牙系住了，自己着力拉扯细线，牙齿被细线带了出来，儿子却晕倒在地，随后嘴巴肿胀，随后一命呜呼。云叔的肠子都悔青了，这点牙疼的小事竟然信了简姐的妖言，要了儿子的命。他把账理所当然地算在简姐身上，一命偿一命，不要简姐的命，砸她的台算是万幸了。

洲人对于此事竟然保持了沉默。按照规矩，他们应该站在云叔一边的，毕竟出了人命，简姐那事就叫开大的玩笑，而拿人命开玩笑的做派，是神是鬼都退到后面去了，还有好大的事情比死人还大呢？人都死了，谈什么敬奉神的。

我婆婆就这样叹气着，说给我们听：简姐的法术还没有到家，不能太信。当然，还是有人说云叔找的理歪了，你不信就不要请人家，信了心又不诚，就拿那法事来说吧，你云叔当天还吼了儿子，怪儿子娇生惯养的，说儿子不过一个牙疼，却喊得人心里发毛，你有时间去吼儿子，就没有时间带儿子去给灵龟作揖磕头？不信嘛，当然不灵。只是可惜了那孩子，还没有到十岁。

毕竟死了，这些责备的话也很私密，在很小范围内流传，婆婆在家里传播这种论调时，她还专门到大门口左右观望，随后虚掩了半扇大门，动作神秘、鬼祟。说完了，婆婆特意交代：这些话，千万莫说出去，人都死了，还说这些，是不敬。

简姐被吓倒在地，眼睛闭上了，云叔被简姐几个儿女推搡着出门，他本来想等简姐醒过来再继续算账的，云叔有他自己的道理，趁着简姐虚弱时算账无异于落井下石，算账也要算得明白，可是等不来简姐醒来，云叔就被简姐家人赶走，再不走，简姐家人说就打断云叔的腿，云叔万般恼火就是不走，可简姐的两个儿子一个抱着简姐喊妈，一个拿了扁担追赶云叔，云叔躲着扁担，躲着简姐儿子、媳妇的叫骂、哭喊，云叔又气又急，悲愤大喊：我儿子被这个妖婆胡言乱语害死了，她心虚才装死。围观的人越来越多，终于有人帮着拾起了灵龟，有人劝说着云叔离开，更多的人拉住追赶云叔的简姐儿子。

灵龟还是蹲伏在案台上，毫发未损。

而云叔逢人就揭发简姐的欺骗行为，说她是妖言惑众，骗人钱财，要洲人千万不要上简姐的当。不少洲人跟着云叔一起叹息，为夭折的儿子，死生是有天命，可还是突然了些，想起来就觉得可惜。云叔说着说着就捶自己的胸口，后悔自己跟着不明事理的人信什么巫术，说到底，还是自己的不是啊，一个蠢笨的人。这样说，说多了，就有一些洲人反感了，他们也是信简姐的，不那么着迷的信，但是在心里对简姐还是存了点愿望和期待，如同对洲人都知晓的神龟传说，在信与不信之间，洲人还是选择宁愿信。他们在某个特殊的日子，在他们遇到困难的时刻，洲人宁愿花费一些香火钱一些毛角去祭拜。

洲人被云叔说成不明事理，难免要与云叔争个子丑寅卯，他们慢吞吞地磕去烟灰，眼睛深深地望着云叔，摆开了要与云叔论战的架势——你说信巫术的就是不明事理，那你说说你信不信洲下的灵龟？

云叔就哑口了，他本来没有看见过这个传说中的灵龟，但洲人——只要是洲人就是这样说的，一个沙洲偏偏就站在了长江里，从不塌陷，而且沙洲上是种豆得豆，种瓜得瓜，没有断了的力气，就没有断了的口粮，这是谁赐予的？想想吧，这望不到头也见不到尾的江水，什么水怪猛兽没有，然而，洲还是洲，平安、祥和，又是谁的功劳？即便是传说吧，一只灵龟背负着沙土，佑护着洲人，怎么洲人个个都信？云叔不是不信，这些深入骨髓的传说，从祖宗的祖宗起就一路脉承下来，成了血液在一代代人的生命里流淌，怀疑灵龟就等于怀疑自身的血脉，云叔是觉得灵龟与简姐并不是一回事，说到底，是云叔信灵龟，而不信简姐。

既然承认信了，洲人就摆开了教导的态势：总得信的，是不是？你不信，那可是忤逆，心里信与口头信还是有区别的，我们看不出来，而灵龟却能看出来，我们洲上的祖宗从来就最反感心口不一的人啦，你说信，就得先把灵龟装在心里。

我怎么没有把灵龟装在心里？云叔辩解。

洲人拍拍云叔肩膀，你心里装了灵龟，如何会把简姐案台上的灵龟推下台？

云叔明白了，洲人对他耿耿于怀的是他摔了简姐家里的灵龟。他到底有些惭愧，但追根溯源，是儿子的死导致的，而儿子的死的根本原因是简姐的妖言惑众。他的愤怒使他马上醒悟：灵龟不是简姐装神弄鬼的石头，简姐随意捡了块石头，刻成乌龟模样，装神弄鬼地整日干些欺骗行当，我们洲人也反感"捉人麻雀"（即欺骗之意）的，简姐才心怀叵测。

洲人问：你说简姐案头的石刻乌龟不是佑护我们的灵龟，那你说，灵龟在哪里？

云叔左右看，他确实不知道灵龟在哪里，他指地下，说灵龟在沙洲下睡觉。可转念一想，谁也没有看见，这算不算回答呢？其实，洲人不需要云叔的回答，说不清楚的回答，他们最满意，要是云叔真的回答清楚了，洲人倒会不安的。洲人所要说的，无非是告诫了云叔，灵龟还是要信的，摔了简姐家案台上的石刻乌龟总归不对。

简姐想通过巫术看病行医的行当就此搁浅了，这是云叔的功劳。云叔说简姐是装神弄鬼，而大多数洲人说是简姐法术浅薄不到家，不能全信。简姐被接到洲人家里做法事的日子再也没有了，但简姐家里却香火不断，逢上什么节日，来往的人更是络绎不绝。

简姐的装扮在某一天突然与洲上老妇无二。这一日，是简姐最后一次做法事，是在她自个家里做的法事。我没有亲眼看见，但因为场面宏大，而效果甚微，流传得日深月久，作为洲上人，我想不听到也不行。

那天，简姐的儿子和媳妇都到田里种棉花去了，留下简姐照看小孙儿。小孙子，是简姐孙儿里唯一的儿子，在家后面堰塘里玩耍，掉进堰塘里，简姐可能在案头前太专注了，加上门窗紧闭，根本就没有听见后面堰塘里的一点声响，等到有人寻来，告之简姐时，她的孙儿已经被灌水，上气不接下气了。

简姐慌忙差人去喊儿子、媳妇，自己在家里摆开做法事的架势，杀了鸡摆在案头上祭祀灵龟，在紧闭的房间里摆满了大红蜡烛，房间里，烟雾缭绕，跳跃的烛光使黑暗的房屋鬼魅重重。简姐穿上黄色丝麻对襟披风，脸上涂了大红胭脂，花白的头发仍然在头顶抓成两个小髻，简姐在烛光跳跃的房间里磕头、作揖，端着鸡血唱歌、舞蹈。

在简姐儿子、媳妇带着儿子尸体归来，看见简姐正在隆重地行法术，儿子瘫倒在门口，而媳妇气冲冲地打开所有门窗，用水泼熄了蜡烛。门外的风一下子撞进屋子，撞在如同丝麻披风单薄的简姐身上，简姐被吹得左右摇晃，她呵斥媳妇，却被媳妇恶声回敬：

你要是不关闭门窗，兴许还能听到堰塘的救命声，你有法术，能听到，那么是你故意不听到的？

简姐的胭脂脸突然煞白，但简姐没有停下来，她就任门窗洞开，天光如流水般倾泻进来，简姐端起淌血的公鸡，敬请灵龟享用，她用双手举着盘子，盘子里的公鸡耷拉着脑袋，坐在简姐头顶，盘子是它的底座，简姐大步流星地走出家门，走向长江，她后面的队伍浩浩荡荡，一起跟着简姐磕头作揖，在一阵吆喝声中，盘子飞向了长江。

从此，我只敬奉灵龟，再不行法事。简姐在大堤上郑重宣布。

这一日后，简姐的头发在脑后用银簪子别着，头发已经是苍白如同墙角的石灰，脸上的褶皱密密麻麻地拥挤着，而眼睛倒是比一般老婆婆有亮光。衣服也是蓝黑为主。这一天，洲人发觉，简姐只是一个上了年纪的老婆婆而已，她的小脚无时不在提示，她已经七十多岁了，属于颐养天年的年纪了。

这一日后，简姐的两个儿子分别都从简姐家里分出来，自立门户了。简姐一个人守着老屋，仍然在堂屋里供奉案台，仍然在案台上供奉着石刻乌龟，乌龟旁燃烧着大红香烛。案台前放了一两个大蒲团，专供洲人前来祭祀所用。

在我十三岁那年，我们回老家过春节，又看见简姐家的热闹了。简姐的女儿突然带着一大家人回娘家来过年了，是从内蒙古回来的，说是草原，出门就要骑马的地方，离我们沙洲很远很远。而简姐的女儿怎么去了那么遥远的地方，怎么去的？洲人都不知道。唯一知道的是，简姐的女儿还是一个小女孩时，跟着她的父亲，即简姐的丈夫突然离家出走了，从此音讯杳无。关于简姐丈夫为什么要出走，简姐讳莫如深，她从不给洲人一个正面的回答。

简姐女儿、女婿，还有两个外孙男孩，一个大外孙姑娘。五口之家把简姐幽暗的老屋填满了吵闹，简姐家再次热闹非凡了，关键是她的大外孙姑娘在简姐家门搭了一块木板，做成临时的乒乓球台，每天都吸引一大帮大小不一的孩子们集聚在简姐家门，比赛打乒乓球，十个球为准，你上我下，不亦乐乎。

简姐显然不习惯这种热闹了,她戴着绒线帽子,穿着厚重的棉衣棉裤,颠着一双小脚,一会儿在屋子里,一会儿跑到在乒乓球台前的孩子们面前,小声询问:敬了灵龟没有?

轮到问我时,我有些窘迫。我没有敬灵龟,但乒乓球台是简姐家的,何况她的大外孙女穿着及膝的粉红丝棉袄,皮肤雪白,眼睛如同晶亮的葡萄,我在很大程度上是被这个大姐姐吸引来的,我怎么舍得离开?我嗫嚅着问,他们敬没有?简姐低声说,有些敬了,还有些也会敬的,灵龟会保佑你,满足你的愿望。

我手指向在乒乓球上左右挥动球拍的大姐姐,问她是否敬了。

简姐连声说,每天早上起床都敬了。

我正要转身进屋时,我母亲喊我过长江去姨妈家。我离开时,简姐着急地在后面叫喊:下次来了一定要敬啊。

在去姨妈家的路上,我把简姐要我敬奉灵龟的事情说了,当医生的父亲说,简姐那是在骗你的钱。我告诉父亲,简姐并没有说钱的事情。母亲提醒,你敬完了,简姐就会朝你要些钱,不过不多,只是个意思,多和少,看自己愿意,但要有所表示,还是可以敬的。

一晃十多年过去了,我再次听到简姐的名字时,我已经是一个母亲了。还是春节,带着孩子跟母亲回老家,孩子三岁多,是第一次踏上长江里的沙洲,下午还玩得兴致盎然,到了晚上,突然浑身无力,既不发烧,也没有呕吐、腹泻的症状,开始,我们以为她是筋疲力尽了,只要睡上一个好觉就行了。但孩子不吃也不喝,也不下地,只是紧紧抱着我的脖子不放手,只要我一试着松手,孩子就呜咽哭泣。根据我带孩子的经验,一般情况是孩子最容易感冒,而她的表现实在看不出是感冒了。

我母亲焦虑不安,而是医生的父亲判断也很犹豫:可能是感冒。母亲在我们的慌乱中出去了,我们丝毫没有想到她居然去了简姐的家里,代我的女儿敬奉了灵龟。她回来没有告诉我们她去了哪里,只是说到处转了下。第二天一大早,母亲跑到我女儿床前,伸手摸女儿脑门,女儿一骨碌爬起来,给我们大惊喜。母亲乐坏了,赶紧告诉我们,说是灵龟显灵了,保佑了孙女。我们才知道母亲在昨晚去了简姐家里。

父亲哈哈笑母亲,说母亲愚昧,昨天晚上给孙女吃了阿莫西林,是消炎的,今天才能恢复,并不是母亲去简姐家的功劳。母亲说,都有道理,孙女第一次来洲上,就得拜下灵龟,不会有错吧。这么多年来的规矩,洲人就是这样拜下来的，你还不是这样拜过来的，能不信吗？父亲赶紧附和：信，信，在心里装着灵龟就行了。

女儿一下又活蹦乱跳了，我心里居然有了些感激，与母亲谈起了简姐，说到简姐的巫术，说到简姐出走的丈夫，而母亲说她仅仅与简姐丈夫谋面几次，也没有多大印象。我固执询问：他究竟为了什么出走？母亲在我第三次询问时，回答说，简姐好像说过他不是出走了，而是到长江找什么去了。

母亲不太肯定的回答给我留下了悬念，简姐的丈夫有什么东西掉在长江呢？还是长江里有他认为的珍奇宝贝才舍家出走？还有一个悬念是，简姐的丈夫离家时带着他们的女儿，而若干年后，女儿却带着一大家人从遥远的内蒙回到沙洲，却并没有简姐的丈夫。这些悬念连同简姐的巫术和敬奉灵龟的行为，构成了一道奇异而神秘的风景，他们在洲上终有一天会消失、会被遗忘，但在洲人说起灵龟时，会不会说上他们？

最近一次遇到简姐，竟然也是春节，是在路上，一个佝偻着腰身的老婆婆正从路边的一个店铺出来，步履蹒跚，她怀里抱着一大袋子东西，红色的烛头在袋子里显山露水。我认出是简姐。

游戏比爱情更好看

一个男人和一个女人，在黑夜。所有的双手会赞成：故事发生，最精彩的是爱情。

《一千零一夜》有这样的暗示，时间似在无限地延续，它既有静止的让悬心落地的完美表现，又有潜伏的细流执著前行的动态。完美的是透支时间久悬未决的问题有了答案，而且是和谐的答案，国王山努亚决定不杀桑鲁卓，并和她过上幸福的生活。

然而谁又能看见未来的岁月之河的风涛潮汐？还好，零一零二的细流会给桑鲁卓，聪明得将文字变成高蹈游戏的桑鲁卓智慧的积蓄，有了上千夜的经历，还怕百十夜的冲击？

一　她必须去

萨桑王国经历了两个三百六十五夜的胆战心惊后，年轻的女人像空气被山努亚的残暴蒸发殆尽，或死亡，或逃离。只剩下宰相的女儿了，宰相忧心忡忡地望着女儿，桑鲁卓只能说，我必须去。

这是一个被背叛抢劫了信心的男人，处于心理溃败后的洪流旋涡，时刻被溺毙也时刻溺毙女人的男人，这个男人的大脑被报复灌注了多于水的鲜血，黏稠高温，一丁点光明就会呼啦地引起鲜血喷薄。山努亚，虽贵为国王，却只能在黑暗里洄游，在光明下摇身变成魔鬼。

在桑鲁卓之前的一千名（我多少明白了桑鲁卓为什么得讲一千零一夜的故事，只有一夜是为她自己讲）美丽的少女成为光明的奠祭品——她们必须在拂晓前为国王看中又轻易丢失的"忠贞"死去。必须。必须。爱情作为最虚幻的花朵也拒绝屠刀，正如一朵花绝不会向掐住脖子的铁钳传情达意。情意是温暖和谐的发酵与膨胀，恐惧和失魂夺魄掠夺了情意的灵魂。当桑鲁卓披着美丽的纱丽走进国王的寝宫时，她迈的不是爱情柔美的脚步。如果说她的脚步存在拯救的"义"气，这种欲置死地而后生的凛然只有点点，毕竟她是一个披着纱丽的女孩。但她必须去，"率土之滨，莫非王土；率土之民，莫非王臣"，已在梦魇中挣扎了两年的山努亚，他只需要用女孩来奠祭光明，才不会管她是宰相的女儿还是平民的女儿。桑鲁卓不去是死，去，还有黑夜周旋的余地。她必须去。凛然的脚步已经告白——与爱情无关。

二　故事比吃饭、睡觉重要

　　黑夜，预想的黑夜来临了。黑夜是文字出游、精变的最佳舞台。桑鲁卓望着烛光里跃动的山努亚僵硬的脸颊，他的双眼是正在出鞘的剑刃，寒气紧逼。已暴露的若干真实的现实，平庸单调，桑鲁卓要将它们重新组合成好玩的游戏，她希望将它们组成有生命力的磁场。

　　她说，我讲个故事吧。国王焦躁不安，他早已看穿这些妖媚女人的伎俩，她们总是玩些骗人的游戏。桑鲁卓不管，她牢记说故事的长老的开场白——请相信，故事比吃饭和睡觉更重要。

　　她要做的，是用文字组合成精彩纷呈的故事。他们，他们奇特的瞬间发生变化的命运，美丽惊险、让人心跳的异国风情，还有冥冥中安拉控制众生的魔手……世界在旋转，尘土飞扬，山崩地裂，刀光剑影，咒语和珠宝，贪婪和暴毙，懒惰和勤劳，正义邪恶……桑鲁卓正处于叙述与描绘的中心，她蓦地发现，真主安拉就在这些文字嬗变的内里。

　　她用文字制造了游戏磁场，这个磁场在黑夜分泌出要人镇定的气息。狂躁的山努亚保持一个姿势——倾听，他被故事挟裹，站在磁场里。他带着寒气的双眼被出口的文字附上魔力追随，追随不舍……

　　然而，天亮了。黑夜的舞台被拆卸，光亮暴露了国王屠杀成性的情绪——恶女人，少给我玩游戏，今晚你一定要把故事讲完，不然我杀了你。

三　文字是高蹈的游戏

　　黑夜、白天。白天、黑夜。

　　桑鲁卓已窥见被文字内核裹身的真主安拉面目。她渐渐走近，猛地掀开安拉的纱丽。另一个桑鲁卓跃身黑夜的烛光里，仪态万方，她光洁的额头闪着智慧的光芒，她轻启朱唇，海盗、渔夫、聋子、酒鬼、王子公主、智者……纷纷出场，他们被抽去了时空概念，匍匐在她的脚前，伸着仰望的头颅——万能的主啊，你给我安排什么样的命运？

桑鲁卓可能会这样回答：你们按照自己的规则做好你们的游戏，谁的命运临终不一样呢？但你们自己的表现会决定你们的来生。因为，那些柔弱的又不乏闪光点的群体总有幸福降临，不幸的人中英俊、善良、勇敢的小伙记住了"芝麻"的秘咒，而蠢猪般的不学无术者只能想起"麦子"的暗号。勇敢、坚韧不拔的阿拉丁即使失去了神灯的庇佑，也勇敢地扳回逆转的命运。善良多情、忠贞博学的王子阿特士终于历尽波折娶到美丽古怪的公主……呵呵，桑鲁卓安排的偌大的游戏场地，英俊、善良而勇敢的小伙子频频出场，他们绝大多数衣衫褴褛，但他们具有令人心动的美好品质，所以他们实现了自己的愿望。

唯一一个衣着华丽、地位尊贵的王子阿特士却是一个隐喻：王子爱上了邻国的公主，但公主在白日梦见，一只雌鸟看见一只雄鸟处于猎人捕杀的危险境地，奋不顾身地救下雄鸟，但雌鸟处于猎人虎口时，雄鸟杳无踪迹，由此公主认为天下的男人都是恶棍，万不能相信并托付终身，她对王子痴情之举嗤之以鼻、冷酷无情。

山努亚也许正处于旁观游戏的身份蓦地洞察，公主以天下男人为恨之举源于一个并不可靠的梦。多么可笑的事情。文字游戏的高蹈使国王山努亚感同身受——幻想总是夸大现实，而我们看见的所谓现实逼迫着甚至篡改了幻想。两者都不可靠。

桑鲁卓控制力非凡，用文字做着高蹈的游戏。

后来怎么样……

阿特士用生命赢得公主的爱情，桑鲁卓如是说。

仿佛，她成为掌握众生生死符的真主安拉，安拉不需要爱情，但必须制造迂回的游戏，去把握无数偶然中的必然结局。

四　安拉心情不好或好

桑鲁卓问："你为什么这样憎恨王后？"

山努亚狮子般地吼道："她背叛了我，欲置我于死地。"

事实是，山努亚在他弟弟的牵引下，偶然窥见王后鲜艳无比地在后花园与乐师、奴婢嬉戏。如此而已。但噩梦成为吞噬山努亚脑髓的毒蛇，日夜盘桓纠缠着他——一个妖冶的女人总趁她的魔鬼丈夫睡着后，要求与每一个遇见的男子做爱，拒绝者都被她及睡醒的魔鬼丈夫致死。魔鬼都不知道他的女人在怎样的背叛，何况一个凡生？

山努亚必须在女人杀死他之前杀死女人，所以他要女人看不见光明。被现实刺激出来的幻想，再为现实摇旗助威。被幻想冲击的现实带上了虚幻，而衍生出的幻想则实无多大根据。恐怕山努亚也已经忘记真实的面目，日复一日的梦魇，浸染"谎言说一百遍就是真理"的惯常，日益坚定臆想等于事实。他无法看清，旁人也无法看清。这正是个人命运的悲剧，谁能说自己能踏入先前的河流？河流早已变化，此时已非彼时。

但桑鲁卓知道，能击破山努亚的残暴的，爱情已经退场，只有游戏，在感同身受的游戏中去把握过去与现时、他人和自己的共通点或相类性，个人的记忆在去掉了时空概念的游戏磁场频频出游，因参与公众的记忆融合了过去、现在和未来的情绪，再被公众记忆吸附得到复活和启示。阿里巴巴牵着骆驼在一个山坳里偶然窥见"芝麻开门"，穷小子变成一个富人，而戈西母却因此命丧黄泉；补鞋匠迈尔鲁夫受了老婆的欺负流落到了一个叫尔底里的地方痛哭，惊醒了睡觉的巨人，从而翻开了人生五彩缤纷的一页；王子的绸布店迎来了公主的乳娘，王子的梦想有了支点……从莽荒的时间河流剥离出来的瞬间，一个，一个，命运的升降电梯已经开启，桑鲁卓用奇特的文学故事讲述：一个人不小心于某个时间沦为不幸的人，一个人却于某个瞬间接受天降之福——就在这个时间里，真主安拉的心情好或者不好。生命真是有趣而残酷的事情，在不能连续的时间里呈现荒诞之梦的色彩。

生命的磁场就是每一个稍纵即逝的瞬间，无数个瞬间在真主安拉的喜恶下构成悲喜游戏。加西亚·马尔克斯在《霍乱时期的爱情》这样描述，一名歹徒在深夜用手枪拦劫了一个行路人，在手枪抵着行路人的脑袋时，给了行路人一个机会，要行路人回答歹徒的问题决定行路人的生死。歹徒问："你喜欢民主党还是共和党？"行路人意识到，他的生存率不到50%，歹徒实际要他猜测歹徒对二党的喜恶，与自己无关，却与自己的生死有关。荒诞的游戏充满了杀机，生命在真主安拉面前卑微如一只蝼蚁。如果是你，你肯定也会觉得恐惧而悲凉——我们确实把握不了自己，即使某一瞬间也不能。然而，就在一瞬间，命运发生戏剧般的变化，行路人回答："我都不喜欢。"歹徒满意地收回手枪："你答对了，我饶了你。"

命运犹如游戏之旅。恭喜你，你答对了，加十分，游戏继续……

天方夜谭，游戏从不曾退场。桑鲁卓在黑夜用无数个生动故事中和了山努亚多于水的狂躁血质。一个女人用文学的温和纯净之水控制了暴权和无道。在零一的夜里，桑鲁卓是否意识，这一夜她在为她自己说故事？一千夜的聆听,山努亚俯下身子从属文学语言的姿态是起点也是过程,正如他杀死一千名女子,零一夜是瞬间的结局,不确定中的确定性画上了小句号。桑鲁卓长舒一口气,以生命为赌注的游戏毕竟太悬了。但桑鲁卓疲惫地合上双眼时,忘不了叮嘱山努亚,故事比吃饭和睡觉更重要,你把我讲的故事记载下来。

一千零一夜,精彩的故事正在继续。游戏比爱情更好看。

开败时间的花朵
——纪念武昌首义中的女革命者李淑卿

2010年八月中旬，天气酷热，我从北京返回，车一直在高速上奔跑，从京城到河北、河南，不堪重负，一到湖北襄樊，我们立即停车休息。此时，夕阳西下，落日熔金，河流上波光潋滟，古老的襄樊城看不出三伏天的溽暑，相反，它呈现出与时节相反的沉静，浸染了时光风雨而不改初衷的淡定与从容，在古老的土地上氤氲冲击，那时，我想起一个词语：抱朴守拙，而因为这个词语我又想到一个人，一个名叫李淑卿的女人，武昌首义主要领导人刘公的伴侣，也是武昌起义中革命女性主要代表人。

历史上关于李淑卿的文字资料少之又少，我是在襄樊一个论坛上看到一篇追忆她的文字，简短却意义非凡，寥寥数笔中，她的传奇经历犹如磐石屹立，线条式的命运概括中，她坚忍而淡泊的鲜明形象又如中天日月，仰头可见。我不是一个很容易感动的人，只是觉得好奇，在女性裹着小脚，佝偻着身体走路的时代，在时局动荡、民不聊生、杀戮遍地的社会，鲁迅说"这样一间铁屋子，是绝无窗户而万般难毁的，里面有许多熟睡的人们，不久就要闷死了，然而，是从昏睡到死灭，并不感到死的悲哀……"有这样的人，女人，我是知道的，秋瑾、何香凝等，她们"不惜千金买宝刀，貂裘换酒也堪豪，一腔热血勤珍重，洒去犹能化碧涛"，载入史册，彪炳千秋，很小很小我就能背诵这样的诗词，记住她们他们，然而，时光推移，更多的他们她们从水漫漶的时光河流中闪现出来，有名或者没名，抱定一颗傲骨心性，在荒芜际野对峙岁月，独自开放，唯留沁香，绵延大地。我记住了李淑卿，站在刘公身后，而伫立于1911年10月10日时光门槛中，兀自开放，恰如菊花，穿透时间帷幕，扑鼻而来的清香开败强硬的时光。百年如白驹过隙，弹指一挥间，人事亡故，唯有香依旧。

曾经模糊的李淑卿，逐渐清晰，她在八月的一个黄昏朝我走来，黄金甲披身的黄菊横亘她的对襟掐腰棉袄，葱绿犹如青草遍地的曳地百褶裙，在微风中，饱含阳光的金泽，迎面而来，近了，时光倒流，她端丽的容颜沉毅，过滤着浮尘，所有的风与光凝聚成一个段落，她与她的倒影被时光再次书写。

一　深丛隐孤芳，犹得车清觞

令人讶然的少女时代

李淑卿祖籍广东，父亲在湖北仙桃市做官，淑卿从小随父母定居湖北，算得上出身于书香门第，从小受到诗书熏陶。父亲在镇压天平天国运动中死去，李淑卿跟着母亲谢氏依靠针线活儿勉强度日。谢氏看重女儿教育，尽管生活拮据，仍然竭尽全力鼓励她进学堂读书习字。淑卿长相清丽，聪颖好学，成绩优异，很得同学老师喜爱，在"女子无才便是德"的时代，学堂教育没有普及，女子上学读书的很少，一直在学堂读书的女子更少，一般被看为逆经叛道。何况，李淑卿交往的都是男孩子，他们一起读书，一起做游戏，甚至偷偷在课堂里传递老师禁止阅读的书籍刊物。有一个同学带来《猛回头》这本书，李淑卿马上抢到手里，读得津津有味，她在课堂上竟然也拿出来阅读，被老师抓个正着，老师大发雷霆，说看书可以，但这样的书只能在家里看，不准带到学堂上来，否则，一定受到惩罚。聪明的李淑卿从老师言行里揣摩出老师其实是不厌恶这本书的，只不过害怕连累他自己，于是，李淑卿想了一个办法，主动承担学堂的清洁任务，以后在课堂上看书，老师也睁只眼闭只眼罢了。

尽管李淑卿在学堂里受到师生敬佩，但在学堂外，她是被鄙夷的，她的装束，不同于一般市民女性的装束，还有挺直腰身，毫无胆怯羞赧的神情，特别是公然出入大街小巷的自由行为，都使得与她相遇的人讶然，愤怒，白眼相向。

一个阳光明媚的春天，淑卿在河堤边踏青，遇到一个小女孩，背上背着比她自己身体要壮实许多的大男孩，上堤时，不小心被石头磕绊，摔倒在地上，大男孩哇哇大哭告状："姐姐不存好心，故意摔我。"前面一个妇人转身，满脸怒容奔向女孩，甩手就是两个巴掌，女孩子躺在地上，妇人又用脚踹，淑卿看不过眼，跑去抱住小女孩，训斥妇人蛇蝎心肠，如此对待自己骨肉，妇人愤怒得咬牙切齿，一个男子跑过来，一把推开淑卿，大声骂道："我自己孩子想怎么样就怎么样，与你何关？你一个女孩子，逆经叛道，不务正业，看谁以后娶你。"与学堂迥然相异的遭遇，李淑卿深叹——这是一个愚昧透顶的时代，女性被束缚太深了，不知道她们也是正常的人，与男子一样，难道不能出入大街小巷，难道不能上学读书？难道不能胸怀抱负为国效力？

叹息是叹息，18岁的李淑卿出落得一朵花似的漂亮迷人，可读书仍然没有更改一个漂亮女性的固定轨迹。看见女儿终日捧着一本油印的刊物，出入那些颠沛流离的同学家中，言行举止都遭到街坊邻居非议，母亲谢氏托人给女儿说了家境比较殷实的丁姓人家，以自己年事已高的理由逼迫淑卿匆忙订婚。李淑卿从小与母亲相依为命，迫于母亲的哀求，不得不答应母亲，嫁到丁家。谢氏看着载着女儿远走的轿子，轻吐一口气，她有些茫然，不知道是舒了一口气，还是吸了一口气，一颗心七上八下，满是迷茫，她太了解女儿了，执拗、孤傲、个性十足，她能轻易地做丁家媳妇，如同一个普通女子一样传宗接代、相夫教子？这似乎与女儿常常挂在嘴边的"生活"大相径庭。可"生活"又是什么？还不是女儿的一个念想，与现实格格不入的愿望罢了，既然格格不入，这样的念想或者愿望又怎么能够变成现实？她不过一个弱女子，去追求她心目中的生活，未免不是幼稚之举。

牢狱之灾

谢氏带着担心，惶恐不安，她说不准她的女儿李淑卿会发生什么，总之，她的担心肯定不会是多余，在女儿出嫁后，女儿的一些同学多次来家中寻找女儿，带着他们油印的刊物，最终失望而归。谢氏好言回绝他们的拜访之请——淑卿已是丁家媳妇，你们让她安静地做人家媳妇吧。同学们面面相觑，然后一致摇头，媳妇——这个词语对李淑卿似乎太可笑了，李淑卿就是她自己，怎么能放弃自己归随他人？她可是把自由、个性、独立挂在嘴边的读书女性，她藐视欺压、愚昧、埋没，她是注定要打倒这个王朝的。

这些话吓得谢氏慌忙关紧大门，送走那些人，她捧着胸口，半天不能平静。作为一个普通妇女，什么自由、个性、独立这些词语，本来是陌生的，与自己不相干的，可是，谢氏怎么能够说自己陌生？她早已从女儿那里听惯了这些骇人词语，每次都着急地捂上女儿嘴巴，却被女儿恼怒地躲开，嫁出女儿，不能说没有这方面的担心。果然，女儿出事的噩耗传来——丁公子突然暴病身亡，丁家一直不满意新媳妇大胆的言行和反常的举止，一致怀疑是新媳妇李淑卿害死了丁公子，已把她押送进监狱。谢氏跌坐在地上，她太了解女儿了，淑卿满腹诗书，容貌漂亮又个性十足，肯定是不满意这桩婚事，但，话说回来，女儿虽然看不上丁公子，但不至于去害死他——害死他人，等于害死母女两人，女儿淑卿这点头脑还是有的，如果想害死他，当初女儿就不会答应自己出嫁丁家。

这样一想，满腹冤屈的谢氏去丁家求情辩解，甚至涎着脸皮送上白银讨好，无奈，丁家认定李淑卿是凶手，气势汹汹地责怪谢氏没有教好女儿，行为举止都要人惊诧愤怒，丁家大小早已烦死了她，一定要让她受到惩罚。

吃了闭门羹的谢氏，转而在亲戚朋友间求饶周旋，希望能得到一些周济，前去通融官府，亲戚朋友一向也看不惯李淑卿的出格言行，担心惹火上身，大都安慰几句了事。从亲戚家回来的谢氏领教了世态炎凉的绝望，她几乎能明白女儿所说的"为自己而活，只有自己才能救自己"之类的言语，她抹着悲凉的泪水，悔恨自己不理解女儿，悔恨自己太迟领悟女儿的言论。一个母亲的心在满腔的悔恨中又滋生出勇气，她就是拼了老命也要救出女儿，甚至她想到，有一天女儿真的出来了，她一定会站在女儿一边，支持她寻找真正解放自己的道路。

谢氏冷静下来，绞尽脑汁地想着挽救女儿的办法，亲戚、朋友都不可靠了，求情也无济于事，还有谁能够助一臂之力？突然，一个念头犹如火星在脑海中闪亮，真正关心女儿的不是亲戚朋友，而是与女儿有共同志向的人，他们与女儿属于同类，女儿并不是孤单的，女儿的同学，有的出国留学过，有的是某些名望家族后裔，还有的是江湖侠义人士，他们与女儿心思相通——营救女儿的希望如同一簇火苗在心胸中窜起，亮堂的大火烤暖了母亲胸膛。

谢氏奔走于女儿同学杨玉如、李作栋等人，向他们呼告女儿李淑卿冤情，杨玉如立即召集一班同学好友，商量营救办法。终于，在多种力量的斡旋下，李淑卿因为谋杀丈夫证据不足被宣告无罪释放，谢氏抱着女儿，百感交集，她懂得女儿走的路程了，虽然艰辛，但是为她自己而活，还为更多的像她们一样的百姓而活。

辗转武汉

李淑卿得到母亲支持，更加坚定革命信心，携母亲谢氏辗转来到武汉，此时，武汉正处于暴风雨的前夜，革命人士云集武昌，正在积极准备首义，李淑卿一时遇到志同道合的朋友，他们胸怀革命热情，满腹救国经纶，先进的思潮在李淑卿心中再次燃烧出无畏的勇气，一时，她热血沸腾。

李淑卿周旋于武昌进步青年中，参加联络，传递信息，转运首义必备的各种物资。当时，杨玉如他们由于准备不充分，一个秘密联络地点被官府发现端掉，崭新的联络地点还没来得及建立，李淑卿的家成为革命党重要的联络地点，准备起义的枪支弹药，还有一些珍贵的药物，从汉江刚刚下船，就秘密藏到她的家中，等待革命党前来联系接应，谢氏整天端着针线箩筐坐于门口放哨，观察来往路人，逢到有人询问——有没有新的长袍马褂卖？谢氏就伸出右手朝阁楼上指，要客人自己上去看。对上暗语，首义必备的各种物资秘密而安全地被接应出去，从未出现任何差错。李淑卿以她对革命的热忱和忠贞赢来了同仁们的信任。

同时，李淑卿还在人群集中场所发放传单，宣传革命真理，揭露清王朝的腐败，号召有志青年勇于担负起拯救国家的责任，参加革命推翻封建王朝，一番演说，激发了不少青年热血，发动他们参加革命，发展壮大了革命队伍，她的能干聪明深得云集武汉的进步学生的信任。当时的武汉，云集不少留洋归来的进步青年，他们的学识和先进思潮深刻影响了李淑卿，李淑卿深感自己还需要进一步学习崭新思想，在一些学生帮助下，李淑卿进入武汉女子职业学校学习，在此，李淑卿又在女同学中间积极宣传新思潮，宣传自由、独立之思想，李淑卿在武汉职业学校名噪一时。

二　轻肌弱骨散幽葩，更将金蕊泛流霞

与刘公结成伴侣

1911年初，经由杨玉如、李作栋的介绍，李淑卿加入了共进会，此时的共进会不仅在新军中发展了力量，而且与文学社结合，积极传达同盟会精神意旨，秘密商讨推翻封建王朝的起义大事。李淑卿的聪慧马上使她成为共进会的中坚力量，她的亮丽也吸引了一个人的注意。这就是刘公，武昌首义主要领导人之一，他极力地用火热的眼神捕捉那团亮丽的风景。积极热情的演说，利索干净的行事，坦诚直率地待人——这些都成为李淑卿身上的磁铁，吸引着众人目光，他们围绕在李淑卿身边，亲切地称呼她小妹，李淑卿坦然地接受。然而，总有一道久久的凝视的目光从人群外投射而来，如同一股电流击打在李淑卿身上，从来大方从容的李淑卿感到从未有过的心慌，垂下眼睑，极力躲避那火般炽热的眼神，可刚刚垂下眼睛，又忍不住偷偷抬起寻找，眼神对在一起，李淑卿心中慌乱却感觉到说不出的甜蜜，难道，这就是两颗相爱的心灵碰撞出的爱情火花？

淑卿——刘公这样喊她，此前，大家一直称呼她李姑娘和小妹，"淑卿"的招呼，既有同志的亲切，还有——李淑卿顿时脸红了。

1911年5月，武昌温暖和煦，在楚雄楼十号，李淑卿与刘公结成夫妻，

后搬至汉口俄租界宝善里一号，李淑卿又给自己取名刘一，颇具男子趣味，李淑卿对刘公说：我们不仅是伴侣，还是兄弟。刘公太理解他这位心清如水的伴侣兄弟，为了共同的理想，为了共同的新时代目标，他们才走到一起来。刘一，这个不同凡响的名字包含了多少情谊和梦想！他们共同经营共进会，发展壮大新生力量，积极准备军用物资，漂亮的李淑卿出入俄租界奔走汉口武昌，联络各种活动，她的高贵美丽一时在租界引人注目，常常被邀请参加外国人的酒会、舞会等交际活动，李淑卿借助这些交际，与社会各界周旋，传递信息情报，并掩护共进会高层领导出入重要场所。

首义前夜

1911年10月9日，俄租界里各类菊花争相开放，秋光中犹如群星闪耀，一派富丽堂皇，即使夜晚，昏暗的路灯仍然遮掩不住菊花的光华，它们闪烁着清香傲骨，滋润心田。

李淑卿流连在路灯下，她来回走动，四处张望，似乎正在寻找什么东西，偶尔，仰起脖子，伸长了腰身，狠狠地吸上一口香气，也许她在独自一人享受这样美丽的夜晚。怎么能够？又如何谈及享受？民不聊生，国将不国……没有心情也没有资格来说享受吧，一个清醒的人的心语。当然，她也不是真的在寻找什么东西，任何东西的丢失都无法比及思想的苏醒——这些在今天看来都是笑话，甚至矫情的想法无聊的想法，而对当时的李淑卿们，的确成为沸腾他们热血的力量，在我回溯那个年月的夜晚，我不得不以这样的一段话"我们终将回来，慢慢走过长街，看年轻人在球场上奔跑。我们在海边徜徉，看阳光中的跳水板闪亮地伸向空中。我们在松林间漫步，让厚厚的落叶收藏我们的足音。然而，这都是遥远的未来之事，现在，我们走出家门，走进动荡的世界，走出历史又走进历史，去承受时光的万劫不复"来嘲笑类似你们的嘲笑，收复被世俗阉割的李淑卿们的江山，尽管我深知——仅凭一腔勇气，徒增笑耳。然而，我还深知并笃信，勇气是骨头的钙质。

寻找成为一顶帽子，戴在李淑卿的头上，她的眼睛猎犬般地四处巡视，来往的人，长辫子的迂腐男人，戴礼帽的外国绅士，着黑衣的刺客，甚至邋邋遢遢褴褛的盲流，——从她的锐利的眼神里过滤，她需要马上辨别出这些走夜路人的真相，而真相与宝善里十四号房屋里的运筹帷幄息息相关，她只能不断削尖眼神，赋予它们黑暗中灯光的锋利。

轰隆——爆炸声传来，刺耳，简直振聋发聩，接着烟幕从十四号房屋滚滚而出，在夜空中升腾，空气中萦绕着强烈的硫黄味。失事了，李淑卿一惊，她还没来得及迈开脚步,孙武、李春萱等人从后门跑出,孙武正是在配制炸药中不小心引爆火药,造成爆炸,自己也被炸伤,行走异常困难,被李春萱扶着,接着刘公跑出来,朝惊呆的李淑卿挥手,要她化装成日本人,刘公交代李春萱他们马上送孙武到日租界仁和医院去,自己去断后。李淑卿跑进自家,慌忙装扮成日本妇女下楼,遇到刘公,他把灰制服反穿成西装,鼻子下贴上了仁丹胡,鼻梁上又挎起黑色墨镜,李淑卿挽着刘公肩膀走,马上被俄巡捕拦住,刘公一阵叽里咕噜的日语,俄巡捕放了他们,夫妇二人来到法租界,按照计划布置起义事项。

再次入狱

李淑卿想起家中一些资料和隐藏的起义物资,资料上有起义计划安排与名单,事关重大,马上又换成中国妇女打扮,与刘公返回俄租界。

趁着李淑卿与俄巡捕纠缠吵闹机会,刘公潜回住处,烧掉资料,并携带一些重要的物资,跑出家门,刚出租界,他听到李淑卿高声叫骂的声音——你们非法逮捕我,我要控告你们。刘公看见巡捕已经拷上李淑卿的双手,李淑卿倒在地上,被巡捕拖着走,他几次想冲上去,一想到明天的起义大计,只好咬紧牙关,忍住泪水,硬下心肠离去。

李淑卿在捕房里被巡捕拷问她是否革命党,李淑卿从容不迫地回答:我只是一名学生,从来没听说过什么革命党,你们这是胡乱抓人,我要控告你们。

俄巡捕跑回租界,搜查刘公和李淑卿的住房,一无所获,而李淑卿面对软硬兼施的拷问,咬紧牙关,针锋相对,巡捕没有办法,请来清廷官吏确认。清廷官吏知道刘公是革命党,问李淑卿与他是什么关系,李淑卿沉着应对,只承认自己是学生,刘公曾来学校讲课过,有一面之缘。清廷官吏不相信,第二天把她押解到武昌模范监狱候审,继续软硬兼施,逼迫李淑卿就范,并当着李淑卿的面杀死了刘复基、彭楚藩、杨洪胜三个革命人士,以图吓倒李淑卿。三个革命者临死前的大义风范深深感染了李淑卿,清廷官吏不仅没有吓倒李淑卿,反而更加激发起李淑卿的斗志。

三 故园三径吐幽丛,一夜玄霜坠碧空

小人物成就大功劳的自豪

监狱中的李淑卿更加看清楚王朝面目,她坚定地认为,一个以人民为敌

愚弄百姓的朝代是可悲可鄙的，这样腐朽没落的王朝一定到了末日，末日下会有崭新的曙光升起。10月10日，在李淑卿待在监狱的第二天，武昌首义获得胜利，几千年的封建王朝土崩瓦解，随后，李淑卿和其他被押的革命同志被营救出来，武汉一片崭新的天地。

李淑卿感慨万千，她回家看望母亲，谢氏笑着说女儿成为家喻户晓的女英雄了，李淑卿摇头否定，说，但凡一个清醒的人都会像我这样做，只不过我被推上一个特殊的时辰。

谢氏不理解女儿的话，李淑卿拍拍母亲肩膀，说，你也了不起啊，好多次都是你联络的，没有一次失手，没有你，只怕还真的难得说首义成功，所以说，一个崭新时代的到来，不是某一个人的功劳，而是我们这些小人物的觉醒，尽自己的力，功自然成，这样的时代才不会是某个人的，是我们大家的。

谢氏摇头否定。

李淑卿笑笑，自言自语，你肯定会明白的。

谢氏长叹一口气，也展眉而笑。女儿说的对，尽管武昌首义是大事情，全城都在庆贺，人群都在议论，可是大事情往往需要小人物做，即使女性——如同她们母女的何止一个两个，恐怕成千上万吧，她们用小人物做的小事情成全了大功劳，大英雄往往就是被无名的小百姓推到浪潮的峰尖上的。

以身作则

武昌首义成功后，刘公被推举为都督，但他谦虚地推让，担任了湖北军政府的总监察，李淑卿担任了总监察处监印官，成为军政府第一个女性干部，以后女性参军参政的，由她亲自考核。李淑卿对女军发表演说：男人能够做到的，女性也能做到，国家有难，匹夫有责……鼓励女军士气。同时，她严格要求自己，简朴律己，反对把革命当做跳板，当初她发展的一些革命妇女成为"官太太"，马上忘记革命宗旨，穿金带银，招摇过市，热衷于吃喝玩乐。一次，一位要好的朋友，现在也是身居要职的官员的太太，邀请李淑卿前去府邸搓麻将，李淑卿又气又恨，来到朋友家，看着等候自己的三位官太太珠光宝气地端坐麻将桌前，一时气来，忍不住指责她们是革命的蠹虫，躺在牺牲的革命志士的血肉之躯上坐享其成，是对革命的污蔑和亵渎，斥责她们不如青楼的戏子，戏子还知道廉耻……一时哗然，恼羞成怒的众太太结成同盟，到处传说李淑卿假装正经，把自己当成军大王，不晓得她自己什么货色，无非想捞得一些资本往上爬，独揽革命成果。太太们回家对当官的先生吹枕头风，说李淑卿到处诋毁曾经参加起义的革命党，想独霸其功。

一时，一些官员开始远离刘公，刘公深感工作难处，李淑卿有些后悔自己的冲动给刘公带来工作不便，于是，她想了一个办法补救，在《中华民国报》上刊登一则启事：每日在抱冰堂与各姐妹接谈，不周之处，尚祈鉴原……她的高风亮节与顾全大局又传为美谈。

琴瑟和谐

此时，黎元洪坐稳总督位置，公开排挤刘公，总监察一职名存实亡。武昌正好组织北伐军征讨军阀，刘公请命北伐，担任北伐军左翼军总司令兼河南安抚史，李淑卿跟随刘公随军队到达襄樊，扩充实力准备北上，在襄樊，李淑卿秘密奔走于襄樊高官府邸，运用她高超的外交手腕，联络高官并策反一些大小军阀，同时她积极在当地宣讲北伐意义，发动民众，扩充队伍。

北伐军一路讨伐，拿下大小军阀无数，李淑卿的功劳首当其冲。南北议和，刘公战绩显著，被调入北京，就任中华民国总统府高级顾问。李淑卿在北京周旋于曾经的革命党人士中，积极捍卫革命果实。

左翼军继续开展讨伐袁世凯的护法运动，刘公抱病迁居上海，李淑卿跟随其后，积极发动进步力量，宣传进步思想，在长时间的工作中，李淑卿深刻地感受到，革命缺乏的不是勇气和斗志，而是认识，心灵的觉醒。如果国人认识一片糊涂，甚至黑白不分，即使有众多的物质，这些人还是一盘散沙，上了战场也只能丢盔弃甲、落阵而逃，而传递思想的阵地不是单纯的演说，也不是军队化的训斥，而是刊物。李淑卿发动上海一些显贵们，找他们筹措资金，建立了丙辰俱乐部，把俱乐部作为宣传进步思想的重要场所，凝聚人心，提高国人认识，但，俱乐部毕竟是有限制的，时间、空间、人群，等等，李淑卿满腔热忱，大展手脚，召集一些知识分子，办起刊物《丙辰俱乐部》，刊物从俱乐部成员手中传递到学校、工厂、军队、医院、警察局等上海各个角落，一时，护法军队力量不断更新血液，刘公带领护法军，四处辗转，与袁世凯周旋。无奈，刘公肺病严重，被迫离开战场，回到医院治疗，1921年，刘公与世长辞，时年39岁。

李淑卿丧失了革命伴侣，抑郁寡欢。当时，北洋军阀四处通缉刘公家人，李淑卿无处可逃，只能化装成农妇，潜回刘公老家襄樊隐居，时年28岁。

四　寂寞东篱湿露华，依前金屋照泥沙

隐居襄阳

高大灰冷的马头墙，掩映在丛林翠竹中，它翘檐走壁的门脸被冷寂下来的时光打磨，曾经的威武繁华，在周边越来越高大的植物和建筑物中消弭，它坦然随性，缄默内心，无须诉说，厚重的时光从来就是无情物，不听亦不留，只信任与之对峙的东西，如此，遗留的就是本身，譬如胸怀与心性，这些原本无形无声的东西，又何必在乎挽留与诉说呢？它提供时光的真相，等待心灵浮现一刻的碰撞，复活，怕才是超越生命的遗留。

中西合璧的建筑，是个三进院子，一进院子是典型的中国天井屋风格；二进院子是书房，里面有花园假山、亭台楼阁，各种名贵的花草树木种植其间；三进院子内是典型的西式洋房，典雅高贵。房屋曲折，面积庞大，一个革命遗孀，从28岁起就开始行走内心的女人，隐居其中，她不管屋外的江山日月，斗转星移，手捻佛珠，心静如水，端坐佛像前，默数时间漏斗对时代的渗漏——北伐失败后，曾经的同仁莫名其妙地死亡，血腥风雨中，民国又成为一个人的江山，她伸手不够，她被追杀，奈何？

生与死恐怕不存心胸，苟活如死，死去的何尝不是更好地活着？这些对立已经在耳哨边的枪炮与肉身绽开的血痕上转化成统一，剩下的时光就是枯坐青灯下，结出火焰的黑痂，终有一天，会有琥珀般的晶体，显现历史的重要段落。

淡泊离去

我描绘的中西建筑，也只是凭借只言片语的文字资料的想象，它很短暂，在日本侵华战争中，日机投弹袭击襄樊城，建筑化为一片灰烬。那时，浓浓的炮火中，到处是抱头鼠窜的中国人，男人、女人、富人、穷人、官员、流浪汉甚至军队……李淑卿也在其中，被人流挟裹，被枪炮冲击，到处是鲜血、废墟、风声鹤唳、草木皆兵，溃堤般的建筑，军队，家园，国家，一个人的身体轻贱如土，而曾经挂在嘴巴边的独立、自由之思潮，皆被溃败掩埋……

身体是溃败的，城墙是溃败的，家园是溃败的，国家是溃败的，千疮百孔的时代，再次走到跟前，化做风雨、空气，围绕、侵袭，直至掏空。到底，个人是渺小的，时代的沉重，是因为国家给了时代的基脚，个人与时代的恩怨情仇，如何了结？除非，这个人昏睡欲死，那么，个人注定要被卷入时代

洪流中。

　　当她在一处隐蔽下来时，她想到这样的一天吗？列强入侵，亡国亡家——谁还说国家就是一个人的，不是大家的？它有什么理由拒绝一个成熟的子民对国家的拯救？

　　李淑卿是如何的心情？无法得知，但我知道，一个把青春交给黑暗年代的女人，她要么隐灭要么发光。

　　八年抗战，国共内战，此后，新中国建立。董必武曾派时任湖北省民政厅长访问李淑卿，提到李淑卿在武昌首义中的义勇之举，李淑卿手捻佛珠，只字不提往昔，往昔仿佛已成云烟和清风，涤荡心胸，而心胸被沉稳的寂静祥云笼罩。

　　1951年除夕，大雪弥漫，天地玄黄，59岁的李淑卿在睡梦中走了，一场漫天漫地的大雪接走了这个传奇女人，覆盖她的肉身。在东津镇一个名叫上洲的村庄，正是刘公出生地，李淑卿盖着洁白的雪被子永眠大地，她的脑袋上方是大堤，大堤下是一棵上百年的槐树，一堆土冢，连墓碑也没有。

　　我寻找到这棵古槐，枝叶依然婆娑，古槐下是平整的良田、沟渠，我询问当地人，知道这棵古槐下埋着谁吗？他们摇头，憨厚地微笑，说老的人都喜欢埋在古槐下，古槐是吉祥树，想必，埋在它下面的是有福之人。

　　"寂寞东篱湿露华，依前金屋照泥沙"。2011年就要到来，武昌首义百年纪念日，在所有历史文献记载的名字之外，李淑卿仍然以对峙时光的姿势，绽放她如菊的清香，遗福后人。可敬！

第四辑
虚构或建设

你的岛
幻象录
梦·境
涉江
……

你 的 岛

岛

  长江水流中的一个孤洲，它抱紧自己，吸纳四围冲击来的江水和无止尽的风雨，然后敞开了胸怀，迎接漫漶的浓厚的雾，一点点坚硬自己的心肠。它那么孤绝，伫立在水中央，被水冲击又与水依托，承受每年的大小洪涝灾害，溃堤、水淹、房屋倒塌、庄稼死亡、生命如虫豸奔突……废墟上的庄稼，在死亡上诞生春华秋实，泥土和庄稼从而获得永恒的高贵。

  你无数次地描绘孤岛最美丽的时刻。月光铺陈江水的夜晚。

  水波潋滟，银色的光芒被轻柔的江风抽丝剥茧，留下筋骨，一层层地镀进水流的心脏，清凉、静谧、光洁，环绕着耸立在江水中心的孤岛周围，它们耐心而诚挚地缝合裂痕，不动声色地抚平沧桑。孤岛如同一座逍遥岛随着江水漂流，它抱紧自己，切近逐渐睡眠的心脏。

  多么表象的文字啊，只有你知道，它没有一句虚妄之语。它不同凡响的存在必然拥有不同凡响的来历，在地理之上，在水中央的精神焕发存在的光芒。

  传说，一只巨鳌在长江里来回巡游，寻找栖身之处，到了长江中下游接壤处，看中这里的温润气候和绵软、平坦的河床，就把身体扑在河床上安心休憩。而巨鳌身体周围漫溢出来的沙子和长江腐殖覆盖在巨鳌身体上，形成了一个巨大的江心小岛。一个老人每天沿着孤岛附近水域撒网捕鱼，早上迎着太阳出门，夕阳西沉时把捕捉的江河动物一一放回长江，第二天又沿着孤岛四周的水域撒网捕鱼，再把捕捉到的鱼重新放回长江，周而复始、年复一年。他是在为休憩的巨鳌巡游，预防巨鳌惊醒，如果巨鳌爬出孤岛底座，整个孤岛就会塌陷。没有谁看见过撒网的老人，也没有谁因为没有看见老人就否定老人的存在，相反，老人捕鱼的传说在孤岛一代又一代地流传。你信任这个传说，仔细玩味孤绝这个词语下的抗衡。逼仄、肃严的时空，在天骨开张的叙述中延传出宽广的人性。老人在时光隧道里巡游，成为一个象征，一个和他保护的巨鳖一样的象征——他们是佑护孤岛的神灵，只要孤岛存在，他们就永恒地存在。换而言之，只要他们永恒地存在，孤岛才会永恒地存在。

你不能简单地把这个传说归结为孤岛人的信仰，也不能简单地概括为象征。它虚无地存在，却永久地根植孤岛人心灵，这是大地和水流合谋出的秘密通道，放逐肉体摆渡心灵。你唯一能认定的是，当一切苦难的、幸运的、卑贱的、高贵的生命被水流试炼过，他或她以永久的安息获得存在。

岛，散发着神性的光芒，你虔诚地写下：岛——你的词源，文字河流的发祥地，注定在血液中混响、澎湃。它足以耗尽你的毕生。

树

那一年，你七岁，在树下打瞌睡。一串柳荚子掉在你脖子上，毛茸茸的，奇痒怪痒。一个女人摘下你后脖子上的柳荚串，要你叫阿姨，遇见她就叫阿姨。

你充满矛盾，因为女人是你母亲的敌人，但是她帮助你摘了柳荚串。你想叫，又不想叫。不想叫又难堪。

女人从她挎着的药箱里掏出瓷白的药片，递给你。在接手的刹那，你听见自己的声音——阿姨。女人满意地约定：以后有你母亲在场，你要说喜欢我。你品尝恩赐的甜蜜，吞咽伤心的苦果。

一片药糖收买你的嘴巴。而你心中苦恼不已，你无法估计，你为你的贪吃会付出什么代价。终于，女人找到你家里，拢着你的肩膀，要你说"喜欢阿姨，要跟着阿姨生活天天吃糖"，你不得不说。阿姨得意地朝你母亲宣布：你的女儿都喜欢我，你看你多失败……

那一刻，你知道了尊严，它多么珍贵却时刻危机四伏，一场树下的瞌睡就把尊严扫地。

多少年后，你说起心理，你想到的是，追溯到童年，从一棵树开始。

水 之 书

a 在虚妄的语言前，你一直寻找
属于你的词根

它秘密浇灌你的
生活，一个女人的血液
暗夜流淌

b 为暴风雪里敞开的窗户
为缄默胆小的命运
为再三受挫的爱情
为梦中惊醒后仍然遗留的心悸
为一次远足忽略的风景
为一次伤害和被伤害
为低下头颅，俯首称臣后某个夜晚燃烧的
耻辱，骨头缝里沙子硌人
为一次次失败却不愿意屈服的书写
为无能为力，爱莫能助的痛惜
为教堂里钟声压迫出的泪水
为羞耻如绿水般消失
为冥冥中照应的机运屡试不爽
为火焰后的灰烬云淡风轻

c 今夜，你必须梦见
你再一次的书写
打开另一个天空
水天相接的辽阔和寂寞

d 你趴在水流上
抓住你的词根
它以流浪和放逐
扩充一个女人的生命
水样漫行

e 被隐喻的生活
以水的名义写作
水之书

堰　　塘

　　它们比村庄奔跑的速度要快得多,它们不断死亡,几乎成为一个过去时。现在,你看见的是沟渠和养鱼池,水流漫漶却泛着油腻,飘拂着令人恶心的腐臭味。显然,它不是你记忆里能够洗濯和饮用的甚至照亮你童年的……洁净水域。

　　有一天,你说起它的消失,认为是水干涸了。村庄人纠正,是死亡。他的手指颤抖,却如同匕首,愤怒地刺向完全没有水流的坑。很大很大的干涸的坑,露出裂痕的黢黑泥土,上面有死去的猪羊、耗子,有断筋裂骨的家具,有枯枝败叶、建筑废弃物。垃圾收容所。

　　是的,马上有水引来,要改作鱼塘,可是它有了水就是堰塘吗?不是,我们再也找不到在堰塘游水和捕鱼的乐趣。

　　村庄人满脸绝望。对于一个完全改版的村庄零件,他无法预知,以后他还算不算得上村庄人。

　　一口口死亡的堰塘,把村庄改头换面,当你归来时,你成为陌生人。

旱　　厕

　　你是有洁癖的人。然而,你多次绝望地说道:我又在梦中回到村庄,可是,我捂着肚子到处找不到方便的地方,多么狼狈。

　　你被你的梦一次次陷害,你拒绝回村庄。好像,你天生就是一个城市人。

　　但是,梦又来了,你捂着肚子,从搭着砖头,一口大坑围成的旱厕逃出,在菜园里逡巡了会儿,折回屋子后面的树林,你鬼鬼祟祟,捂着不可告人的秘密。

　　终于,你从梦中惊醒,这是多么可笑的事情,你竟然是被自己的粪便溢到脚底的细节而惊醒。

　　而你的母亲曾经告诉你,梦见粪便的人,是有福的。

　　你惶惶地睁眼到天亮,你不知道,这个如同惯例,为你造梦的梦,究竟要告诉你什么。这几乎成为心病。

菜　　园

　　许多次,你挎一个竹篮,到菜园去。前后穿行,豆角、辣椒、茄子,还有各类瓜果，它们散发着雨水和阳光的气息，从色彩到气味诱惑你。

最终，你被引诱的，是你的胃，它突然张开嘴巴，吵嚷着告诉你：饥饿。

根本不会做菜的你，有了操厨的兴趣，你只想，用村庄的菜肴喂饱你饥饿许多年的胃囊。

那一刻，你突然泪流满面。因为你最终会放下饭碗，离去。

麦　子

尖锐的麦芒刺伤肌肤
母亲顾不上疼惜，怀抱麦子装上拖车
回家，在院子里铺开

晒得令人疼痛的太阳
要母亲格外珍惜
她甚至把月亮也用上

月光下，扬麦的身影佝偻
你坐在院墙上，看一粒粒麦子
孤独地回到睡眠的故乡

棉　花

想起写过的一篇文章《梦到天涯》，心感羞愧。你用了极其轻缓的标题来解构棉花的沉重。你本知道，棉花不是花，是繁殖，是养育，是图腾，可是你这样轻巧地阐释，你感觉到轻薄。你为之抱歉。

披霜沐露的棉花，站在雾数难调的岛上，淋湿了田野，它从黑夜站到黎明，它把四季站成岁月，可是，它觉得还不够，它把庄稼站成生老病死的生活。它把形而下站成形而上。

棉花，等同于村庄。庄稼，等同于生活。

你有了信心，在棉花的纸页上，你用一生来参悟神谕的瞬间，你认为值得。

芦　苇

　　浩渺的长江，密匝的芦苇丛，树林、堤坝、田野。你回到你的村庄你的岛。

　　返回的路程却比出发的路程短暂、容易，你知道这不是返乡。石头缝隙间偶尔一丛芦苇，稀松、散淡、枯槁，承受着江风的不能承受之轻，改版你的记忆。你陷入了恍惚，儿时的芦苇丛不仅仅是抱成团的植物，还有身挨身编织的隐喻，你最早的宿命感是从惊恐开始的，而最早的惊恐正是起始芦苇丛。

　　芦苇丛每年都要在暴涨的江水里消失，每年都要盘亘从上游冲击下来的尸体、腐烂物，你并不感到可怕，相反，你把他们打捞上来，确认不是熟悉的人和物，会把他们还给长江，曾经的耻辱、灾难、仇恨、贫困、荣耀、幸福、不幸……全部被死亡流放，水流抽空、放逐他们，遣送回乡。你在心中姑且把长江当成摇篮和坟茔，它们作为终极，那么相似，收容回家的肉身，指向奔赴的灵魂。他们被长江运送到离天堂不远的地方，你很早就被村庄人这样安慰。

　　但是，你的恐惧在江水退潮后诞生。你和伙伴走失，在你从坐着的芦苇篼上站起时，你发现一个骷髅，白森森的、坚硬、冷酷、阴森，空洞的眼神如吞噬的嘴巴，一下子就撕咬了你的胆量，你趴在地上，爬着离开芦苇丛。而骷髅却缠绕你意识的枝丫，在你战栗的瞬间，扇动翅膀，在蒙昧的心灵上日夜拍打。

　　昏迷。惊叫。冥想。脆弱的孩子。你的眼神充满了恐惧，你渴望有一场大火焚烧给你恐惧的芦苇。大火真的烧起来了，在你祖母的坟墓上，全部是芦苇，坟墓居然在江水上堤坝下。每年的祭祀，鞭炮和烛火都被浩荡的江风引爆出熊熊大火，在芦苇丛上燃烧，稀里哗啦——绵延不绝，火光照亮了树林。你感到水般的透亮，澄清。

　　你多年的恐惧突然破解，芦苇下的生命衔接了水与火，不过，你被幸运地推到遇见的瞬间。先验试炼你的心灵，灵魂的流放地，正是它的栖息地，生长于死亡之上的芦苇获得年年新绿的机会。

　　从芦苇开始，你的脚步注定了出发，它的漫长，无与伦比。

魂

　　从前,你走在一条偏僻小道上,你笃信鬼魂存在。鬼魂只在黑暗岑寂的时刻与人碰面,也许不能碰,因为鬼魂没有重量,他或她被风被他们的意志吹拂,四处飘荡,而他们决意要遇到一个尘世的小孩,把这个小孩的魂取走——也只能是小孩(传说,小孩是鬼魂的摄取对象,没有谁能解释为什么只能是小孩),充实他们飘拂的能量。

　　鬼魂如此单薄,他们穿着纯白的或者黑的长衣,那么长而宽的衣服,是为了能在黑暗的空间飘荡起来,单薄的前后两层衣服在风中鼓起,相互摩擦,发出风吹草动的声响。或许,若有若无的声音就在瞬间控制了人的思维——鬼魂来了,已经飘到了附近。你正是听见那窸窸窣窣的隐约之声,眼睛被四处飘拂的白色左右指挥,脚步慌乱了,心被沾染剧毒的虫子啃噬。汗和眼泪黏合在一起,喉咙也被堵塞。恐惧在你奔跑的速度里不断分泌温度,简直要到了燃烧的地步。

　　高烧中的你,眼睛迷蒙,在尘世之上,你看见你自己,正在被招魂。一碗水,里面燃烧了黄表纸的水,满满地端在人手上,一个在头顶梳着两个小髻的妇人,像年画中的滑稽小童,而她的脸有千百个褶皱,她口中念念有词,喉咙粗犷,声音尖细,这些对立的因素使妇人充满了怪异。妇人小心端了碗,碗齐眉心,一动不动,一根筷子正奇迹般地立在碗水中央。穿堂风过来,妇人的长衫左右飘拂——你恐惧地看见,鬼魂正依稀出现。妇人说,鬼魂把你的魂送回来了。

　　碗水泼在地上,鬼魂被打跑,他们再也无法捏取你的魂了。而他们还会捏取其他孩子的魂,那些孩子还没有被黄表纸上的语言书写前生今世。

　　鬼魂捏取纯净的如他们衣服单薄的孩子魂灵,等待尘世的召唤,在招魂的仪式中,鬼魂郑重地与现世的爱恨情仇两讫。一个曾被掠夺魂魄的孩子带着先验的畏惧,开始磕绊成长。

茶

　　你在长江边沙滩游玩,和几个同学比赛扬沙子。一把沙子飞散,朝着你的眼睛扑来。你双手捂住脸庞,大声哭喊:"我的眼睛瞎了,你们赔我的眼睛。"

　　一路哭着回家,眼泪吧嗒吧嗒地不断流淌,也许眼泪带出一些沙子,但肯定还有顽固的沙石隐藏在眼眶里，伺机和眼睛作对。到了家里，你不断叫嚷，我的眼睛进了沙子，很多沙子，可能要瞎了。

祖母用清水洗了眼睛。祖母找了父亲（父亲是镇上医生）留在家里的白纱布，逼去祖父茶缸里的茶水，把茶叶包在纱布里，再在清水里浸泡。祖母翻开上下眼皮，捏着包了茶叶的沙包很仔细地走过。晚上睡觉前，又重新用纱布包了茶叶，仔细清洗眼睛。祖母看着红肿如桃子的眼皮，要你闭了双眼，把茶叶敷在你眼皮上，保证，明天你的眼睛比以前更清亮更好看。

茶叶去垢，还能活血消肿。被水淹渍的茶叶，它吸收了水，然后再释放一种清洁人眼眶、消除红肿的元素。茶让你从小就觉得亲切。

菜园里有一排茶树。那是一排矮小的灌木，一年四季葱绿，蓬勃着枝叶，到了春天，它们长出的嫩芽被摘下炒熟，用于泡水喝。你家的茶叶除了平常待客，此外，几乎是祖父治疗哮喘的常药。祖父把茶叶拌上红糖熬糖水喝，黑沉沉的水渍，漫溢着沁人心脾的芬芳。祖父哮喘厉害时，祖母就用茶叶煎鸡蛋救急。有一年，父亲在春节前去堰塘挖藕，不小心凉了肺，祖母每天用茶叶、姜和红糖一起熬汤水，父亲连着喝了两天，就康复了。

许多年后，你到一个茶乡参加茶叶笔会，认识了真正的绿茶。茶乡在海拔千米的高山上，一座山连着一座山，一路都是盘着山生长的茶树，而所在山脉不同，品种也划分更加细致，水仙冲毫、珍眉王、坤芳虎狮茶、白鹿庄绿茶等等，时令不同，茶叶也分出等级，芽茶、明前茶、明后茶，等等。茶树沿着山脉所向披靡地站立，茶乡是名副其实的茶乡，几乎家家种茶、制茶，而茶乡的绿茶在当地温润的山泉水的浸泡下，更是清甜淳厚，色泽清澈照人。袅袅的热气中，针尖般的茶叶浮起，稍稍展开了叶子，又沉落，在半路完全恢复了叶子的模样，最后软软地趴在杯底。你明白了，绿茶叫细茶，而你岛上的茶是粗茶。粗茶清洁过你的眼睛，父亲的肺部，还养过祖父的气管与胃。

粗茶淡饭，你重新掂量村庄的重量。

村　　庄

在一个停电的夜晚，你点燃了蜡烛，火苗飘忽，光芒游移，你端着烛台，双手把蜡烛递过去，犹如传递光明——那一刻，很神圣的仪式中，你想起了村庄。

村庄蛰伏在黑暗中，等待一个词语把它唤醒，而村庄却倾注词语的发条，轰隆隆地转出文字的春夏秋冬。你明白，所有的汉语，注定与村庄终生纠缠。

而你讨厌村庄的后花园和心灵栖息地的旁注，它们轻薄了村庄却讨巧了浅识的心灵。村庄只有一个词语，或者母语：孕育的子宫。它在承受磨难，它在流血，却源源不断地生育生命。

温润的子宫，这是村庄的图腾。生与死，清与浊，慢与快，大与小，动与静，巧与拙，磨难与享受，幸运与不幸，愚笨与聪慧，奸诈与善良，沧桑与青春，虚无与实在，昏暗与光亮，消亡与永恒，细微与宏大……以对峙阐释圆满的乡村哲学浸染了时光的痕迹，它时刻迎刃一切不轨，如同一滴滴溶液消解坚硬的岁月，遗留月白风清。

村庄只生产泥土，泥土上的生命，贵或贱，重或轻……生命至上的哲学，都在此找到安身立命之地，都会得到村庄的尊重。一个生命，一桩桩手艺，被最质朴的感情编织出风俗民情，它领导村庄人日夜从事一项工作——把人情的纽带撮成绳索，抛向悬崖游动，游动，大地的宗教在最尖利的峰顶岩石产生。每一个村庄上都有属于它自己的圣洁光辉，被它的子民永生地书写。

村庄集合众人的胃，扩充成土地，用泥巴喂养。子民的记忆约等于乡村的记忆。

你无法避免地写到村庄你的岛。在村庄词条里穷尽一生，是汉语的旅程，是写作者的承诺，是归宿和福祉。

雪

a. 你无法明白，刚刚梦到了雪，雪就从天空飘落下来。羽毛般的雪花，落在头顶，落在额前，化成流水。

你相信，那是你的泪水，流淌脸颊，渗进嘴唇，冰凉、苦涩的味道，给你隔世的恍惚。

那些年，你肯定是雪花，被柔弱偷袭的轻盈，抽离了骨头，没有轻重之分，向下，向下坠落，覆盖大地又葬身大地，在奔途的旅程，你以消亡的疼痛领略死亡，解构自己的命运。

你不同意结局的说法，每年活过来的，雪，一年年在苦寒里开了花，如同一次次泪水堵住喉咙，一个写者被自己要求，像雪一样捂紧内心。

但你觉得满足，甚至你臆想，是雪梦见了你，昭示你，从藐远的虚无下坠，在粉尘遍布的空气里开花，在大地的额头流下泪水。

雪一定相信，每一个苦寒冰冻的日子，一个人会捂紧内心，在雪的额头上写诗。你获得了重生。

b. 雪在黑衣人身上恣意地欢歌笑舞，它们把自己幻化成蝴蝶，停驻肩头，如花绽放，这是计谋不是梦幻，雪显得心事重重，它飞舞得那么像雪，一个季节的雪，它却出卖了自己——不再轻盈。雪被你鄙视，你被雪算计。

从这个冬天开始，你厌烦，鄙视，轻蔑——雪落大地。你忧郁的心胸里藏着煤，它在低处燃烧，它抵御雪，与雪格格不入，它用飘摇的火苗验证——它的存在，在雪之上。它快要熄灭了，当然，它会熄灭、冰冷、零落成灰烬，但它不准备屈服。你忧郁的是，火苗熄灭了，煤还是煤，雪消失了不再是雪——可是，雪在每个风雨飘摇的日子，被人类歌颂、期待。

虚 构 之 诗

你在水上写字，水带动你的手指
挖掘旋涡，镂刻水纹
波浪奔涌，你的手掌长出洁白的
花朵

你匍匐在巨大的花朵上
犹如莲心里的花蕊

你把脚踝游弋成鱼
你把长发飘拂成飞鸟
而你选择旋涡置放你的身体
你找不到可以类比的词语

你匍匐在虚构的词根上
犹如飞鸟准备啄食草尖上的露珠

写下沦陷，放逐和冲击
也写下地狱般的沉没和劫后余生
但你不准备放弃，虚构的手指
洞穿颗颗水滴

幻 象 录

1. 你拿起笔，赞扬哑巴，他们的禁口，如同洁身，如同一株从淤泥里长出的清莲，孤独而美丽，你赞美哑巴，如同赞美光亮。终于，你忍不住哭泣，因为光亮从来没有出现过，你的赞美不是颂词，而是渴望和期待——语言不用声音说话。在哭泣的一刻，你硬下心肠，写出：默读者。

2. 你对面坐着一把椅子，椅子背后开放着阴霾的天空。你熄灭所有的灯光，泡出热茶，热气袅袅，清香扑鼻，寂静在死亡里生长。你开始交谈，在黑暗中，空洞中，苍淼中，你仅仅与自己交谈。

3. 优渥成长为整个人类，她有标志的面目，她有随意可亲的心胸，她有伸手可触的权力。她多么幸福，站在领奖台上，典雅博学地发表获奖感言。今天，她的额头居住整个人类。她用圣母的乳房挂上耶稣的十字架，怜悯弱小，取悦强大。她的历史冻结出大理石，铺筑博物馆，她被瞻仰被悼念，她的生命被延续。

4. 你忍不住落泪，你无限伤感。这是多么可耻——你找不到一个具相的理由。可是，你听见泪水的重量，啪啪地滚落。最终，你改变了命运的看法，一颗泪滴的下场是不知所终，但你相信，是你的泪水洗劫了灰尘。

5. 不想说话，不想吃饭喝水，不想写一个字。你被忧郁袭击，暴雪般的忧郁，紧紧追随你，直至你一无所有，它染色你的血液。你是一个黑颜色的人，你注定被所有季节遗弃。但是，你不准备改变自己，你鄙薄改变，那是投靠背叛变节，你心中清楚——叛徒总有清算的一天。

6. 你在电话里聆听爱情，它被所有人聒噪，它永久地霸占岁月的舞台。但是，它多么不值得一提，它的轻浮和懦弱，常常把它自己弄得身败名裂、横尸遍野。电话里的声音带着哭腔，你不说一句话，你无安慰之词，你无进谏之意，关于爱情，你只能说，爱情已经被它自己弄得面目不清。

7. 往往是，当内心的魔鬼显形时，上帝被人想起。看样子，上帝专为对付魔鬼出现，但是，我们经常看见黑衣老鬼，却听不到上帝的声音，魔鬼简直忘乎所以，它分身为妒忌、憎恨、贪图、谄媚、欺骗、欺凌、压迫、虚荣、掠夺、虚伪、欲望、抢劫、谋杀、算计、阴谋……那么多。上帝，我们看不见你，听不见你慈爱的声音，但是，我们常常描绘你。每一次魔鬼的现形，我们都从反面想象你。

  8. 哀悼嘴唇，等于哀悼一只鸟。那么轻，轻到无所谓。那么重，重到一个生命。当嘴唇出卖隐秘，嘴唇泄露天机，嘴唇媚上凌下，嘴唇信口雌黄，嘴唇密谋离乱……它纠结一个人所有的欲望，它代表身体，成为生命的佐证，嘴唇也走向末路。你所能够做的，在有限的时日，哀悼。哀悼它吧，不是它的过错，嘴唇天生要说话，而说话只是传达来自内部的声音。

  9. 日子，一天天过去。在日子到来前，你已经衰老，面对流水般的日子，何谈畏惧！相反，这是你的愿望。虽然，日子很平庸，你所期待的，好人有好报，恶人遭报应，出现令人惊愕地反差，但你不埋怨日子，因为你清明地知晓自己，你是聪明的人类中最平庸的一人。如此而已，青春与苍老又有什么区别，你只是倍加珍惜苍老下来的心境，清明着面孔过着日子。

  10. 我岛。这是你毕生的经营，它是你的词源，也是你的叛乱，还是你的隐秘花园。你的妄想，在它那里得到印证，你感觉，你的时日没有虚度。我岛。在水中央，它被水冲击，又与水相伴。从此，你学会在水上写诗，在逼仄的时空营造宽阔。

  11. 整整一个夏天，不断阅读加西亚·马尔克斯的《百年孤独》，你热衷于想象一个患上失忆症的国土，陌生与无所作为，还有散漫与淡然的姿态，成为症候的病因，过往被改写，历史成为空谈，物质以最大的虚无篡改事物最本质的特征，从而获得与世界的交易权，你重新掂量，潜伏于"日新月异"中的"毁灭"。孤独袭身。

  12. 写满一页页洁白的 Word 档，再一页页地删除，一切不复。你总是不满意，这样的书写中，有多少字在超越以往？还有多少字是深层面对自己？又有多少字在浮出生活层面悄然影响周遭现实？令人怅惘，心存不安。纠结其中的日子，恰如一场沦陷与流亡，失眠的常态下，你只能再次敲打键盘，构建时间水流的旋涡，置放自己。

  13. 菊花蕾在凉湿的秋雨中不断壮实，它们有紧密的心脏，仿佛那么久的等待酝酿的孤傲都在其中，不肯轻易地绽放，一点一点剖开心脏外的皮囊，终于，一场霜后，攒起质地精良的花团，漫长的花期，一直延续到一次又一次的白雪覆盖。你从春天站到秋天，再站到冬天，从早晨到傍晚，久久地凝视，敞开心扉，吮吸、吐纳，你愿意与它们在一起。

14. 十三朵白色的梅花，开放在立春后，窗台下，雪色的春天，被黄色的花蕊点缀，一个修饰意义的春天真正来到。那些苦寒的日子，被清瑞和祥吉烘托，成为过去。过去结出的硕果，被你膜拜，你端着茶杯，向梅致意，向过去致意。站在过去的通道上的你几许黯然。

15. 一束玫瑰躺在黑暗里，角落的萧索增添它们的孤单。你放下它们，不时打量它们，夜晚的风拂进，渗透到角落，夜晚在玫瑰的卧躺中失而复得，玫瑰的沉寂染色你眼神的沉重，一个夜晚按照它的轨迹，得而复失。

16. 许多天来，你在考虑，忧郁症的颜色，它强烈的腐蚀性，已经染黑你的心脏。多么可怕的事情，一颗黑滥的心脏，如何诞生出明媚的阳光。你为之忧郁，更加忧郁。那些行走在风中的人、鸟、兽，还有花草和纸屑，急于返程和奔赴，但，他们再找不到回家的路，也去不了天堂。你闭上眼睛，你与他们毫无相干。

17. 你冷冷地看着。一只长嘴壳子的鸟正在啄食一只小麻雀，小麻雀已经死了，僵硬着身体躺在草地上，它的胸脯被尖利的嘴壳撬击、撕咬，柔嫩的春阳洒播在它们的身上，和煦、温润，远处的拜年歌若隐若现，端庄的中年人、兴奋的孩子、热恋的情人、安详的老人从它们身边走过。你冷冷地看，一场撕裂和蚕食，被终结的血消弭。草地上的疼痛毫无重量，青绿的芽在一场雨后必定出现。

你转身，前后都是太阳，你站在太阳下，你必定只能指正——和煦和温润。

18. 给一个老者写信，你艰难地措辞。你在你的词库语海里打捞那些适合的词语，你满怀希望又举步无措，你只是诉说，关于文字，它的暧昧和势利，正在打击你，但是你无法舍弃，它们的汹涌姿势，已经漫漶成血液，你选择一个老者，你诉说，终于你放下顾虑，笔下流泻出你的愤怒和委屈，期冀和热忱，鄙夷和刻薄……你的手停止下来，你终止了写信。

19. 问好。友人问你好。你久久盯着那两个字，你不想回复，但你在心中回复：问好。这是你的状态，不想说话，你讨厌了形式意义的嘴巴，太多的口水，亵渎了一个基本的词语意义。正如，一个男人反复地对着女人耳朵，说：我爱你——那是假的，他后面要说的是：x 你，然后是 y 你。

20. 这么多年，你没有变，你轻易地鄙夷一个人。你从来没有想过，别人也可能鄙夷你。可是你无法自控，你拿准了你与他人的鄙夷完全油水不同，尽管你听见他们的轻蔑——傻 b，但你坦然地鄙夷一切取巧还有投机。这么多年，你学会了一件事，微笑着鄙夷。

21．一个人对你说，我是真心帮助你的——他却在背后操起了刀，也并不亮出刀，只在暗处，伺机捅一下，他有长舌妇的嘴唇，有小人的喉咙，更有飞天男女合一的性能，阴阳相糅，时而尖身呼啸，时而装聋作哑，时而讨巧卖乖，时而背后使刀。你咬牙，擦拳摩掌，总有一天你会当面擒拿这个妖怪。

22．有一天，你取下围脖，马上你的鼻子阻塞了。你明白，使惯了围脖，围脖就具备意义，它不是装饰而是护翼。一具肉身，在强悍的冷风前，它的单薄根本不值一提，它需要更多的护翼。你这个胆小鬼，你不是骂自己，而是理解了自己。

23．你把钉子钉进墙壁，你留了一个尺度，刚好，钉子在灯光下能够留下一根火柴的影子。那个尺度能够挂书包，挂衣服，挂图画，挂挂历。当钉子空着时，夜晚的灯光照在钉子上，钉子不再空着，它挂着阴影，形如火柴。

尺度留下言外之意。

你为此冥思，也仅仅不让自己苦恼为止。这是你的尺度。

24．夜巡，美好的词语。你请求光亮照耀额头，步履不再蹒跚，清风拂动衣袂。虫子呢喃，如钟声撞击你的灵魂。

所有的诗句静止。夜巡，沿着光亮——像极了某种仪式，安静诞生。

梦·境

五月，游江南某村，风景无限，入梦入境，遂记为念。

宅

这样的房屋，在时间的浸淫中，慢慢地沉淀，风雨、灰尘、青苔、阳光，还有死去活来的植株芬芳。它斑驳的油漆、龟裂的木头、破碎的帐幔，一口干枯的天井，于无限的幽深和静谧中，压缩出倾斜的倒影，晃荡着幽微的不真实的时光，梦幻般的碎片掺和着眼前的景致成镜像。

古屋，即宅。

高大的木质门板上的雕刻，无外是梅兰竹菊的花样，福禄寿运的篆字。繁缛的花纹，精细的叠层，在日积月累的灰尘下不动声色，又渗露清香，伙同阳光的微粒游弋、播撒。风轻轻地摆动院子里的百年金桂，光影追逐，时间缓慢地潜行。高而阔的门槛，粗糙的纹理，犹如百岁老妪额前皱纹，一层随着一层堆积出沟壑，页岩的沧桑，为坚韧的负重而披光泽色。我端坐于门槛，看脚下的影子，一个黑团，在青石板上凝聚，那是时间的心脏，或者肺叶，供血、呼吸，呈现过去甬道上的生命痕迹——许多年前，我是雕花窗前沉溺诗书的青青子衿，是仕途颠簸最终告老还乡行将就木的失意者，还是飞针走线哀叹韶华流逝的女子？抑或仆童侍女，甚至郁郁寡欢的小妾？天井石上的清凉，树叶落于脸颊的恍惚，案几茶桌上的端肃，青石板上的踱步……似曾相识的短章，碎片般的梦境，心中无端惆怅。前世今生中，总有收藏的镜框。

古宅，适宜发呆。古宅，岁月突然转弯，回溯的路况。

上百个柱子支撑的宅子，犹如树林的前世。从门槛，到脊梁、窗户、屋顶，樟树与楠木混合搭建，整棵木头，从中剖开，幽暗的时间之心，敞开在宅子的横梁、脊骨和脸面上，缓缓渗露日月精华，传达一棵木头的朴质与坚韧。

它注定要老去，也注定回收沉寂。

从哪里来，还要到哪里去。前生的树林，后世的缄默与幽深的心胸。

而，百年中，时代的刀光剑影，世事的沧桑变更，一代代人的爱恨情仇，繁华与贫贱的跌落起伏，生活与时间的鸡毛蒜皮的摩擦，均被收容，在木头曲折的纹理中。一棵木头，它不说话，不是它不会说话，而是，它以木头的本质，轻曼话语的浅薄。

积淀与承载，仿佛，成为它的归途。

我放慢脚步，一再，驻足门槛、窗户、古井、厅堂前，耽于树林与木头的转换想象中。我看见一匹摇着尾巴的马，在不知年月的林中漫步。

青　石

幽深和曲折，在巷道中延伸。那日，下着小雨，绵绵如丝线的雨帘在眼前迷蒙，从白墙黑瓦的古宅倾斜，匍匐在青石巷道。瞬间，青石的颜色加深，石纹在积蓄的雨水中呈现，很慢，它有山峦的隐约背影，它有被说不清的惆怅遮盖的款曲，它有遥远天际的散漫弧线。

旅游鞋踏在青石板上，也很轻，仿佛一次轻柔的触摸，那一刻，我想起蜻蜓点水，仿佛一块泡沫浮游漫溢的水流，之上的不由自主，终于臣服一种缄默培育的力量，形而上站在了形而下。我没有撑伞，伞被收拢，在我的右手心中，发梢与额头，还有裸露的双肩，承接着清凉和迷蒙——这种姿势更切合我的心境。我勾着头，盯着脚下的青石板，一次次在脑海中闪现被青石收纳的时光碎片。天空遥远在天边，青山高峻出山巅，心思切近在胸前……一块石头，它由尘埃和颗粒汇聚的强韧之心，叠影多少近乎传奇的对立或者虚无，才成为一块石头。现在，它躺在我的脚下，但又瞬间抽身，在我视线之内之外叠加所谓的路程，它成就于泥土，却超越泥土，历史般地不为任何外物所动，它呈现未来，更是提供往昔或者远古。

一个老妪在门槛边端坐，双腿上搁着一个小箩筐，针线布头琳琅，老妪戴着老花镜，微微勾头，凝视手中的小小衣物，鲜亮的色彩，精致的图案，小人儿的上衣——想必，是老妪家新添的后人，她一针一线地缝制出，她的喜爱和厚望。老妪先前，是擅长衣服制作的，她有精到独特的眼光，笃实沉寂地呈现在她一身青花布衣上。上衣久久吸引我的眼睛——对襟的盘扣从衣领下倾斜，直至衣角，两朵青色的蟹菊不对称的在倾斜的盘扣边盛开，白色的底子上，或卷曲或平展的花瓣洒落，也是青色的，它们慢慢地下坠，随着宽大的腰身，朝下朝下，在收线的刹那不知所终。老妪的布鞋，三寸金莲的船形，引来过路人的惊呼，老妪仍然微微勾头，右手轻柔地上下划动，仿佛，一切都是外物，对于老妪而言，唯有手头的针线和布头。没有人再出声，没有人再近距离地靠近，我也抽身在门槛的斜对面，端详沉静在时光中的老人以及老人的活计。

不知道什么时候，雨停了，太阳从灰蒙蒙的空中露出鲜亮的笑脸，无数金色的光亮在眼前飞舞，我定睛，最后看老妪时，心中又惊诧了——老妪手中的线是多种色彩混合一起的，连缀在小小衣物上，注定要缝制出灿烂。坊间的手艺，在时光打磨中，它仅仅作为手艺在流传，还是一种饱含情思与趣味的文化符号？王安忆以虚构完成的小说《天香》，赞扬流传在坊间的各门独活为天工开物——天工开物，好。一种自然的因素，得以流传，乾坤朗朗，日月生辉，历史到了这样的地步，它的面目该是多么令人喜悦。

大宅子的厅堂中，我流连，以脚步，来回地划着圆圈。从门槛开始，宽大厚实的青石，按照正常的行走脚步——足足有十个脚步，相连成威严而高贵的厅堂，仅仅台阶就是五个大青石组合而成，而台阶两侧有过道。台阶上面摆设的龙凤缠绕的坐椅，黑亮的色泽，在时光灰尘中透露沧桑，在青石负重的地面浮荡，又被厚实坚硬的石头墙壁反弹，附着房间中每一件物，石头或站立成廊柱或匍匐成脚基，它们坦荡成平原的姿势，容纳、消化，缄默成历史的回声，在或远或近的人们耳际边回荡。悬挂在中梁的匾额，用高古隶书书写的"忠义堂"，有些飘忽不定，忠义出心胸，心胸示行为，在不可知的朝代，鲜血和骨头，曾经撞击在石头上，渗透在石头肌肤中，成就一段往事，幻化成云烟、轻风，濡染在空气中。沉重的是心思，渺小的是感觉，一个人，在石头包围的房屋中，他或她在寻求庇护的同时，也在突围。

那样的瞬间，我心生恐惧——没有花草树木，没有亭阁井台，宽阔的石头堂屋中，非但没有石头幽深的清凉，反而滋生烦躁。端坐在龙凤呈祥的坐椅，该怎样才能做到安然若素？

我退出，门槛外面的青石外，有巨伞撑开的古老樟树，左右对称地在门廊前投影一大片树荫，树荫中间，跳跃着针尖般的光亮，斑驳可爱。若是有月亮的晚上，该是月影婆娑，水波不兴，藻荇四横。古意盎然，可信可近。

雕 花 楼

　　一个青衣女子，苍白着瘦小的脸颊，倚身雕花楼的护栏边，如葱的手指从宽大的衣袖中伸出，搭在晦暗的栏杆上，她又悄然后退，在廊柱边，再后退，缩回纤纤细指，拉住耷拉在胸前的黑发，隐藏在廊柱后面。仿佛，又不甘心，咬着嘴唇，瞪大清亮的眼睛，偏头看着楼下楼外的世界。她的眸子在灰暗的空间，局促的"回"字形状的雕花楼内，承接从天井上空铺陈的阳光，熠熠生辉，苍白的脸颊浮现水般光泽。

　　这样的空间，她能看见多远？又能看见什么？

　　青衣女子闪现在廊柱旁边，眸子里的火星熄灭，瘦小苍白的脸颊浮荡着沮丧与惆怅。她看见了，"回"字雕花楼里的，人或者事，在身边，与她自己息息相关，每天游走心尖上，焙烘忧愁或者仇恨的小小心脏。覆盖它，抽干它的水分，压缩它。

　　这不是我的想象，这是每个雕花楼中的故事。曾经我的曾祖母，就是这样的姿势，她是小户人家的女儿，有着小户人家的势利、泼辣，可以称呼为本事，也可以演绎成尖刻。她原是美的，青春的小家碧玉容貌，算不上贫酸的出身，还能识得三两字。可是，雕花楼的回廊耗尽她的美。我曾祖父做漕运，慢慢积累出家产，他在长江中下游一段名为沱水的地方包揽整个漕运，他算得上功成名就了。似乎，他功名成就早了些，不晓得守业的艰难，他只想趁着年轻趁着钱财富足享受，他出入城镇里的戏院，迷恋上唱汉剧的一个戏子。据说，家人严重反对他带戏子进雕花楼，而他竟然为戏子包上城镇某个宅院。他为戏子丢掉了漕运，舍弃了男人尊严——在一次捉奸中，被打掉门牙，又在一次捉奸中肩膀脱臼。而令人无法启齿的是，他跟着戏子吸上鸦片，身体单薄如纸，最终被戏子抛弃。

　　这个戏子，该是怎样的美呢？我无数次想象，从影视屏幕中的青衣女子，从小说文字中的放浪形骸的艳丽女子，按图索骥她婉转如黄莺般的声喉，她玲珑袅娜的身姿，顾盼生辉的眼神，倾倒众生的笑靥……百般娇媚，万种风情，她翘起兰花指，俊目修眉，唱"朝飞暮卷，云霞翠轩；雨丝风片，烟波画船——锦屏人忒看的这韶光贱"，这是流行在荆楚特有的戏种汉剧，二十年代的汉剧，绵延在茶楼酒肆和官商府邸的日常生活中，恰似烟尘中的花朵，粉饰着有闲阶层的生活，它是油水的附丽。她的歌声绵软多情，带着讨好卖弄，甚至撩拨，如此，她有罪——如果真的是她犯下的罪，至多也是妖娆罪。

这是美丽女人的原罪，是人类欲望的原罪。这种女人天生就是暗室里开出的奇葩，要么毁灭，要么出室另类灿烂。

曾祖父再次被人打得皮开肉绽，他再没有力量为戏子拼了，软着骨头回到家中。他终是忘不了，在某个不错的时辰，黄昏、子时，或者晨曦，他当立天井旁，亮开了嗓门，咿咿呀呀地吟唱：自从我随大王东征西战，受风霜与劳碌年复年年……尖细哀怜的声腔，让人愕然时空错乱。接着，粗犷的男声又拉人回到现实——传将令休出兵各归营帐，此一番连累你多受惊慌……

这样的举止到底让人羞耻。一个男人身的偏要扭捏了腰身，妖气十足地唱女人，还翘兰花指，唱戏就够丢人了。曾祖母倚身楼上廊柱后，又回身偏头看楼下错乱手脚的男人，她的眼神凛然而决绝。

戏子被请到"回"字雕花楼唱戏，她风华绝代、千娇百媚，然而，她突然倒在戏台上，七窍流血，断绝人世。

曾祖父当日也气绝身亡。

雕花楼内的血灾，令所有人恐惧，只好纷纷搬出，倾其所有，另辟一处小天井屋安身立命，但，一个人留了下来，她伫立楼上栏杆边，不尽地张望——这样局促而又高峻的"回"字雕花楼内，她能看多远？

在明媚的五月，我站在雕花楼上，依靠廊柱，打开的视线被灰扑扑的往事折回，心生凄然，仓皇下楼。

根　　雕

当然是樟树雕了，很有些年头的树根，虬曲着，盘根错节着，一只卧身于地的梅花鹿，一只低头沉思的小鸟，一支开张心胸的笔筒，或者在枝头羞赧着笑容的花蕾，甚至天然的凳子，说不上名堂的东西……的形象，还带着泥土，散发着阵阵清香。

大抵，有树的地方，总有人在别出心裁地就着一块树根雕塑，或物或人，情思盎然，趣味无限，光滑的表面是油漆的结果，洗掉泥土遮盖树香，抛光打蜡，似乎，根雕就接近了艺术。这样带着泥土的，树皮斑驳的原始根雕，浑身都棘手，以自然的面貌引发观望眼神的无限想象，这又岂能用艺术概括？

我提着伸出两只角的根雕，左右上下地打量，从正面看，犹如一只小牛，憨态可掬，从侧面看，又如一只可爱顽皮的小鹿，心生感叹——无论像什么，都是树根赋予的想象，它与人心灵的感受息息相关。而这是泥土与树木密谋的结果。

我买了一个根雕，看不出来什么，枝枝密集，围绕在厚实的根部周围，只有根部底下一块平实，供放置。我问卖根雕的人——像什么？他摇头，反问我——像什么。我想了想，说，刺猬——中途又改口——狮子头。在卖者点头称是刹那，我又纠正，披头散发的人。卖者连连摆手，不是不是。

怎么不是？就因为披散着头发的形象，所以拒绝这块根雕犹如人的想象？我笑着说，要是这块根雕上的枝枝节制整齐些，你肯定不会否定"人"的说法了。

怒发冲冠的人。卖者突然叫道，眼睛晶亮，兴奋溢于言表，他的手指向根雕，继续说，怒发冲冠的人。

他这样一说，我仔细看那块根雕，果真觉得就是一个出离愤怒的人。刺猬——狮子头——怒发冲冠——三者的联系，在于一身锋芒，既惹人注目，又感觉芒针在刺。想起朵渔的诗句：若士必怒，伏尸二人，流血五步，跟丫拼了！心中暗笑，酣畅淋漓之感，从粗细不一、朝天张开的根雕枝枝辐射开去，仿佛，不平事、窝心事、愤懑事、哀矜事，在瞬间功德圆满地解决。

卖者看见我的笑容，很得意地炫耀他所知的——冲冠一怒为红颜，美女拥有这块根雕，算是有福了。

哑然失笑。我耐心地纠正：这块根雕有血性，不见得是男人。

呀——要是女人这样，那就是你刚才说的披头散发了，最多是撒泼的，不好不好——卖者认真的态度，要我一时无法辩驳，只好笑着说，你说的形，我说的神。

神是什么东西？神马浮云。卖者的卖弄让我窘迫，心生厌烦。

我抽身离开，背包里的根雕隔着皮质，以尖锐的撞击刺着我的背——血性在泥土中沉睡后醒来，还能芒针在刺。

渡口，廊桥

渡口比廊桥要多，每个廊桥下都有渡口，可每处渡口边不见得能看见廊桥。廊桥全是木质的，横亘在水面，连通南北东西，水流大抵是溪流，桥与水组合的江南风韵，可入画可赋诗，悠然闲散，比得上陶潜的"采菊东篱下"，"荷锄带月归"。

而渡，却以向下的台阶和延伸水里的跳板绵延出哀怨。"君看渡口淘沙处，渡却人间多少人"，最难受的是桃花春风中的渡口，诗词为证："桃蕊红妆渡口，梨花白点江头。何处离愁？人别层楼，我宿孤舟。"总归是别情，幽幽，不舍。

　　桥是归，暗合着惊喜，因为伸触两岸，了然于胸了，惊喜化做淡然，眉眼处，散漫如月，衣袂间，清风习习。廊桥上的脚步，总是轻柔，不急不缓，笃定在胸，匹配水流的节奏。小桥流水，是美术上的水墨画，烟波袅袅，若隐若现，诗意盎然。桥头处聚居的人群，饮茶、抽烟，或者对弈、玩牌，家常中烟火气息，在桥下升腾的水汽中消融，也不是消失，而是以冬阳的小温暖贴附在水流中，悠悠地淌着，暮鼓晨钟、水天一色。正赶上有月的晚上，我在全是杉木搭建的廊桥上溜达，粼粼的水面破碎一轮圆月，却发散它的光辉，铺陈虚无的镜面，再挥洒出吉光羽片到被木头遮盖桥顶的廊桥上。心胸通透，时空澄澈。海德格尔说，"澄澈将每一个事物都保持在宁静和完整之中"，归，暗合了来处，它预备了廊桥虚位以待。

　　如果不是野草莓的吸引，我不会在夕阳西下的时辰停驻脚步于渡口。离情，总是伤人心。

　　满山遍野的野草莓，在绿草中鲜红欲滴，招惹着游人不断跟踪它们四处撒野的踪迹，我一再顺着坡路向下，向下，在小山底下，发现一支溃败的队伍正在渡口边休整。灰扑扑的面容，褴褛的衣服，残兵败将散落在草丛与大树下。

　　当然，这是在拍电影，关于三十年代时国民党围剿共产党的历史，一处青山下的野渡挽救了走投无路的队伍。渡口不止是离情了，在烟波浩渺的山影下，它也有迎接的庇佑，还有送发的希冀。这么多年过去了，野渡还在，青山依旧，几度夕阳！

　　想起我家乡，长江中的一个孤洲，它没有桥，只有无数散落的渡口，在一次次运动浪潮中，成为避风港口，而它圆形的地理位置，东西南北渡口的承接转换，完成送别与归来，隐藏与逍遥的意义。这样的孤洲，是不是另外层面意义上的廊桥呢？换而言之，作为隐形的存在，渡之上都有一座连接离去与归来的廊桥？譬如心灵。

砚　　台

　　还是在夜晚的廊桥上，我突然有了习字的渴望。笔墨纸砚，倒不是都没有，在白日一处店里，买下了一个鱼形的石砚。光有砚台，如何习字？

　　可是，月空当照，水波粼粼的廊桥上，四围都是寂静，心生一种欢喜，唯有狂草才能抒发。我转身回到旅店，带着一方砚台重新来到廊桥上，手指蘸着水，在砚台上勾画陆放翁的《记村东父老言》：

> 原上一缕云，水面数点雨，夹衣已觉冷，秋令遽如许！
> 行行适东村，父老可共语，披衣出迎客，芋栗旋烹煮。
> 自言家近郊，生不识官府，甚爱问孝书，请学公勿拒。
> 我亦为欣然，开卷发端绪，讲说虽浅近，於子或有补。
> 耕荒两黄犊，庇身一茅宇，勉读庶人章，淳风可还古。

我坐在廊桥的栏杆上，月光与水色漫溢在我周身，却似穿透肉体般又朝我身后的影子扑去，我回望，果真没有看见倒影。我把砚台置放在双腿上，微微勾头，右手食指在砚台中划来划去。

虽不是秋季，也没有下雨，也没有遇见所谓的村东父老，仅仅喜欢。特别是最后几句，"耕荒两黄犊，庇身一茅宇，勉读庶人章，淳风可还古"，毫无雕琢，古风拂面。写了几遍，我记得"淳风"在放翁手下，是紧紧相连，一气呵成，"古"字，更有意思，下面的"口"只有左右两笔，简朴致力，酣畅淋漓。收尾处，我每次都高扬右臂，钩起食指，而在第三次写"古"字时，双腿一动，砚台偏离开去，扑通一声掉在水里。

这或许是砚台不坏的去处，鱼尾形状的砚台，最终以鱼的姿势回到它的来处，而砚台还保留着我的手温和指迹，村东父老言的真淳熨贴在水波浮动之际，犹如镜面散发光芒一样播撒开去，算得上物尽其用了。

涉　江

月光升高了，黝黑的天空支撑起大盘子的宫殿，远远看去，宫殿仿佛隔了万重高山千重水流的华美宴席，喧闹和沸腾被过滤掉，唯独剩下了静谧的流光溢彩，抚慰了色彩寡淡的眼睛，也填充了日常无聊寂寥的心灵。月光难得这样好，圆满，悄没声息地巡游黑夜天空，它以阴性之力中和了白天的闷热，又以柔美的艺术聊发难以沉寂的城市、原野、高山、河流……少安勿躁后的带有浪漫气质的波谲云涌。

月光竟然铺满了河流。河流载着一艘轮渡沟通南北对望的城市。如果正面朝北，看见的只是轮廓模糊的丘陵和群山，挪动下身子，向西再向西，灯火辉煌的北岸城市就尽收眼底。等着渡河的男人、女人、老人甚至小孩都曾这样转动了身体遥望对岸的灯火。毕竟，夜幕下的渡船不像白天安排得那样稠密，车辆排起长长而稀疏的队伍，人群聚集在岸边倾斜的青石板上。

青石板一块块沿着坡路倾斜，倾斜到波光粼粼的水里。一溜溜的简易木板屋子站在青石板上，很小心地手牵手，距离河流100米处停止了脚步，脚步踏出烟雾——热气腾腾的茶叶鸡蛋在屋子前争相冒着热气，屋子飘出油炝牛肉和鳝鱼的香味。凉爽啊，来吃个茶叶鸡蛋……吃了晚饭渡船吧，月亮是满月咧……扎着朝天辫的女孩手挎着竹篮，篮子里是个头饱满的黄澄澄的梨子，她笑靥如花，几乎是蹦跳着脚步，竹篮很快就空了。

月光宫殿里的宴席已经开始。轮渡上广播可能有多年历史，播放的紫竹调步履艰难，沙哑的乐声断断续续，在轻柔的河风里缥缈，倒减少了嘈杂的味道。一切是热闹的。一切又是静谧的。有人尖着声音喊，满了，爆满了，船老板开船吧。

开船，开船，这月光好着，兴许还能走下一渡船。不断有人跟着应和：是的，月光真好啊，至少还要走一渡船。汽车喇叭滴滴地一路按响。河流周身波光粼粼，犹如埋藏了厚实的金银财宝，强烈忍住欢喜，嘴巴紧闭、鼻子纹丝不动、四肢安静，但是看不见的某处还是无法抑制地爆出了笑意，逐渐传染了周身，又逐渐推拿开去，生怕人不晓得。上了渡船的车灯雪亮，灯光被笑盈盈的河流吸引忍不住朝下俯瞰。三五个上船的人寻着宽敞的位置凝视河流。嘟——嘟嘟——轮渡起航了，嘟嘟声在藏匿金银的河流上小声回响，回声在月光下的细小水波上跳跃，一波三折地靠近音乐的旋律。车里的人纷纷开了车门，也寻着面向河流的位置站立凝望。

钱包，我的钱包呢？个头矮小的男人前后左右翻着口袋，又举起了双手，他确定不见了钱包后，声音更加焦虑急促。男人的叫嚷吸引了众人，而面孔经不起月光下众多眼睛的打量，看看，他嘴巴紧紧绷着，眼睛朝外瞪大，使潮湿的面孔有了调皮小孩的恶作剧表情，而鼻尖上钱币般大小的通红暴露了过多酒精的浇灌，这使得望向他的眼睛都统一了意见——可怜的醉酒人！

连站在男人面前收船钱的人也减弱了声音——没，哪里看见你掏钱包啊……也没有看见你拿什么公文包。辩解总是气弱，男人不依不饶了，一把抢过刚才从荷包里掏出的拾元钱，嚷道，就是刚才丢了包，你还想收我的船钱。

收钱人的左裤腿挽在膝盖下，右裤腿被河风猛烈地朝后吹拂，衣服鼓出包裹，他有乡下人难以伸展的束缚，或者胆怯或者口拙，在矮个子男人又惊异地呼叫"哎哟，我的摩托车，我的车呢"后，也忍不住帮着喊叫——摩托车呢？哎哟，兴许你的包就放在摩托车上……肯定是的，你快去找摩托车吧。

一个女人立于轮渡桅栏旁，她头戴笼着黑纱的宽沿帽子，渔网般的双层黑纱从帽檐一角垂落，被一阵阵河风微微掀起，像一顶簸箕颠簸，秘密地筛着。圆满的月光，心事。女人脸庞忽暗忽明，而被抑制的欢喜四处跌落。她倚靠桅栏，用左手支撑下巴，河流咿呀咿呀地流淌，月光跑来又跑去……倒是簸箕安静了下来，女人不满意这样的安静，不由地放下双手，转过身体，面向河流下游方向，黑黝黝的群山背景为她提供了支撑，她仰起脸庞换了口气，朝后瞥眼，发现刚才集合在自己身上的视线几乎都游离了。又转身面向河流上游，灯火辉煌的城市在远处有着不动声色的傲气，使人总有隔膜感，致使掏心掏肺的亲近种下的往往是辛苦和疲倦。她只能从一座城市渡一条河流去另一座城市，再依靠河流返回原来的城市，河流上她倒可以放逐自己，允许自己胡思乱想，甚至造反下自己。

鼻尖通红的男人猫着腰身，穿梭在渡船上排列的摩托车之间，月光打在他的脑门上，又朝下漫溢，直至他拉拽车子吃力辨认的双手，连他偶尔抬起的通红眼睛也荡漾出温和的银白，但失望总是如同船上人的预料：

找什么找啊，都摇晃得走不稳妥了，还能骑摩托车。

瞧那醉样，咳咳，酒精烧了他的记忆吧。

算他狠，借了一股酒劲闯来了，当初在岸边等船时，天晓得他把车放哪里了？

……

没有一个人这样嘲讽，但每一次拉拽人家车子后，周围的目光就秘密地展开讨论，月光被看不见的飞短流长在他的背后腰斩，他是一个不需要背景的人，他满脸通红，脚步踉跄地寻找车子和钱包，不断打搅其他人，而得到任何人的原谅。

同时，他也被人羡慕——穿梭来穿梭去鱼样的自由，喝了痛快的酒吧，步伐歪斜又有什么要紧，瞧他还能骑车来渡船过河，瞧他为所欲为地说话、走路，瞧他根本就不在乎那些妄心揣测、私下评论定位的眼睛，他和谁一起喝酒才这样尽兴没有约束？是情人、朋友还是亲人，或者他有什么高兴事独自饮酒祝贺？总之，他是快乐的，鼻尖上钱币般大小的红印多像古时女子眉心的美人痣啊，娇俏勾连眉梢，喜气无法抑制，这是有福气的人。可他踉跄的脚步和瞪着眼睛打量的滑稽模样又使人发笑，终究却没有人笑出声来。

哎哟，我的眼睛。一个娇小身材的女孩一边揉搓眼睛，一边朝着身旁抽烟的男人偷看，又忍不住打量男人停靠渡船上的宝马豪华车。那是一个大块头，但他鼻梁上的玳瑁眼镜消弭了块头滋生的鲁莽，嫁接了一些秀气。大块头惊异地偏头，同时放低手指夹着的烟，确定是最低时，右手食指弹了弹烟头。女孩放下双手，也偏头看他，荡漾的河风齐刷刷地朝后拉扯了女孩并不宽松的裙裾，女孩不由挺直了丰腴身体，这样青春的女孩，她乐意接受所有目光的挑剔式打量。

大块头捕捉了女孩低头抬头再打量自己的系列动作，心里涌上被撩拨激发的得意。右手又抬起来，再抬起来，烟嘴放到了嘴边。女孩娇羞地说，有烟灰嘛，跑到人家眼睛里去了。

旁边提包的男孩警惕地瞪了下眼睛，把包拢上肩膀，跑向一辆尼桑车，拿了手巾纸出来，细心擦女孩眼睛——女孩似乎恼怒，或者把恼怒撒在男孩身上，一把夺了纸巾转身擦眼，擦脸。男孩背过身，再次瞪了大块头一眼。大块头很享受，在嘴角边继续燃烧烟头，他微微眯缝着眼睛，玳瑁眼镜扬起时反射出白月光。纸巾躺在满是鱼鳞的河面上又马上被细小的水纹吞没，男孩上前拢住女孩肩膀，女孩双手握成拳头，捶男孩胸口，娇滴滴地说，我口渴了。

男孩走向尼桑，拉车门前回头——大块头的烟嘴仍然放在嘴角——车门很响亮地被拉上。

包，看见我的公文包没有？踉跄着双腿的矮个子男人挡在男孩和女孩中间，他在娇小女孩前偏头，微笑着，放低了声音："看见我的钱包没有？还有公文包。"女孩皱眉捂鼻，后退几步。她不需要说话，男孩拉住矮个子男人，朝后推，训斥，去，去，少撒酒疯。矮个子男人打了一个踉跄，紧接着打出一个响亮的酒嗝。呲，几杯猫尿就被灌成这样，逞什么能！男孩的话被连续的响亮酒嗝削弱、丢弃。

酒嗝在簸箕般颠簸的黑面纱前停下。矮个子男人看见白白的脸庞一下子暗了，一下子又有了光，他左偏下头，右偏下头，右走几步，左走几步，左右手交叉在前面，男人实在不能看清楚忽暗忽明的脸庞，月光也不算模糊，可能是自己眼睛模糊了，男人双手揉了揉眼睛，定睛时，河风刚好从背后吹过，打在对面颠簸的簸箕上，簸箕被掀起，男人看清楚簸箕下的白脸庞，或许白了过分，男人不能确定自己到底看清楚没有——懊丧下男人打出很响亮的酒嗝。

黑纱女人知道自己处于在公众目光的检验中。得意虽然无法避免，但被醉酒的人打量毕竟是不合适的，当众被响亮的酒嗝叫板更令她顿生愤怒，甚至……沮丧，在她稍稍转身时，酒嗝停下来，男人竟然微笑着问，小姐，你看见——

《海边的阿狄丽娜》钢琴声悠扬地响起，舒缓优美的乐曲在月华铺水的河流上流淌，岩石和风暴都不能阻止阿狄丽娜的轻歌曼舞，女人从包里掏出荧荧闪烁的手机，并不着急马上接听，而是短暂的凝视后，恰到好处地在尾声中摁下接听键，女人想不到有这么好运气，嘴角翘起，得意渗透到手机里，声音圆润甜美——在河流上走路哦……浪漫吧……呵呵，空里流霜不觉飞，哪里……不知乘月几人归——黑纱女人借电话当众吟诵月光诗句而把自己区别出来，显得雍容万分。

"落月摇情满江树……"不知道谁偷偷地接出下句。黑纱女人撩起了遮掩的黑纱，白脸孔，眼睛、鼻子、嘴巴都规矩长在应该长的地方，月光出奇的好，圆满、华美地映照，裸露的白脸庞竟然反弹出瓷玉一般的光芒。她却遥远不及，眼神散淡，鼻子微微地皱起——她不愿意自己能轻易地跨越女性矜持的门槛，即使月光不错，"落月"后"摇情"，哪怕一点点，她也会拒绝。

她和鼻尖有钱币般大小红印的找车男人，都有着可爱的不失滑稽的甚至拙劣的却是没有掩饰的……真实。

月光在黑黝黝的河面上铺出梯子，梯子从船底向看不见的远方延伸，虚拟出通道，所有攀缘的手，摇晃着不失努力地攀爬。

　　头顶上的月光硕大如盘，华美的宴席此时正值高峰吧，里面都是一些什么仙女权贵？谁晓得呢？不过也是一场幻梦，曲终人散后，谁会念想谁，谁会在意谁？不过是一枚月亮而已。沉默半晌，女人从坤包里掏出一支细长的烟，洁白的烟空空地夹在手指间，又从手指脱落在手掌。大块头转过身，远远地向黑纱女人递出黑色的手枪型火机。黑纱女人上前几步，点头，接过已经燃出火苗的火机，大块头手掌围成栅栏，栅栏里，蓝色的火苗妖娆地扭动腰身，火苗升高，烟头明灭出星火。女人淡然一笑，右眼稍向鬓角娇媚挑起来。她退到原处，撮起嘴唇——并不熟练的抽烟姿势，燃烧起来的烟雾似乎跑进她的眼睛，她忍不住用手揉了下眼睛，鼻子再次微微皱起。烟雾几乎淡到没有，倒是缕缕香气随着河风游来荡去，借着水汽，弥漫出看不见的浓重。或许，浓重下，她才能纵容自己去想，漫无边际地想，甚至编造，月华如银的宫殿里，她飘舞起华丽而诗意的裙裾。她希望这枚松脂般的月亮凝固了欢欣一刻，哪怕她只是一只缺乏美丽花斑的不起眼的昆虫，而时间的错乱会造就宿命的琥珀。

　　烟香短暂。星火燃烧到烟草一半时，在空中划了一个优美的弧线，扑进了银鳞闪烁的河流里。黑纱女人双眼凝望着远去的群山屏障，它们有浓重得无法破解的秘密，甚至，它们把秘密铺张在脚下的河流上。

　　我生命中最爱的人啊，醒来梦中还是你的样子，可不可以——带着摇滚节律的手机音乐声很突兀，也异常响亮。正歪着头寻找钱包和摩托车的矮个子男人如梦中惊醒，四处张望，却被众人目光提示，是自己手机响了。男人掏出闪烁的手机，看后，大声吼道："老子正找你，就是你吵着要我给你兄弟送钱去，哪晓得被你家兄弟灌醉，把摩托车和两千元钱也弄丢了……我过河啊，在船上发现不见的……还用你告诉我，我肯定要回去找……小心？小心你个头，你兄弟个个都是酒壶，你会不知道？"啪，响亮的关机盖声音后，是男人得意的自言自语——嘿嘿，老子这回先发制人了，婆娘，看你咋跳。

　　醉酒的男人仍然是滑稽的，仍然得到所有人的谅解。但，这次，他贡献更大的快乐——渡船上响起笑声。

　　嘟——嘟嘟——轮渡到岸的汽笛刺耳拉起，眼前斑驳了，断了水流的月光被高的坡路和建筑，更有无处不在的城市灯火切割、覆盖、融合。嘈杂声完全覆盖了河流，大块头在拉车门时，掏出了闪烁的手机，几乎瞬间，踉跄着脚步的醉酒男人很天真地拉住他，那个醉酒人肯定在询问——看见我的公文包没有？

砰——娇小女孩潇洒地扬起右手臂，手中的矿泉水瓶跨过轮渡铁栏杆，在月光下划出优美的弧线，然后一头扎进藏金匿银的水流中。女孩望着所有聚焦她的目光，妩媚而天真地伸出舌头微笑。她的双手惬意地举过头顶，舒服地伸了个懒腰，似乎在呢喃什么，可能说的是"月光真好"，拉开车门。

排队的车辆亮着车灯，一一下了渡船，只有醉酒的男人很惬意地把双手放在桅栏上，背靠着桅栏，他的眼睛望向上空的月亮。此时，月光把华美、清凉赏赐给一个人，男人出神了，还是抓住难得的清闲在稍稍休憩？他要在单薄的寂寞的咿呀咿呀的水流声里过河渡船，寻找可能遗失在对岸的钱包和摩托车。

月光下，一艘轮渡又走在了河流上。月光出奇的好，圆满、华美，悄没声息地巡游黑夜下的河流，它以阴性之力中和了白天的闷热，又以柔美的艺术聊发难以沉寂的城市、原野、高山、河流……少安勿躁后的带有浪漫气质的波诡云谲。

十个散文问题（代后记）

1. 请阐述（表明）一下您的散文写作态度或者说主张、自我要求，特别是在当下环境中切身感受与观察。

散文首先是心灵的张扬，它关乎一个人对于生活、生命和世界的认知与思考，生活与生命的多样性、复杂性、不可测性，决定这种思考永远没有一个清晰的答案，所以，纠结下的困惑、痛楚不言而喻。散文写作肯定不是轻松的，风花雪月、小桥流水式的浅吟低唱与真正的散文写作没有关系。有分量的散文作品，它有心灵的痉挛和疼痛，有人性深处最初的悲悯，有直面黑暗丑恶的拷问与痛斥，有灵魂散发的光亮和温暖……说穿了，散文写作实际就是掏心活动，它在以一具肉身参与生活的姿势构建公众精神，它的向度和刻度，似乎虚幻，但这种在一切物化的现实中无法找到对照物、无法对等交换的虚幻，于形而上的高度，游弋成心灵的宗教——我们多么需要它。

2. 你对当前散文整体印象如何？其原因是什么？

作为一名写者，写小说也写散文，有些年头了，每每动笔前和落笔后，都有一种深刻的悲哀。我很清楚这种悲哀，首先是不自信，拿散文来说——它像散文吗？它过多的叙述，或者说整篇就是叙述，在文体上似更接近小说，写人事写生活写记忆……都离不开心灵，我被自己出卖，犹如在公众前被推搡上前，天生的反省与羞涩要我怀疑，这个站在公众前的灵魂，它傻子般地不入流不清晰不厚重，更关键的是它落落寡合，它的光芒处于飘摇明灭之际，这很令人伤感并愤怒——犹如满腔的诚挚却被无伤大雅的惯性玩笑回应。是的，缥缈于记忆上的乡村、隔着幢幢帷幕的历史、几近消失却被晋级为现时清供的风物，还有隔靴搔痒般评述的地方时局事态……它们天生优渥，姿态雅致、满腹博学地站在各类大刊铺陈的领奖台上由衷地发表获奖感言，所谓"在场"的掌声吆喝声为证。写者的自信从何而来？总避免不开这个问题，实际是，我在问自己——还有无信心写下去。

其次，散文创作，从整体而言，它面对小说这面墙壁，太不起眼，它可有可无。这样的地位决定散文写者也是可有可无。既然如此不受重视，不如转身退而取之，你们小说搞现实，散文我就建造一个后花园小水湖，在茶余饭后种花看云品茗，甚至仿造陶潜弄个"荷锄带月归"，以梭罗的口吻吆喝——注意心境，哥们，悠着点！我们能够读到的散文，它带着乡村月光面罩，背着双手，在田塍沟垄上漫步，偶尔，一阵风过，它会伤心落泪，它沉浸自己的倒影，勾画梦幻般却放之四海皆存在的图景。作为读者，我们看见一幅幅画作填充在大杂志版面的空隙处，装饰、点缀，聪明的设计者为它们取了好听的名字"非虚构"、"重建"、"记忆"、"在场"等，它漂亮了，作为一束花勾勒的休闲图画，我们兴之所至地看见它，想说什么，已经没有必要。

3. 你对自己的散文创作有何认识？局限和突破点有哪些？你本人解决的方法或者打算是什么？

作为一名写者，我天赋拙笨，又死心眼，个人的散文创作很不成熟，缺乏耐心与韧力，再者，笔力不逮，总是难以写出有质量的作品。最大的局限表现在语言的驾驭上，它缺乏一种力量，与现实存在一定距离，不过，对一个写者而言，他或她面临的就是：一辈子都在与语言斗争，换句话说，只要还在写，就在磨炼语言，我希望自己能有进步。有时，我对自己没有多大信心，写什么也没有具体规划，但我总保持这样一个状态，心中感觉可以写了，就动笔，在写的过程中，感觉舒服，虽然忍不住忧郁，但也止不住自己的感受，唯有写，继续写出来，才是解脱。落笔后的悲哀，却与写中的忧郁是两码子事情。有时候就想，信心、源泉啊、动力啊，似乎不需要答案，只要写下去就行。这是一种坚持，在循环的忧郁和悲哀中，坚持本身就是源泉和动力。米沃什说——以不信，我抚触冰冷的大理石；以不信，我伸手碰触自己。很喜欢这句诗，有些天真，有些硬气，还有些警醒。不信——实则是自信，它不是针对写作，而是生活，在集体话语前的个体"求真"精神。很受启发。我想，要写出好散文，唯有与生活"较真"，增加文本分量与厚度，才有真正意义的突破。

散文作为掏心活动，它最避免的就是絮叨，口水泛滥，就好像一个多次表白自己心灵的人，再真也有矫揉造作的嫌疑。写多了，难免重复，落入浅薄窠臼。我不相信，一个每年都有大量散文作品的写者能写出高质量作品，好散文写者应该是节制的内敛的，应该懂得放手，懂得反省。没有比生活更加过硬的作品，好的写者是真正融入生活，又与生活保持距离的，他或她有更多的时间是在思悟。我算不上真正意义的写者，但不妨碍我有这样的想法，并期待——下一篇作品可能比上一篇要好。

4. 你在当前这个文学大环境中个人写作呈什么样的状态？为什么？

我是这样的看法，一个人的写作应该与时代保持紧密关系，而不是与文学环境水乳交融。就个人而言，文学大环境是什么怎么样？虽然不生疏，却给人茫然之感。当前的文学大环境不好说，用《诗经》上的话说"如匪浣衣"，意思是说，一个主妇，面对一大盆乱糟糟的衣服，心中梗塞。阎连科曾经写过一篇文章《文学的愧疚》，他在说实话，作为一名极有成就的作家，他列举中国当下诸多好作品——他认为还不够，作为有担当的有意义的文学作品，还不够，远远不够，是能力匮乏？是良知缺席？是技术欠缺？还是……都够，唯一不够的是，勇气！避实就虚，避重就轻，含蓄曲笔。阎连科说：尽管恢复记忆的作品还时有诞生，但在写作中如《日瓦戈医生》那样，把中国记忆的灵魂、历史深层的民族情感牢牢抓住的作品我们还没有。不得不说，"中国经验"、"中国记忆"和真正的"民族情感"，在我们的写作中，不是成为避重就轻的文学背景，就是点缀人物故事的温情。我们不应该排除这样"点到为止"、"含蓄曲笔"的写作，但也还应该为在"中国记忆"中有意的"集体失忆"而感到羞愧和忐忑。我读到的愧疚这个词语应该等同于"羞耻感"，一个写者应该具备的能力。知耻近乎勇，在说真话的基础上，坚持一种解剖真相的勇气，文学的意义可能会来个彻底翻身。恰恰这是当下缺乏的，值得深思。

作为一名班门弄斧的写者，看法浅显，也不配谈论文学大环境。不过以局外人姿态看待，希望自己受到启迪。

5. 你对当前散文批评满意吗？你认可的有哪些散文评论家，为什么？他（们）的哪些观点你觉得正确或者有益？

目前，做散文批评的有一些，谢有顺、古耜、汪政、王聚敏、张光芒等，个人感觉他们都不错，能够把握散文创作历史、处境与经验，较全面客观地就文论文，而非就人论文，把当下散文创作置放大的时代背景与文学环境中，分析利弊得失。这些批评家能在一定程度上摈弃学院派的陈腐与酸气，并融合创作中的"地气"来对待散文作品，更重要的是，他们能跳出"借批评拢人心"的框框，放眼四野，不追捧所谓名家或者走红的作者作品，说些真话，发表一些真知灼见，很难得。作为一名散文写者，从上述散文批评家的言论得益不少。

在此，需要提下的，是《芳草》杂志在07年至09年开办的一个批评栏目：中国经验。每期围绕文学创作一个话题，邀请一些批评家，展开讨论，诸如"现代中国语境下的自然、生态与文学"、"三十年文学思辩录"、"走向悠久文化与亘古大地的文学"……囊括了文学创作的各种文体，以打破樊篱的姿势，回归埋藏在中国土地下的文学这块根，谈文学说创作。不论言辞的偏颇或中肯，也不论批评绩效的大小有无，栏目的导向与目的非常明确——中国经验下的文学创作，多大程度上接近中国特定时代的地气，就在多大程度上接近了意义。小说如此，诗歌如此，散文也是如此。这样的批评有正本清源的味道。让人感慨的是，作为市场机制下的纯文学刊物，坚持开办这个栏目三年多，背着清谈、坐而论道的嫌疑，以批评形式重申"中国经验"创作，梳理、检讨、辨析、构建，难得，让人刮目相看。

6. 你对当前乡村散文的基本看法是什么？其缺点或者说优长有哪些？

写过乡村生活，也看过不少写乡村生活的散文。感觉，散文作品离不开乡村生活，小说也是如此，整个文学创作都是如此。为什么？作为以农耕文明支撑的社会，农业或者乡村构成了我们生活的背景，我们脚下的土地，不管它现在如何繁华、坚硬、工业化，但它的前身肯定是长着庄稼或者杂草的原野或者水流漫漶的河流，我们的血肉之躯，所谓的思想与精神，无一不得益于它们的滋养。而构成我们同族的农人，他们的阵营在今天依然等同于整个中国。书写乡村，在今天，在以后，不可避免地是文学创作的主流和主题。乡村散文构成散文主件，是值得肯定的事情。

但，作品却事与愿违，读者读到乡村散文，往往会皱眉，还会质问——那么多散文，怎么一个面目？田塍沟垄，檐前屋后，月色如水，清风微送，牛羊撒欢，蝉鸣虫叫，老母拙父的咳嗽在炊烟或者灯火游移中时断时续……只是，现时下空城般的村庄，与散文中的村庄，完全是两个面貌了，那些犹如水墨画的乡村散文，成为一个后花园，在某个时刻偶尔慰藉下奔波于钢筋水泥中的灵魂。只是，乡村中的肉体与精神的双重贫困，人性中的丑恶与良善的对抗，时代变迁留下的创伤后遗症，孩子与妇女、老人与光棍构成的问题严重化，自然生态在城镇工业化进程中的解体和变更……在散文中严重缺席，大大缩水乡村散文创作意义，乡村散文成为只有皮相缺乏骨头血水的空架子，可有可无地点缀和装饰当下文学。是的，在"既然乡村那么好，为什么不回到乡村"的质问中，每个写者都应该掂量出其中的潜台词：虚化的记忆或想象改版了乡村真实面目。可憎！

一个写者，无论是写散文还是小说，都应该准备回答内心的拷问——文学的"真"，是源于现实的苦难，还是想象中虚假的小温馨？一个文本，当它置于读者面前，它提供的语境和气场内涵，距离现实生活有多远？

7. 你认为优秀的散文应当具备哪些因素？你本人写作的信心和勇气源于什么？

好散文肯定是生活的、细节的、现实的，富有内质的。而这些，说到底，都归结到一个因素，语言。干净、清爽，还要有光洁度，质地好。更重要的是，好散文必须与当下生活紧密相连，夏榆曾经写过煤矿生活，今天看来，仍然触动人心，并引发思考。于坚的《棕皮手记》，读来爽目悦心，与他写诗歌有关。雷平阳文字粗粝坚实，是现场的生活报告，质地沉重。

以上列举的都是颇具特色的大家，不过，还有更多的默默无闻的散文写作者，写出他们各自生活和对生活的认识，不在杂志上发表，不参加各类评奖，纯粹是为写作而写作，当我在博客或者其他形式看见并阅读时，很触动，散文在民间。好散文在人群稀疏的角落发出大地原声。

我本人在写字上一直缺乏信心，前面也说过，自己也纠结过，但忍不住提笔时就提笔，在电脑前用指头敲击文字时，所谓的信心和勇气都后退在一边，一篇文字接着一篇文字的书写中，写——成为一种坚持，成为毫无疑问的存在。

8. 你如何看待当前的某些个体性的散文走红现象？

如果用大奖来作为甄别散文走红的标准，或者以在大刊发表作为标准，这显然不为真正的写者赞同。举一个例子，写小说的林白，作为女性经验书写的大家，她从来都没有得到任何国家奖励，但这不妨碍她的文学成就，她的书籍曾经在我读书时一度到处收集，这是不是走红？也许是，似乎又不是，走红不走红，这不重要。因为林白没有改变，感觉她选择了一条边缘道路，艰难而寂寞地行走，有些固执，有些伤感，但她很勇敢，坚持着脚下的路。

散文走红与小说走红又有区别。散文几乎就是灵魂再现，一个人通过所谓的散文书写，很容易暴露这个人的脾性、精神、心理和良知，而这些都是内敛的，寂静的，富有精神质地，与走红附带的喧嚣热闹相反。在某种程度上可以说，好散文，在中国当下的国情是难得走红的，而走红的散文，与好散文不可同一而语。

9. 你认为现在国内散文评奖真的公正吗？原因为什么？

去年的鲁迅文学奖闹得沸沸扬扬，我相信，这不是媒体炒作的结果，而是，作为读者，他们不是傻子，他们有阅读好作品的期待和需要，当他们这种需要不能满足，满足度被大打折扣时，他们发牢骚、抗议、争论，自然难免。湖北省作协主席方方也直言：我相信，国内评奖一定有黑幕……散文评奖，无论是官方的还是民间的，它同样不完全值得信任，存在难以释怀的疑问。作为一名写者，当看见一些文章，突然挂上某些奖励，脑海产生的印象是——与人有关，与文无关！原因无须赘述，各取所需，名利互动。

10. 你认为当前散文需要在哪些方面加强和变革？你本人的下步打算有哪些？

当前散文创作缺乏的是一种精神：直面现实，文学应该具备的羞耻心。我们经常说，文学环境怎样怎样，如此强调，是因为每个写者都深切地感受到，它对写者的影响，无时无刻，无孔不入。同样，作为写者，也要想到，每个写者都是环境的缔造者，写什么，怎么写，在长期的写作中，会形成一种风气，一旦形成，所谓的环境气候也形成了，难以改变。当趋利成为主导，话语权强烈集中，个体意识遭遇大环境这股洪流，往往被阉割或者自宫，写者选择随大流，无关痛痒的文章，溜须拍马的文章，只有皮相不见骨头的文章，随处可见。跟风、随声附和的结果就是，假话连篇，口水泛滥，文章以集体的姿态，搬起石头砸了文学的脚，甩给所谓的作家响亮的巴掌。

散文变革的不是文章本身，而是作者自己。选择了写，就要坚持创作的"真"，这是观念。一个朋友写给我这样一句话：当一个写作的人，置身于集体时代，他或她必须学习迷失。我当作勉励，并警醒。坚持写下去，就要坚持写出现实作品，连接地气的作品。

附：每颗谷粒都在印证泥土的心愿
——朱朝敏访谈录

采访媒体：浙江作家网《浙江作家》杂志
时间：2009 年 6 月 18 日

问：《被刀子叙述的水稻》《黑夜游戏》《1911 年的林觉民》等散文中，我看到了你有备而来的叙述能力，这种能力在你后来的小说创作中得到了进一步的证实。请问，你是否会将写作的侧重点放在小说上？你写作的理想是什么样的？

答：感谢你阅读这些文章。的确，它们在表达上带有强烈的叙述性，特别是《黑夜游戏》，几乎就是一路陈述下来，我个人对这种表达比较满意。这种表达的尝试，让我体验到叙述的畅快，这种叙述也不是讲述故事式的，比较注重细节，语言也无特别，但是，我感觉叙述之下一种诱惑在浮动：个人体验下的精神流露，童年事件与记忆在修补和篡改中坦陈出超乎经验的认识——这一切建立在"人作为实体的存在，当他意识到自身所处的境况及其极限，他的状况才是真正的精神状况"（雅斯贝斯语）上。我想，散文和小说在本质上，应该都归根于精神或者灵魂的彰显。

说到小说，我发表的第一篇文章，就是小说《沉寂与飞翔》，发在 1996 年的《三峡文学》上，编辑是写小说的吕志清，他安排在头版头条，那一期有刘继明、贾兴安、高虹的文章，这是我写字以来最得意的一件事情。但是，我的小说不像小说，带有明显的散文气息，于是转写散文，而散文又带有小说痕迹，我想，这是我的观念所致。文字应该是相通的，能传达出灵魂层面的东西，无论怎么写，多少是有意义的，至于怎么写，应该是其次。写着时，还是发现二者有着区别，比如《水稻》一文，以散文写了 4000 字，感觉没有写出想写的，后来把它扩展成一个中篇《秋风破》（发在 2008 年的《青年作家》上），完成了，心里更遗憾，散文确实更难写，它有限的承载量和无限的抵达点，很难得契合。这样想着，就想把笔转移到小说上，也不是说小说好写，而是，它容易让写作的人找到兴奋点，在小说中锻造表述，洞穿世事，是件很有趣的事情。

说到写作的理想，很简单，希望能写出一个基本让自己满意的文章。哪怕一个章节也行，干净，又有密度。

问：你开始写作的动因是什么？

答：我记得我第一个文章，写的是两个女孩子尹和颜的故事，在林这个象征权力和规则的男人身上，尹和颜开始了友情的背离，尹违反了世俗的规则，而颜却顺从了规则，尹在规则的择弃上明白了人的孤独与无力，但她终究没有放弃逆反。我现在想，有些与生俱来的东西，是不能改制的，而用什么方式存放？文字应该是合适的渠道。如果，我算作在写作，我想，我在以这样方式坚守我的认知。

问：以你接触过的作品看，散文写作者需要还在叙述、结构、细节上注意什么？你认为当下散文写作缺少哪些精神？

答：散文写作者确实越来越多，但能使我们心悦诚服的好散文却寥寥无几。这与名气无关，与写作经验无关，与一个人所处位置无关——这说明了散文看似要求低，实则最难以写作。它仅仅与心灵有关。对于有分量的文字来说，它的源泉是淳朴、敬畏和清澈的心灵。心灵无疑反对装饰漠视空洞。好散文传递并与他人共鸣的，永远不会是绮丽繁华的辞藻，不会是复杂迷宫般的结构。

这里有一个问题，散文的语言，是不是做到平实就够了？显然不够，平实如话，却琐碎无意，犹如口水。我每次看汪曾祺的文章，都由衷佩服，他的文章平白如话，却蕴涵着深情和深刻，太不简单了。语言的味道有一个最基本也是最难以突破的要求：觉悟。一个散文作者，没有对世界对生活深刻的认识，他或她传递出来的仍然是口水。

一篇好散文的魅力无疑需要细节来体现。当细节支撑起语言的框架时，语言变得有耐心，掘深了语言质感的渠道，记忆、身体感官、现场等等很容易找到真实存在的依据。可以说，成功的细节，在隐秘地充当复活一个人内心精神的使命。每一个成熟的写作者都明白，细节的表述若是屡屡绽放出灵魂的光华，这就是深层次的细节了。

我屡次说到心灵，文学精神。这代表我对散文写作的基本看法：散文作为人心灵最亲密的盟友，它有它的精神向度——自然、自由、敬畏，还有担当。而目前的散文创作恰恰在这些方面匮乏。

问：想知道你的阅读偏好，以及哪些作品（作家）对你产生过影响。

答：我读的书有一些，钦佩的作家和文字也不少。但喜欢的不是很多，我喜欢那些有弹性、有包容性，带有悲悯气质的文字。在中国作家里，私下认为，写作的人一定要读沈从文。外国作家里，俄罗斯作家，比如陀思妥耶夫斯基、莆宁、屠格涅夫等一定要读。当然，这是我根据自己喜好所说的，或许带有偏见。

说到影响，肯定是自己喜欢的作家，我想，前面我提到的作家除外，还有阿伦特，她给我影响很深，不是为文的影响，而是胸怀与人格。作为犹太人，集中营、背叛、流亡……在遭遇重重磨难后，她称她自己"我觉得我就是我，那个来自远方的姑娘"，有"天真的，积极生活的勇气"。我很喜欢她。

问：散文的独特性在哪里？散文之"美"在哪里？

答：散文的独特性在于：一是它的体裁决定它的疆域广泛。一个叫郑明利的散文理论家说：现代散文反而成为一直居于包容各种体裁的次要文类。用了包容一词，提供了它大有作为的创造空间。二是它的平和与淡定决定它的传递空间，只能是心灵。散文写作者以文字为心灵诉求，其人品尽在文章中，伪装不得。

散文之美，也体现在心灵之美，当写作者保持着深沉笃定的敬畏和清澈朴质的诚实写作时，文字必然传达出精神魅力。

问：您对国内目前的散文创作态势持什么看法？

答：谈不上什么看法。只有自己的想法，也是根据自己写作经验出发的，在写时总是感觉写着写着，突然很沮丧，这种沮丧表现在：一是，打算写的东西，很多时候都是人家写过的，比如乡村题材，不能排除写这个题材的没有好文字，而是，它很容易让人陷入窠臼，乡村只是一种象征意义，它是归途——温暖、宁静，同时它也是试验石——它动荡、不安，后面一个恰恰更接近本质。却很少有这样的写作。不是没有想到吧，而是不好写。譬如，现时的打工题材，出现了优秀作品，阅读时它仍然让人隔膜，这隔膜在于作者跳出了打工者的圈子，看不出血肉联系。再譬如自然题材的书写，这不是简单的宁静心态能做到的，而是与人的思想切切有关。从自然发现的东西，必然属于"人类"，它的广博决定写作者的博学和深刻。二是，散文不能写多，多了显得聒噪，我坚持散文的高下取决于人的灵魂高下，一个写作散文的人，要懂得放手，然后尝试，另类（这里主要是指语言和题材）的书写。一成不变是禁锢。三是，近来，我在读纳博科夫的《说吧，记忆》时，我突然发现我为什么喜欢这些流放者的文字，在于他们一个共同点——羞耻心，一个坚持为文的人，要做好这样的准备：为自己感到羞耻，切忌沾沾自喜。而这点，我想，我能保持一颗羞耻心去感悟出什么，还需要时间。

平常，我在图书馆里翻阅一些大刊，散文创作可谓欣欣向荣，我却茫然。在我心目中，好的文章，首先要人人感觉语言的魅力，风格多样，但是必须光洁而有弹性。我有个习惯，让我惊异的表达，我会抄录下来，但是，我的摘抄本在这两年来仅仅抄录一个译文。其次，好的散文，它的人文精神，是无法遮蔽的，而非个体经验的贩卖和他人唾沫的咀嚼，我相信，我的一些散文写作者同行，他们肯定有同样的认识——在太多太多的笔迹里，有着他人的影子。第三，经验不是主体，应该是途径。比我有天赋的写作者，应该比我更加懂得，天骨开张的胸怀和气势绝对不从属于经验。相反，有时，在逆反经验。第四，文字的道德性严重缺乏，这是泥沙俱下的时代，时常要我想起"礼崩乐坏"，文字总是要担当的，仅仅悲悯不够，它要有反省精神，要有一颗羞耻心，直面喧嚣、浅薄的生活，这不是思想家独有的义务。我想，如果文学回避这个现实，它的沦陷只能理所当然。

问：眼下散文写作中出现诸多的派别或者主义，您是怎样看待这种现象的？

答：散文最容易张扬文学精神，它对于写作者来说，没有"家"之类的噱头，一些好散文出自业余作者的居多。为什么？因为，散文仅仅作为文学的存在，它需要的就是信仰，信仰很虚无，无法与可触可感的东西兑换。写小说的陈应松曾经说过：文学是没有的东西，没有真理可言，没有主义可言，没有理论，没有法则。散文的无可定义性决定了它有强大的包容性，一些问题也出来了，文化散文、大散文、小女人散文、新散文等一些标签也出来，我相信，每一个标签下的散文都凝聚了写作者的思索和跋涉的光辉，有缺陷才想到突破，对这些实践者我保持尊敬。

问：您觉得小说分哪些境界？您看重怎样的小说家？

答：在小说中把故事情节讲得娴熟，充满悬疑的，绝对是吃香的小说；能超越故事情节上，给人心灵震撼，有精神质地的，是难得的小说；给读者带来语言圣筵，触及灵魂，充满宗教圣洁感的文章，是一流的小说。

我看重的小说家，他们的语言能给读者留下深刻印象，充满悲悯气质，给人带来影响，甚至改变一个人。譬如陀思妥耶夫斯基、莱蒙托夫、屠格涅夫等。

问：您对自己的语言满意吗？

答：我对自己的语言不满意。我尝试过许多表达，甚至晦涩，比如我写的《切梦刀》，写自己女性经验的，语言不是很明朗。现在来看，它是一个失败之作，不过，我觉得诧异的是，一些选本选了它，是不是有些意味？反正，我越来越清醒地认识，顶好的语言，恰恰朴实，有弹性，有包容性。我慢慢朝着这个方向努力。

问：散文时下很多人在提倡"在场"，你怎么看？你认为身体的在场和灵魂的在场有区别吗？你最近的散文创作中又有哪些好的心得体会？

答："在场"或者"现场"是关乎文字与生活血肉联系的词语。不独散文，其他体裁也应该提倡。我理解的"在场"，就是一个人向下的姿态，在大地和人间写作。毋庸置疑，里面有个真伪问题，比如，现下，许多人写散文都写乡村，我相信那是作者自己真正的经历和感受，可是写着写着，就发现面目可疑了，乡村那么好，为什么那么多的人还是朝着城市挤？这里的姿态是"向下"，也就是放逐，首先是自己的身体，身体在现场了，灵魂才能在现场。很多时候，"身体"的缺席导致灵魂缺席，而灵魂到场并不等于"身体"到场。当我们把自己看作大地的一分子，我们会发现，乡村多的是苦难，而乡村的可敬在于——有自己消解苦难的办法。乡村的哲学不亚于人间书，身体和灵魂的在场，传达出的文字不会有虚假和重复嫌疑。

关于心得体会，无非是锻造语言，在语言上多下工夫，好的语言是文字良好的精神面貌。

问：我个人看法，你的散文常常呈现出一种与众不同的精神面貌，甚至带有诡异的感觉。《起于乔木》《归去归洲》等作品的篇幅都比较长，有评论者认为，你的这些作品"去掉了脂粉、娇柔和虚饰虚伪，是一种刚性的、优雅的、节制的写作姿态"。你自己如何看待那个时期的作品。另一个问题，任何一位作家都存在一个超越自我的问题，你又如何面对这个问题？

答：大概每个写作的人都对自己的文字难以满意。说实在的，我因某事再次整理以前的散文时，感觉怅然，觉得好多地方，譬如细节和表述可以做得更好些，但这是现在的看法。有时，我又倍生感慨，隔了些年看以前的散文，感觉它们很自由，没有拘束，想到了就写下来，不像现在，总是有诸多顾虑，非要眉目清晰了才动笔。这样一来，手下的笔就有了拘束。不过，无论是好还是坏，以前的文字存在那儿，算是一些痕迹吧，我尊重这些痕迹。

关于超越的问题。心中当然有这样的想法，但感觉很难。散文写作不是简单的材料选择问题，相同的材料，你写了别人也能写，不同的材料别人没有写你写出来也行——但是，这都得等待一些契机出现，写出来的能不能不重复，给人耳目一新之感，给人触动。说到底，好散文总是关乎灵魂的。你去写一个散文，出发点是灵魂，终结一篇散文，落脚点还是灵魂。灵魂有赝品吗？灵魂能接受很浅薄的聒噪吗？灵魂能不能有个提升，从本质上决定了散文能不能提升。

问：我们知道，事物的优良品质来源于最基本的东西，你是否认为文学的基本因素会随着时代的发展而产生变化？有关小说是什么，说法很多，是魔术，是游戏，是艺术……你觉得小说是什么？

答：文学应该是人学吧。这是一个瞬息万变的世界，体现在速度上。但是亮度和力度呢？不见得与速度成正比，也不见得完全被速度支配。许多写作的人喜欢去西藏，我没有去过西藏，但也向往那个地方。理由很简单，不是奔着速度去的，而是奔着圣洁去的。恰恰，圣洁以宗教的形式体现出与速度相反的东西，它缓慢，唯其缓慢才饱满，唯其缓慢而光洁，唯其缓慢使人相信永恒。我相信，这些因素的存在，才能构成纯粹意义的文学。它不是解构而是充盈，随着时代的发展，一些隐蔽的因素会找到契机而走出来。

我写小说的经历太有限。但我感觉，一个写作的人，必须写小说，没有小说尝试，很难得找到写作的诱惑。西蒙曾经说：写作是一种文字的探险。只有小说才能最大限度地透支这种探险，一个叫富恩·特斯的人在评价胡安·鲁尔福（魔幻现实主义的鼻祖）小说时说：他的作品注定要成为积累和典范——用语言来体现一个典范，全部的梦幻和集体的愿望。哈，这是很诱人的话。在我有限的认识里，小说最大的技术意义在于语言，而语言给写作的人设置门槛和多重隧道，一个写作的人，必然一生都在与语言博弈，犹如游戏，放逐——围困——突围——有趣又艰辛。

问：您对小说散文诗歌都有所涉猎，在怎样的情况下会采用这个体裁而不是另外的体裁来表达？另外特别针对散文提问，许多现代的散文很接近于字面上理解的"小品文"，您觉得散文应当始于何处，又止于何处？在您自己的散文中又是怎样处理的呢？

答：小说、散文、诗歌，我都写了些，但还是以散文为主，主要考虑到散文要放下手，所以去写小说。而诗歌，通常当作练笔，很锻炼自己，我也看重它。它们在本质上相通，但区别也明显，散文的承载量有限，限制一些表达，在这样的情况下，只能用小说这种体裁来写。

散文的质量高低不能由字数来决定。小品文不等于千字文，千字文应该是副刊文字。说真的，写好小品文，还真不容易，流传下来的明清小品文，许多成为了经典，我个人感觉小品文讲究情趣，短小精悍，属于散文品种之一。而现在的千字文，不过貌似小品文罢了。散文起始何处？在时间上，它是一切文体之源，在个人创作上，源自心灵对生活的感受。归途仍然是心灵，心灵对具体的精神展开有所承担。有点拗口，换句话说，从感官到感受，从感受到心灵实践。这实际是一个写作者必须经历的心路历程。

问：很多作家有一个"过去"的创作兴奋点，在您已经面世的散文、小说中，"过去"也占了很大的比例，您觉得这个所谓兴奋点对作家的创作来说意味着什么？

答："过去"在这里是不是指记忆？许多作家都认为记忆是写作的源泉。马尔克斯曾说：写作就是回忆。最初，很信奉这句话，我写了许多我童年的事情，当我进入"回忆"的临界点时，我相信我不是在兜露经历，而是在审视，也就是说，关于"过去"的文字是被篡改的，包含了现实的认知，一种认识或感觉，在某些契机下，与记忆发生碰撞，它们混淆在一起，一些"过去"的东西死灰复燃甚至蓬勃张扬，这种复活是"过去"的第二次第三次生命，显然，它作为"过去"时态却并不过时，相反有着沉潜意味，当一个人用现在的眼光呈现它们时，不亚于再一次经历。但我感觉，仅仅依靠"记忆"写作是不够的，个人的记忆很容易导致个人经验，而个人经验是流动的，法国作家罗布·格里耶这样说："小说只是在叙述它的有限的、不确定的经验，他就是在这里的一个人，在现在的一个人，总之，它就是他自己的叙述者。"很个人化，但弄不好，容易与生活割裂。唯独，生活才是记忆的源本，用巴尔扎克的话说：生活最过硬。